역사 속에 살다간 인물들의 빛나는 유산

한국인의 漢詩

鄭旼浩 編著

明文堂

'한국인의 한시' 를 내면서

　우리의 역사 속에 살다 가신 인물들의 한시를 모아 '한국인의 한시' 를 펴내게 되었다. 이 한시란 중국의 문학이 아니라, 한국 사람이 한자를 빌어 써놓은 우리 문학이다.

　예부터 우리는 중국의 당시만을 한시의 법전으로 알고 우리나라 한시를 가볍게 여기는 경향이 없지 않았다. 우리나라 한시는 우리의 역사와 우리의 환경과 우리의 정서에 맞게 표현되었기 때문에 우리 문학이다. 그래서 이것을 더 중요하게 여겨야 할 것이다.

　이러한 뜻에서 우리나라 한시를 연대별, 혹은 분야별로 편집해서 꾸며보고 싶은 충동을 느끼고 [원문]과 [풀이]와 [주석]과 [감상]을 달아서 우리 한시를 정리하고 싶은 마음에서 이 책을 만들게 되었다. 한 사람이 쓴 작

품은 많지만 1인 1수를 전제로 하는 것을 원칙으로 했다.

이 한시 작품을 모으기 위하여 도서관을 찾아 책을 뒤지고, 인터넷에 들어가서 한시를 뽑아 정리하고 작품을 수집하는데 무척 많은 시간이 걸렸다. 우리 고전문학 속에 인용되고, 고등학교 고전古典 교과서나 대학 한문 교과서에 간혹 인용되어 읽혔던 것, 서예가들이 자주 소재로 사용하여 쓰고 있는 한시를 우선 여기에 모음으로써 일단 '한국한시' 의 정리가 될 것으로 생각하고 있다.

여기 이 작품들이 많은 사람들의 호응 있으시길 기대하는 바이다.

2015년 8월

仙桃山人 丁巴 鄭旼浩 識之

목차

3. 조선 명인들의 한시 ❷

3. 조선 후기의 한시

『권두해설』

한국 한시의 흐름과 그 이해

1. 한국 한시의 개념

한시는 한문으로 쓰이어진 시를 말한다. 중국 사람이 한문으로 시를 썼다면 그것은 중국의 시문학이지만, 한국 사람이 한문으로 한국인의 정서를 표현한 시이기 때문에 한국의 문학이요 한국시이다. 그래서 당시(唐詩)는 중국문학이요, 한국의 한시(漢詩)는 우리 국문학에 속한다. 비록 한문으로 된 시이지만 그것은 수백 년 동안 우리의 정서로 우리나라 사람이 쓴 한시이기 때문에 한국의 한시는 우리 국문학에 속한다는 것은 너무도 당연한 사실이다. 그래서 우리 국문학 속에 한문학이 자리 잡고 있음은 이 까닭이다.

2. 한국 한시의 시작

한국 한시의 효시는 언제부터인가? 기록으로 보아 고구려의 을지문덕이 쓴 한시가 그 시발로 잡고 있다.

　　수나라 양제가 백만 대군을 거느리고 고구려를 침략해 왔을 때, 소위 안시성 싸움에서 을지문덕이 수나라 장수 우중문에게 보낸 檄詩(격시)시가 우리나라 한시의 시작이라고 본다면, 그것이 '與隋將又仲文詩(여수장우중문시)'이다.

神策究天文하고　妙算窮地理라.
신 책 구 천 문　　묘 산 궁 지 리

戰勝功旣高하니　知足願云止오?
전 승 공 기 고　　지 족 원 운 지

　　이 시가 완전한 한편의 작품으로서 우리나라 최초의 한시가 된다. 오언절구로서 운자까지 맞추어 쓴 걸 보면 을지문덕은 상당한 한시 구성 능력을 가진 것으로 생각이 든다. 이를 비롯해서 삼국유사에 나오는 왕거인의 '憤怨詩(분원시)' 같은 것도 형식을 갖춘 시로서 손색이 없다.

　　더구나 신라 말의 최치원의 시는 완전한 오언절구로서 손색이 없을 뿐 아니라, 한국인의 정서가 흠뻑 베인 시로서 이미 많은 사람으로부터 사랑을 받고 있다. 그것이 바로 '秋夜雨中(추야우중)'이란 시다.

秋風惟苦吟하니　世路少知音이라.
추 풍 유 고 음　　세 로 소 지 음

窓外三更雨요　燈前萬里心이라.
창 외 삼 경 우　　등 전 만 리 심

　　가을바람에 괴롭게 시를 읊으니, / 세상엔 알아주는 벗 하나 없구나. / 창 밖 삼경의 밤비는 내리고 / 등불 앞엔 만리를 내닫는 마음. ('추야우중'의 국역 시)

이것이 바로 그 시다. 비록 국역시를 읽어 보아도 이 시를 쓴 동기나 시적 주인공의 정서가 아주 뚜렷하다.

3. 한국 한시는 고려 때부터다.

한국 한시의 형식이나 표현 내용으로 보아 고려 때부터 완전한 한시의 틀을 잡고 시가 쓰이어지고 있었다. 그것은 고려 인종 때의 대시인인 정지상의 '送人'은 그야말로 한국의 명시로 알려져 있다. 鄭知常(정지상)은 그때 시인으로는 일인자였었다.

雨歇長堤草色多하니 送君南浦動悲歌라.
우 헐 장 제 초 색 다   송 군 남 포 동 비 가

大同江水何時盡고 別淚年年添綠波라.
대 동 강 수 하 시 진   별 루 연 년 첨 록 파

비가 그친 긴 둑에 풀빛이 푸르른데 / 그대 보내는 남포에는 슬픈 노래 들리네. / 대동강 물은 어느 때 다 마를 것인가? / 해마다 이별의 눈물 더해지는 것을-. ('송인'의 국역 시)

여기 못지않게 고려시대 최대의 문장가인 김부식의 작품도 한편의 완전무결한 시다. 그의 시 '甘露寺次韻(감로사차운)'은 널리 알려진 오언율시로 완벽한 작품이다. 그 외에도 박인량의 '舟中夜吟(주중야음)'이나, 고조기의 '山莊夜雨(산장야우)' 등의 작품이 고려 전기의 한시로 뚜렷이 자리잡고 있었다.

고려후기로 와서 한국의 한시는 더욱 알차게 발전하여 한국 한시로서

바탕을 잡고 있었다. 이인로, 최자, 이규보, 이런 문인들로부터 시작하여 이제현, 안축, 이색, 이존오, 정몽주, 길재, 이런 걸출한 문인들이 나와서 시를 쓰기 시작했다. 이제현의 '山中雪夜(산중설야)'를 한 번 보자.

紙被生寒佛燈暗한데 沙彌一夜不鳴鐘이라.
지 피 생 한 불 등 암   사 미 일 야 불 명 종

應嗔宿客開門早하니 要看庭前雪壓松이라.
응 진 숙 객 개 문 조   요 간 정 전 설 압 송

이 시는 산중에서 눈 내리는 산사의 밤을 묘사하여 많은 사람으로부터 읽히고 있다. 그리고 정몽주의 '春興(춘흥)'은 지금까지도 널리 알려진 시다.

春雨細不滴하니 夜中微有聲이라.
춘 우 세 부 적   야 중 미 유 성

雪盡南溪漲하니 草芽多少生이라.
설 진 남 계 천   초 아 다 소 생

봄비 가늘어 들리지 않더니 / 밤중에야 가느다란 소리 있어라. / 눈 녹는 남쪽 여울물 불어나 / 풀 새싹이 얼마나 돋아났을꼬. (정몽주의 시 '춘흥'의 국역 시)

4. 조선 전기의 한시

조선이 이성계로부터 개국되어 억불숭유정책을 써서 많은 사람들이 한문 문장에 능숙해 있었다. 조선시대에 와서는 중국과의 교류가 빈번했을 뿐 아니라 唐詩(당시)의 유입으로 많은 선비들이 당시를 읽어서 생활화

하고 있었다. 그러니 선비들이 한시를 쓰지 않을 수가 없었다. 세종시대에 집현전에서 수학하던 많은 학자들의 시가 일품이었다. 시에 천재적인 소질을 발휘한 매월당 김시습이 당연 첫손으로 꼽힌다. 그의 '有客(유객)'이란 시가 많은 사람으로부터 애송을 받고 있다.

오언율시로 된 시로 청평사라는 절에서 지은 것으로 되어있다.

有客淸平寺하여　春山任意遊라.
유 객 청 평 사　　 춘 산 임 의 유

鳥啼孤塔靜하고　花落小溪流라.
조 제 고 탑 정　　 화 락 소 계 류

佳菜知時秀하고　香菌過雨柔라.
가 채 지 시 수　　 향 균 과 우 유

吟行入仙洞하니　消我百年愁라.
음 행 입 선 동　　 소 아 백 년 수

나그네 되어 청평사를 찾아 / 봄 산을 마음대로 노니노라. / 외로운 탑에 새가 우짖고 / 흐르는 실개천에 꽃잎이 지네. / 맛좋은 산나물은 때를 알아 자라나고 / 향기로운 버섯은 비 온 뒤에 더욱 부드러워. / 시를 읊조리며 신선 골에 들어서니 / 평생의 내 근심 사라지누나. (김시습의 시 '유객'의 국역 시)

조선 초기에 널리 알려진 南怡(남이)의 시가 무장으로서의 기백을 자랑하고 있다. 그것이 유명한 '北征歌(북정가)'란 시다.

북쪽 오랑캐를 물리치고 쾌거로 부른 노래가 이 '北征歌(북정가)'이다. 칠언절구로 된 이 시는 후세토록 널리 애송되고 있었다.

白頭山石磨刀盡이요　頭滿江水飮馬無라.
백 두 산 석 마 도 진　　 두 만 강 수 음 마 무

男兒二十未平國이면 後世誰稱大丈夫리오.
남 아 이 십 미 평 국　　후 세 수 칭 대 장 부

백두산 바윗돌은 칼을 갈아 다 닳게 하고 / 두만강 많은 물은 말 먹여 없애리라. / 남아가 20세에 나라를 평정하지 못하면 / 후세에 어느 누가 대장부라 일컬을까. (북정가의 국역 시)

조선 전기에는 사육신들의 시가 유명했다. 그중에는 성삼문(成三問)의 '臨死賦絶命詩(임사부절명시)'가 사람의 가슴을 에어내는 듯하다.

擊鼓催人命하니 西風日欲斜라.
격 고 최 인 명　　서 풍 일 욕 사

黃泉無一店하니 今夜宿誰家오?
황 천 무 일 점　　금 야 숙 수 가

북을 쳐서 사람의 목숨을 재촉하는데 / 머리를 돌리니 날이 저무는구나. / 황천에는 주막이 없으니 / 오늘밤은 뉘 집에서 잘꼬? ('임사부'의 국역 시)

이렇게 한국 한시는 한국의 역사와 인물들의 애환을 노래했기에 한국 한시는 중국의 한시와는 확연히 다른 점이 있다.

선조 때의 대선비요 고관대작으로서 시에 천재적인 재치가 있었던 시인은 역시 송강 정철(鄭澈)이다. 그는 시조와 가사에 뛰어났지만 시에도 대단한 재주가 있었던 사람이다. 그의 '夜雨詩(야우시)'는 비 오는 날 밤에 인생을 생각하게 하는 시다.

寒雨夜鳴竹하니 草蟲秋近牀이라.
한 우 야 명 죽　　초 충 추 근 상

流年那可住오? 白髮不禁長이라.
유 년 나 가 주   백 발 불 금 장

찬비는 밤새도록 대숲을 울리고 / 가을이라 풀벌레는 침상 곁에 우네. / 흐르는 세월을 어찌 머물게 하랴, / 짙어 가는 백발을 막을 수 없구나. [송강의 '夜雨詩(야우시)'의 국역 시]

비 내리는 가을밤에 깊은 생각에 잠겨 인생이 늙어 감을 한탄하는 시다. 송강이 시적 감각으로 시를 쓰는 시인이라면, 대학자로서 시를 쓴 사람은 율곡이다. 그의 '花石亭(화석정)'은 오래 두고 읽히는 시로서 널리 알려져 있다.

林亭秋已晚하니 騷客意無窮이라.
임 정 추 이 만   소 객 의 무 궁

遠水連天碧이요 霜楓向日紅이라.
원 수 연 천 벽   상 풍 향 일 홍

山吐孤輪月이요 江含萬里風이라.
산 토 고 륜 월   강 함 만 리 풍

塞鴻何處去오? 聲斷暮雲中이라.
새 홍 하 처 거   성 단 모 운 중

오언율시로서 널리 알려진 시다. 율곡은 학자이기 때문에 시적인 기지(機智)는 없다 하더라도 그 시가 지니는 본래의 순수성만은 가지고 있는 시다. 소위 '思無邪(사무사)'의 시라고나 할까?

5. 한국의 여류시인들의 시

한국의 여류시인은 그 나름대로 특색이 있다. 남자가 남자다운 시를 썼다면 여류는 여자다운 시를 썼던 것이다. 한국의 여류는 소위 기생들의 시와 여염집 여인의 시로 나누어 볼 수 있다. 당대에 이름을 떨쳤던 황진이의 시는 여류시인으로서의 기교적인 특징을 지니고 있었다. 그의 '松都(송도)'라는 시를 한 번 보자.

이 시는 송도를 회고하는 회고시의 일종이다. 그의 시적인 기교가 뛰어남을 볼 수 있다.

雪月前朝色이요 寒鐘故國聲이라.
설 월 전 조 색   한 종 고 국 성

南樓愁獨立하니 殘郭暮煙生이라.
남 루 수 독 립   잔 곽 모 연 생

눈 내린 달빛은 전조의 빛깔이요 / 차가운 종소리는 고국의 소리로다. / 남루에 올라 혼자 우뚝 서 보니 / 낡은 성터에선 날 저문 연기가 오르네.〔'松都(송도)'의 국역 시〕

같은 기생으로서 많은 시조와 시를 지었던 桂娘(계랑)이라는 여인이 있었다. 그의 시 '贈醉客(증취객)'이란 시를 한 번 보자.

醉客執羅衫하니 羅衫隨手裂이라.
취 객 집 라 삼   나 삼 수 수 렬

不惜羅衫裂이나 但恐恩情絶이라.
불 석 라 삼 렬   단 공 은 정 절

취한 손님이 비단 적삼 잡아 당겨 / 그 손에 비단 옷이 찢어졌다네. / 옷이야 찢어져도 아깝잖지만 / 은정(恩情)이 끊어질까 두려울 뿐.〔贈醉客(증취객)의 국역 시〕

아시다시피 계랑은 부안의 이름난 기생이다. 그는 시조도 많지만 여기에 전하는 한시 역시 감칠맛이 있어 좋다. 이런 시가 조선시대 여류 한시의 특징이기도 했다.

다음으로는 여염집 아낙네의 시를 살펴보기로 하자. 이에 해당하는 여류시인은 신사임당과 허난설헌이다. 신사임당의 '泣別慈母(읍별자모)'는 널리 알려진 작품이다.

慈親鶴髮在臨瀛하고 身向長安獨去情이라.
자 친 학 발 재 임 영   신 향 장 안 독 거 정

回首北村時一望하니 白雲飛下暮山靑이라.
회 수 북 촌 시 일 망   백 운 비 하 모 산 청

백발의 어머님은 강릉 땅에 계시는데 / 이 몸 홀로 서울 향해 떠나가는 심정이여. / 때때로 고개 돌려 북촌을 바라보니 / 흐르는 구름 아래 푸른 산만 저무네.〔泣別慈母(읍별자모)의 국역 시〕

이 시는 신사임당(申師任堂)의 대표시다. 서울로 시집가면서 홀로 계시는 어머니를 생각하는 그는 한국의 대표적인 여인이라 볼 수 있다.

다음으로는 허난설헌(許蘭雪軒)의 '閨情(규정)'이란 시를 한 번 보자. 한국 여인의 정감이 감도는 작품이다.

妾有黃金釵하니 嫁時爲首飾이라.
첩 유 황 금 채   가 시 위 수 식

今日贈君行하니 千里長相憶이라.
금 일 증 군 행   천 리 장 상 억

이 몸에 지녀온 황금 비녀는 / 시집올 때 머리에 꽂았던 것. / 오늘 떠나시
는 그대께 드리오니 / 천 리 길을 오래도록 기억하십시오. 〔閨情(규정)'의 국역
시〕

　여인의 정감을 여지없이 나타낸 작품이다. 허난설헌의 시는 가장 여자
다우면서 시적인 기교도 넘쳐나는 작품을 썼다.
　또 李玉峰(이옥봉)의 시 '贈雲江(증운강)' 이란 시를 들어보자

近來安否問如何오 月到紗窓妾恨多라.
근 래 안 부 문 여 하   월 도 사 창 첩 한 다

若使夢魂行有跡이면 門前石路半成沙라.
약 사 몽 혼 행 유 적   문 전 석 로 반 성 사

　요즈음 그대 안부 어떠하온지요? / 사창에 달 밝으니 한만 쌓였어요. / 꿈
속에 가는 넋이 흔적이 있다면 / 그대 문 앞 돌길이 모래가 되었으리. 〔이옥봉
의 贈雲江(증운강)의 국역 시〕

　이옥봉(李玉峰)은 조선 선조 때 여류 시인으로 의병장 이봉(李逢)의 서
녀(庶女)다. 승지 벼슬을 지낸 운강(雲江) 조원(趙瑗)의 소실로 있으면서 '옥
봉집(玉峰集)' 1권이 전한다.

6. 시적인 기교가 넘치는 시

이달(李達)은 조선 선조 때의 사람으로 호는 동리(東里)이다. 일찍부터 문장에 능하여 선조 때 벼슬을 했으나 곧 사퇴했다. 최경창, 백광훈과 함께 활동한 시인으로 글씨에도 조예가 깊었다고 한다. 그의 시 '山寺'는 널리 알려진 시로 많은 사람으로부터 칭찬을 받았으며, 자주 여러 사람들의 입에 회자(膾炙)되어 인용되기도 했었던 시다.

오언절구의 아주 깨끗한 한 편의 시다. 겨울 산사의 광경을 한편의 화폭에 담은 듯한 그런 시다.

寺在白雲中이나　白雲僧不掃라.
사 재 백 운 중　　　백 운 승 불 소

客來門始開하니　萬壑松花老라.
객 래 문 시 개　　　만 학 송 화 로

흰 구름 속에 절이 있는데 / 스님은 흰 구름을 쓸지 않네. / 나그네가 와서 비로소 문을 여니 / 온 골짜기에 흩날리는 송화 가루. ('山寺'의 국역 시)

임제(林悌)는 호가 백호(白湖)이다. 성운(成運)의 문인으로 알려져 있다. 생원, 진사 양과에 합격 알성 문과에 급제, 예조정랑 겸 지제교를 지내다가 동서 양당의 싸움을 개탄하고 명산을 찾아다니며 여생을 마쳤다고 한다. 명문장가로 이름을 날렸고 호방하고 쾌활한 시풍으로 그의 작품이 널리 애송되었다. 그의 시 '無語別(무어별)'은 한국 여인의 심리적 상태를 반영하는 내용의 시로 후세 사람들이 무척 아껴 읽는 작품이다.

이 시는 임과 이별하는 장면으로, 너무 부끄러워 인사도 못하고 이별하고서는 그냥 안방으로 들어와 '梨花月(이화월)'을 향해 울고 있다는 우리 옛 여인네들의 수정(水晶)같은 여심을 그대로 표현한 작품이다.

十五越溪女가 羞人無語別이라.
십 오 월 계 녀   수 인 무 어 별

歸來掩重門하고 泣向梨花月이라.
귀 래 엄 중 문   읍 향 이 화 월

　　열다섯 살 꽃다운 여인이 / 부끄러워 말 못하고 임을 보냈네. / 돌아와서
문을 굳게 닫고는 / 배꽃가지에 걸린 달을 보며 우네. 〔無語別(무어별)의 국역 시〕

　　임제는 시조에도 뛰어나 개성의 명기 황진이 무덤을 찾아가 술상까지 차
려놓고 혼자 권하고 마시며 읊은 시조로 '청초 우거진 골에…'가 유명하다.

7. 爲國志士(위국지사)의 한시들

　　이에는 무장들의 시가 여기에 속한다. 앞에서 말한 을지문덕의 '與隋
將又仲文詩(여수장우중문시)'와 남이의 '北征歌(북정가)' 등이 있고, 이순신
장군의 시 역시 나라를 위한 무장의 시작품이다. 여기서 이순신 장군의 시
'閑山島夜吟(한산도야음)'을 보자.

水國秋光暮하니 驚寒雁陣高라.
수 국 추 광 모   경 한 안 진 고

憂心轉輾夜에 殘月照弓刀라.
우 심 전 전 야   잔 월 조 궁 도

　　水國(수국)의 가을빛이 저물어 / 기러기 떼 하늘 높이 진을 치는구나. / 나

라 위한 근심으로 뒤척이는 밤 / 싸늘한 새벽달이 활과 칼에 비치네. 〔閑山島夜吟(한산도야음)'의 국역 시〕

그의 한시도 그렇지만 그의 시조 역시 무장다운 기질이 있었다. 〈閑山島,戍樓夜(한산도수루야)에 撫長劍(무장검)이 步月(보월)〉이라고 했다. 그렇듯이 그는 수루에서 나라를 걱정한 무장이었다.

또 한편 안중근 의사의 '擧事歌(거사가)'나 박상진 의사의 '獄中詩(옥중시)'는 '大韓光復(대한광복)'을 위해 애쓰다 삶을 마친 그들의 의지가 잘 나타나있다. 안중근 의사의 擧事歌(거사가)는 너무 길어 예를 못 들지만, 박상진 의사의 獄中詩(옥중시)는 너무도 처절하다.

　　難復生此世上에　幸得爲男子身이라.
　　　난 부 생 차 세 상　　　행 득 위 남 자 신

　　無一事成功去하니　靑山嘲綠水嚬이라.
　　　무 일 사 성 공 거　　　청 산 조 록 수 빈

다시 태어나기도 어려운 이 세상에서 / 다행히 남자 몸이 되었어라. / 한 가지 일도 성공 못하고 죽으니 / 청산도 조소하고 녹수도 비웃는구나. 〔박상진 의사 '獄中詩(옥중시)' 국역〕

8. 끝맺음

한국의 한시를 연대순으로 처음부터 끝까지 일별해보았다. 한국의 한시는 삼국시대로부터 시작하여 고려시대에 완성되고 조선시대에 들어와서 한시의 본령으로 꽃피웠다. 이런 한시가 우리 조상들의 순수한 감정과 민족정서가 깃들어 있어서 '한국의 한시'는 한국의 문학이요 한국적인 시다. 다른 한국문학과 함께 꼭 같이 소중한 문학 장르에 속한다.

오늘날도 한시를 쓰는 사람들이 있고, 전국 한시백일장이 심심찮게 열리고 있음을 본다. 물론 한글 현대시와의 영역은 다르지만 우리 문학 속에 속하는 장르라는 점에서 우리 역사의 소중한 문화유산의 하나임에 틀림없다.

제1부

고대 역사 속의 한시

001 秋夜雨中
추 야 우 중 ● 崔致遠 〔新羅〕

秋風惟苦吟하니 世路少知音이라.
추 풍 유 고 음　　세 로 소 지 음

窓外三更雨요 燈前萬里心이라.
창 외 삼 경 우　　등 전 만 리 심

〔 풀이 〕 비 내리는 가을밤에 ● 최치원 〔신라〕

가을바람에 괴롭게 시를 읊으니

세상에 내 아는 벗 하나 없구나.

창밖엔 야삼경 밤비 내리고

등불 앞은 만리 밖, 고향 생각뿐일세.

어려운 낱말

• 苦吟(고음) : 괴롭게 시를 읊다. 즉, 외로움을 표현한 말.　• 知音(지음) : 친구.

감상

　최치원이 젊은 나이로 당나라에 유학하고 있을 때 지었다는 시다. 비는 내리고, 가을은 와서 낙엽은 날리고, 깊은 밤 등불 앞에 홀로 앉아 고향을 그리워하는 그의 심정이 잘 드러나 있다. 홀로 깜박거리는 등불을 바라보아도 창밖은 萬里만리 밖, 고향이 그리워도 가지 못하는 심정을 잘 표현하고 있다. 〈燈前萬里心등전만리심〉 이 구절이 마음에 와 닿는다.

참고

최치원(崔致遠) 신라 말의 학자. 호는 孤雲고운. 당나라에 유학하여 그곳에서 과거에 급제. 討,黃巢檄文토황소격문이 유명하여 명문으로 알려짐. 귀국하여 신라에 벼슬을 하였으며 여러 곳을 유랑. 가야산에 들어가서 여생을 보냈다고 한다.

최치원(崔致遠)

002 南天路, 爲言 ● 慧超〔新羅〕
남 천 로 위 언

月夜瞻鄕路하니 浮雲颯颯歸라.
월 야 첨 향 로　　부 운 삽 삽 귀

緘書參去便하니 風急不聽廻라.
함 서 참 거 편　　풍 급 불 청 회

我國天雁北하나 他邦地角西라.
아 국 천 안 북　　타 방 지 각 서

日南無有雁하니 誰爲鄕林飛오?
일 남 무 유 안　　수 위 향 림 비

풀이 남천축국에서 ● 혜초〔신라〕

달밤에 고향 길을 바라다보니
뜬구름만 쓸쓸하게 돌아가누나.
가는 편에 편지 한 장 보내려 하니
바람 불어 들리지 않고 되돌아오네.
우리나라는 하늘 끝 북쪽에 있으나
이 타국은 땅 서쪽 끝에 있다네.
남쪽에는 기러기도 오지 않으니,
누가 고향 숲을 향해 날려 보내리오?

어려운 낱말

• 南天路(남천로) : 남천축국. • 颯颯(삽삽) : 쓸쓸한. • 緘書(함서) : 봉함편지, 즉 편지를 말함. • 雁北(안북) : 북쪽 하늘을 말함. • 鄕林(향림) : 고향의 숲.

혜초가 천축국에서 외로움을 달래며 지은 시다. 쓸쓸한 가을밤에 편지는 썼으나 붙일 길이 없어 홀로 망설이며 슬픔을 달래는 모습이 처량하다. 기러기에게 편지를 붙이고자 하나 기러기마저 없으니 누가 고향에 이 편지를 날려 보내주겠느냐? 하며 한탄을 하고 있다. 본래 원효와 혜초가 함께 출발했으나 원효는 돌아오고 혜초는 서역 그 먼 길을 넘어 천축국에 갔었다. 남천로(남천축국)는 고대의 인도는 다섯 나라로 나눠져 있었는데, 남천축국은 그중의 하나이다.

참고

慧超(혜초; 704~787) 신라 때의 중. 그는 당나라에 가서 다시 인도의 중 금강지金剛智의 제자가 되었고, 그의 권유로 인도의 불교성지를 순례하고 당나라로 돌아와 불경을 연구했다. 기행문으로 〈往五天竺國傳왕오천축국전〉이 있다.

왕오천축국전(往五天竺國傳)

003 憤怨詩 ● 王巨仁〔新羅〕
분 원 시

燕丹泣血虹穿日하고 鄒衍含悲夏落霜이라.
연 단 읍 혈 홍 천 일　　추 연 함 비 하 락 상

今我失途還似舊하니 皇天何事不垂祥고.
금 아 실 도 환 사 구　　황 천 하 사 불 수 상

┃풀이┃ 너무나 원통해서 ● 왕거인〔신라〕

연단의 피어린 눈물, 무지개가 해를 뚫고

추연이 품은 원한 한여름에도 서리 내린다.

지금 나의 불우함도 그것과 같으니

하늘이여! 어찌하여 아무런 징조도 없는가.

┃어려운 낱말

• 燕丹(연단) : 춘추전국시대 연나라의 태자. 형가를 고용하여 진왕에게 복수하
려다 실패. • 虹穿日(홍천일) : 무지개가 해를 뚫다. • 鄒衍(추연) : 전국시대 齊나
라 사람. 어떤 일로 그가 원한을 품고 슬퍼하니 5월에도 서리가 내렸다는 고사.
• 夏落霜(하락상) : 여름에도 서리가 떨어짐. • 不垂祥(불수상) : 아무런 징조가 없
느냐?

┃감상┃

이 시는 삼국유사에 나오는 시다. 이때는 신라 진성여왕 때, 나라가 어
지럽고 조정의 총신들이 집권하여 나라를 뒤흔들고 사방에는 도적이 끓어
나라가 어지러우니 누군가가 다라니 은어로 투서를 길거리에 뿌렸다. 이

에 왕거인을 지목하여 그를 옥에 가두었다. 왕거인이 너무도 억울하여 이 억울함을 시로 써서 토로한 했다. 그는 단지 글을 안다는 것 하나로 나라에 누명을 받아야했으니 억울할 것 밖에－. 분통이 터지는 이 억울함을 하늘에 호소하는 그의 기막힌 심정을 이 시로 잘 표현하고 있다.

┃참고

王巨仁(왕거인) 신라 진성여왕 때 학자로 시문에 능하였다 함.

004 長安, 春日有感 ● 崔匡裕 〔新羅〕
장 안 춘 일 유 감

麻衣難拂路岐塵하니 鬢改顏衰曉鏡新이라.
마 의 난 불 로 기 진   빈 개 안 쇠 효 경 신

上國好花愁裏艷이나 故園芳樹夢中春이라.
상 국 호 화 수 리 염   고 원 방 수 몽 중 춘

扁舟煙月思浮海하여 瀛馬關河倦問津이라.
편 주 연 월 사 부 해   영 마 관 하 권 문 진

秪爲未酬螢雪志하니 綠楊鶯語大傷神이라.
지 위 미 수 형 설 지   녹 양 앵 어 대 상 신

┃풀이┃ 장안의 봄을 맞아 ● 최광유 〔신라〕

삼베옷에 묻은 때는 털기도 어려우니

다시 보니 거울 속 귀밑머리 허옇게 새롭네.

이 나라 꽃들은 시름 속에 곱건마는

고향 뜰의 꽃다운 나무는 꿈속에 봄이로다.

달 아래 조각배로 바다에 띄우고 싶어서

여윈 말 타고 강가에서 나루 묻기도 귀찮구나.

마침내 형설의 뜻 이루지 못하였으니

푸른 버들에 꾀꼬리 소리도 마음 많이 아프구나.

어려운 낱말

• 麻衣(마의) : 삼베옷. 당송唐宋 때 과거에 오르지 못한 사람이 입었던 옷. •鬢
(빈) : 귀밑머리 빈. •艶(염) : 곱다. 예쁘다. •瀛馬(영마) : 여윈 말. •關河(관하) :
강가에서. •秪爲(지위) : 마침내 ~하다.

감상

봄이 찾아왔다. 봄은 만물이 회생하는 계절이다. 그러나 자기를 돌아보
니 한심하기 그지없다. 해마다 꽃은 피고 봄날은 오는데 나의 귀밑머리는
자꾸 희어만 간다. 달 아래 조각배를 타고도 싶다. 그러나 여윈 말 타고 다
니면서 나루 묻기까지 귀찮은 이 신세, 젊은 날의 그 형설의 꿈은 지금 어
디에 갔는가? 그래서 버드나무에서 우는 꾀꼬리 소리 듣고도 마음이 아프
다고 했다. 조용하게 자성自省의 시간을 갖는 듯하다.

참고

최광유(崔匡裕) 신라 때의 학자. 당에 유학, 학문이 높아 당나라에서는 최치원,
최승우, 박인범 등과 함께 신라 10현으로 불리었다.

005 代人寄遠
대 인 기 원
● 崔承老〔高麗〕

一別征車隔歲來하니　幾勞登覜倚樓臺오?
일 별 정 거 격 세 래　　기 로 등 도 의 루 대

雖然有此相思苦라도　不願無功便早廻라.
수 연 유 차 상 사 고　　불 원 무 공 변 조 회

풀이 멀리, 그대에게 보냅니다. ● 최승로〔고려〕

　　- 어느 여인을 대신하여

전쟁터에 나간 지 어느덧 한 해

언덕에 올라가서 바라보기 몇 번이더냐?

비록 그리워하는 마음 이와 같이 괴로울지라도

공로 없이 돌아옴은 정말 원치 않아요.

어려운 낱말

• 隔歲(격세) : 한해 사이. • 登覜(등도) :
높은 곳에 올라가서 바라봄. • 相思苦
(상사고) : 그리워하는 괴로움.

감상

　군에 나간 어느 여인을 대신하여 지
은 시 같다. 전쟁터로 나간 지 어언 일
년, 그대가 오는지 몇 번이나 누대에
올라가 보았지. 그리워하는 마음은 이

최승로(崔承老)

와 같을지라도 할 일 없이 있다가 돌아오는 것은 결코 원하지 않는다고 했다. 즉, 공을 세워 돌아오라는 말이다. 당시 속에 나오는 '규원閨怨'과 같은 느낌을 준다. 당시의 영향을 많이 받은 것 같다.

█ 참고

최승로(崔承老) 고려 때의 문신. 벼슬은 문하시중에 이르렀다.

---

006 寒松亭曲
한 송 정 곡 ● 張延祐 〔高麗〕

月白寒松夜에 波安鏡浦秋라.
월 백 한 송 야   파 안 경 포 추

哀鳴來又去하니 有信一沙鷗라.
애 명 래 우 거   유 신 일 사 구

【 풀이 】 한송정 노래 ● 장연우 〔고려〕

흰 달빛 비치는 한송정 달밤에
경포 가을밤 조용한 파도소리 들린다.
슬피 울며 왔다가는 떠나가느니
믿을 수 있는 건 모래 위 저 백구 한 마리.

█ 어려운 낱말

• 波安(파안) : 조용한 파도소리. • 哀鳴(애명) : 슬피 울다. • 沙鷗(사구) : 모래 위의 갈매기.

아름답기가 한편의 그림 같다. 한송정 가을 달밤에 읊은 시이다. 이 가을 달밤에 한송정을 소재로 하여 지은 즉흥시 같은 느낌을 준다. 경포대 앞에 굽이치는 잔잔한 가을 물결, 봄에 왔다가 가을에 애절하게 울고 떠나가는 기러기도 없으니, 여기서 믿을 수 있는 것은 모래 위의 흰 갈매기라고 했다. 제비는 봄에 왔다가 가을에 떠나고, 기러기는 가을에 왔다가 봄에 떠나니 모두 믿을 수 없다. 오직 믿을 수 있는 것은 모래 위의 갈매기라고 시인은 말하고 있다. 이것이 이 '한송정'에서 볼 수 있는 정경情景이다.

참고

장연우(張延祐) 고려조의 문신. 본관은 덕흥. 벼슬은 호부상서에 이르렀다.

007 絕句 ● 崔冲〔高麗〕
절 구

滿庭月色無煙燭이요 入座山光不速賓이라.
만 정 월 색 무 연 촉   입 좌 산 광 불 속 빈

更有松絃彈譜外하니 只堪珍重未傳人이라.
갱 유 송 현 탄 보 외   지 감 진 중 미 전 인

풀이 절구 ● 최충〔고려〕

－ 뜰에 가득한 달빛

뜰에 가득 달빛은 연기 없는 촛불이요
자리에 들어온 산 빛은 보기 드문 손님이다.

소나무 거문고에 악보 없이 한 곡 타니,

다만 다 이 참 맛을 나만 홀로 누리누나.

감상

자연을 아름답게 노래한 작품이다.
달빛은 촛불이요, 자리를 찾아온 산
빛은 손님이라고 아주 부드럽게 말하
고 있다. 더구나 소나무의 바람소리
를 줄 없는 거문고에 비유한 것은 옛
은사들의 자연관이다. 자연 속에 숨
어 살면서 이 멋진 광경을 혼자만 누
려서 죄송할 정도이니 옛사람들의 정
취를 짐작할만하다.

참고

최충(崔沖) 고려 때의 학자. 호는 성재
惺齋, 본관은 해주. 문과에 장원, 벼슬
이 문하시중, 중서령(종1품)에 이르렀
다.

최충(崔沖) 초상

008 贈, 姜上元帥, 邯贊
증 강 상 원 수 감 찬 ● 顯宗 〔高麗〕

庚戌年中有虜塵하여　干戈深入漢江濱이라.
경 술 년 중 유 로 진　　간 과 심 입 한 강 빈

當時不用姜公策이면　擧國皆爲左袵人이라.
당 시 불 용 강 공 책　　거 국 개 위 좌 임 인

풀이 강감찬 장군에게 주다 ● 현종 〔고려〕

경술년庚戌年(1010)에 오랑캐 난이 있어

전쟁은 한강 물가까지 밀려 왔었네.

그때 강원수姜元首 계책을 쓰지 않았더라면

온 나라 백성들 모두 오랑캐가 되었으리.

낙성대 공원에 있는 강감찬 동상

• 虜塵(노진) : 오랑캐의 전쟁. • 干戈(간과) : 전쟁. • 濱(빈) : 물가에. • 左衽(좌임) :
야만의 나라.

강상

1010년에 거란의 침입이 있은 이래 1018년에 거란이 10만 대군으로 쳐
들어왔으나 이듬해에 강감찬의 탁월한 지휘로 귀주龜州에서 섬멸시켰다.
이러한 상황을 현종은 극구 칭찬하면서 그의 계책이 아니었다면 우리 모
두가 오랑캐가 되었을 것이라는 극찬을 아끼지 않았다. 그 전쟁이 바로 귀
주대첩龜州大捷이었다.

참고

현종(顯宗) 고려 제8대 임금. 1006년에 즉위하여 재위 28년 동안 내치와 외치
에 많은 업적을 남겼다.

현종(顯宗)의 능인 선릉(宣陵). 경기 개풍군 소재.

入, 宋船上寄, 京中諸友 ● 崔思齊〔高麗〕
입 송 선 상 기 경 중 제 우

天地何疆界리오 山河自異同이라.
천 지 하 강 계　　산 하 자 이 동

君無謂宋遠하라 廻首一帆風이라.
군 무 위 송 원　　회 수 일 범 풍

풀이 송나라로 가는 배에 올라 ● 최사제〔고려〕

　－서울의 여러 벗에게

이 세상에 경계가 어디 있는가요?

산과 강은 어디나 똑같은 것이니라.

그대여, 송나라 멀다고 하지 말게나,

돌아보면 돛대 끝의 바람인 것을－.

어려운 낱말

• 疆界(강계) : 경계.　• 廻首(회수) : 머리를 돌리다.　• 帆風(범풍) : 돛대 끝의 바람.

감상

　이 세상 천지에 무슨 경계가 있겠는가? 그 강과 그 산은 모두 마찬가진 데, 무슨 경계가 있단 말인가? 아, 그대여 송나라가 멀다고만 하지 말게나. 결국 돌아보면 저 돛단배도 하나의 바람인 것을… 대지의 무한함과 광활 한 바다－. 역시 한정된 것이 없거늘 세상에 무슨 경계가 있겠는가? 하고 시인은 폭넓은 시상을 무한히 바라보며 생각에 잠기고 있다.

최사제(崔思齊) 고려 때 문신. 본관은 해주. 최충의 손자. 문과에 급제하여 예부 상서로서 송나라에 사신으로 다녀왔다. 벼슬이 문하시랑평장사. 상주국(정2품)에 이르렀으며, 시문에 뛰어났다.

010 舟中夜吟 ● 朴寅亮 〔高麗〕
주 중 야 음

故國三韓遠이요 秋風客意多라.
고 국 삼 한 원　　추 풍 객 의 다

孤舟一夜夢에 月落洞庭波라.
고 주 일 야 몽　　월 락 동 정 파

▌풀이 ▌ 밤, 배 위에서 시를 읊다 ● 박인량 〔고려〕

여기서 우리나라는 아득히 먼데

가을바람에 나그네 생각도 많구나.

외로운 배에서의 하룻밤 꿈결같이

달 지는 동정호에 물결이 일렁인다.

▌어려운 낱말

• 亮(량) : 밝다. • 洞庭湖(동정호) : 중국 호남성에 있는 중국 제일의 호수.

▌감상 ▌

삼한三韓은 우리나라를 말한다. 즉, 고려이다. 동정호는 중국 호남성에 있는 큰 호수로 명승 고적이 많다. 시인 박인량이 송나라에 사신으로 갔을 때, 경치가 좋은 동정호에서 하룻밤을 보내며 쓴 시라고 한다. 밤에 배를 타고 동정호를 한 바퀴 돌아본다면 이런 시 한 수 정도는 나올 만도 하다. 고국 땅은 아득히 멀고 가을바람이 부니 나그네 심사가 더욱 쓸쓸하다. 달이 지는 동정호를 한 번 보았으면 이런 시가 저절로 나올 듯싶다.

참고

박인량(朴寅亮) 고려 때의 사람. 호는 소화, 본관은 죽산. 문종 때 문과에 급제. 벼슬은 참지정사(종2품)에 이르렀음. 문종 때 송나라에 사신으로 가서 그의 시가 격찬을 받았다. 〈고금록〉10권을 편찬했다.

동정호(洞庭湖)

011 贈, 清平, 李居士 ● 郭輿〔高麗〕
증　청평　이거사

清平山水冠東濱이니　邂逅相逢見故人이라.
청평산수관동빈　　　해후상봉견고인

三十年前同擢第하고　一千里外各栖身이라.
삼십년전동탁제　　　일천리외각서신

浮雲入洞曾無事하고　明月當溪不染塵이라.
부운입동증무사　　　명월당계불염진

擊目妄言良久處하니　淡然相照舊精神이라.
격목망언양구처　　　담연상조구정신

풀이 청평 이거사李居士에게 ● 곽여〔고려〕

청평의 산수는 이 나라 제일인데

여기서 우연히 옛 친구 만났구나.

삼십 년 전 우리 함께 급제한 친구로서

일천리 밖에서 서로 떨어져 살았구나.

뜬구름 골짜기로 들어오니 더욱 일이 없고

밝은 달은 여울 가에 티끌 없이 물이 드네.

말을 잊고 한참이나 마주 보고 있었더니

한참이나 바라보니 옛날 생각 다시 나네.

어려운 낱말

• 清平(청평) : 경기도에 있는 지명.　• 冠(관) : 으뜸. 제일.　• 邂逅(해후) : 우연히 만
남.　• 擢第(탁제) : 과거에 발탁됨.　• 良久(양구) : 한참 있다가.　• 相照(상조) : 서로

바라보다.

청평에서 우연히 친구 이 거사를 만났다. 30년 전에 함께 과거에 급제
하고 천리밖에 떨어져 지내다가 오늘 우연히 만나게 되니 기쁘지 아니한
가. 기승전결을 통하여 우정을 다 말하고 결구에 가서 담담하게 바라보는
사이에 옛정이 샘솟듯 흘러넘친다. 뜬구름 같은 세상에 깨끗하게 살아가
는 두 사람의 우정이 그립기만하다.

참고

곽여(郭輿) 고려시대 문신. 본관은 청주. 문과에 급제한 뒤로 벼슬을 지내다가
예종이 즉위하자 왕의 스승이 되었다. 뒤에 물러나 성의 동쪽 약두산若頭山에
허정재虛靜齋를 짓고 지낼 때, 왕이 산책 나오면 들러 함께 시를 읊고 즐겼다고
한다.

청평사(淸平寺). 강원 춘천시 북산면(北山面) 청평리 오봉산(五峰山) 소재.

제2부

고려시대의 한시

012 山莊夜雨
산 장 야 우　● 高兆基

昨夜松堂雨하여　溪聲一枕西라.
작 야 송 당 우　　계 성 일 침 서

平明看庭樹하니　宿鳥未離栖라.
평 명 간 정 수　　숙 조 미 리 서

(풀이) 산장의 밤비 ● 고조기

어젯밤 송당松堂에 비가 내려

여울물 소리 베개를 다 적시네.

동틀 무렵, 뜰에 선 나무를 보니

자던 새가 아직 둥지를 떠나지 않았네.

어려운 낱말

• 枕西(침서) : 베게에 깃들다, 즉 베개를 적시다. • 西(서) : 깃들이다. 栖(서)와 같
은 뜻으로 사용. • 平明(평명) : 동틀 때. 새벽. • 未離栖(미리서) : 둥지를 떠나지
않음.

(감상)

　산장에 내리는 밤비를 묘사하고 있다. 지난 밤 지당에 비가 내리더니 여
울물 소리가 베게에 깃들이다. 새벽 일찍 뜰에 서 있는 나무를 보니 나무
에 깃들여 자던 새들도 아직 떠나지 않고 있었네. 특히 산장에 내리는 비
이고 보니 더욱 감상적이고 빗소리마저도 정감이 가는 소리이기에 시인은
이 작은 정서마저 놓치지 않고 시로 승화昇華하고 있다.

고조기(高兆基)의 묘. 제주시 아라동에 위치.

참고

고조기(高兆基) 고려 때의 문신. 본관은 제주. 문과에 급제한 후 여러 벼슬을 거쳐 평장사平章事에 이르렀다.

013 馬上寄人 三首 ● 崔謐
　　　마 상 기 인　삼 수

廻首海陽城하니　傍城山嶙峋이라.
회 수 해 양 성　　방 성 산 인 순

山遠已不見하니　況時城中人이라.
산 원 이 불 견　　황 시 성 중 인

看山帶慘色하고 聽水帶愁聲이라.
간 산 대 참 색　　　청 수 대 수 성

此時借何物하여 能得慰人情고.
차 시 차 하 물　　　능 득 위 인 정

一別有一見이면 暫別又何傷이랴.
일 별 유 일 견　　　잠 별 우 하 상

情知不再見으로 斷腸仍斷腸이라.
정 지 부 재 견　　　단 장 잉 단 장

(풀이) 말 위에서 그대에게 주는 시 3편 ● 최당

해양성海陽城을 돌아보니
성 옆에 산이 우뚝 우뚝.
산이 멀어져 이미 보이지 않으니
하물며 성 안의 사람들이랴.

산은 슬픈 빛을 띠었고
물소리는 근심 소리로 들리네.
이런 때에 그 무엇을 가져다가
무엇으로 사람의 마음을 위로하랴.

이별 후에 다시 만날 수 있다면
잠시 헤어짐이 무어 그리 슬프랴.
다시는 못 만날 이 심정이기에
이처럼 애끊는구나, 애를 끊는구나.

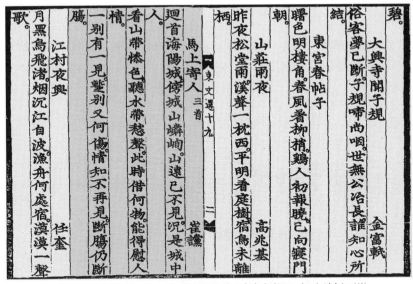

≪동문선(東文選) 19≫에 실린 최당(崔讜)의 〈마상기인(馬上寄人) 삼수(三首)〉

어려운 낱말

- 廻首(회수) : 머리를 돌리다. · 嶙峋(인순) : 우뚝한 산. · 慘色(참색) : 슬픈 모양.
- 愁聲(수성) : 근심 띤 소리. · 傷(상) : 슬프다. 감상感傷. · 斷腸(단장) : 매우 슬픔.

감상

말을 타고 서로 만나 말 위에서 그대에게 정을 나누며 건네주는 작품이
다. 주위에는 성이 있고 산이 있고, 이런 환경 속에서 친구와 이별하고 있
다. 제3연에는 한 번 헤어져 다시 만날 기회가 있다면 무엇이 마음 아프겠
는가? 그래서 다시 못 만날 줄 아는 마음에서 정말로 〈슬프구나, 슬프구
나.〉하고 반복한다. 〈斷腸단장, 斷腸단장〉이라고 -.

최당(崔讜) 고려 때 문신. 벼슬은 문하평장사(정2품)에 이르렀다. 친구들과 함께 기로회耆老會를 조직하여 시주詩酒로써 소일하니 그들을 지상선地上仙이라 불렀다고 한다.

014 石不可, 奪堅 ● 金良鏡
석 불 가 탈 견

二儀初判後에 物種萬紛然이라.
이 의 초 판 후   물 종 만 분 연

有石中含質하니 無人外奪堅이라.
유 석 중 함 질   무 인 외 탈 견

勢堪從擊破라도 性莫失生全이라.
세 감 종 격 파   성 막 실 생 전

素受形質地하니 難移守自天이라.
소 수 형 질 지   난 이 수 자 천

鐵慚融作器하고 銅恥鑄成錢하라.
철 참 융 작 기   동 치 주 성 전

比若賢良士여 操心固莫遷이라.
비 약 현 량 사   조 심 고 막 천

풀이 돌의 단단함 ● 김양경

하늘과 땅이 처음 갈라진 뒤로

세상 물질의 종류는 많고도 많아라.

돌은 그 속에 돌의 바탕을 지녔기에
사람은 그 단단함을 빼앗지 못했네.
힘을 가하여 깨뜨릴 수는 있어도
본래 지닌 본성은 잃지 않으리라.
모양과 형질을 본디 받아온 것.
하늘의 뜻은 옮기기 어려워라.
쇠붙이를 두들겨 그릇됨을 부끄러워하고
구리를 녹여서 동전이 됨은 수치스러워라.
이 같은 어진 선비들이여!
그 굳은 마음 옮기는 것을 조심하여라.

≪동문선(東文選) 11≫에 실린 김양경(金良鏡)의 〈석불가탈견(石不可奪堅)〉

•奪堅(탈견) : 단단함을 빼앗다. •二儀(이의) : 음과 양을 말함. •紛然(분연) : 매우 어지럽다. •含質(함질) : 성질을 지니다. •生全(생전) : 본래 지니고 있는 것. •難移(난이) : 옮기기 어렵다. •慚(참) : 부끄러워하다. •比若(비약) : 이같이.

◀ 감상 ▶

'돌의 단단함은 빼앗아가지 못한다.' 가 이 시의 제목이다. 돌의 단단함을 사람들이 빼앗아가지 못하듯이 인간의 본성도 사람들이 빼앗지 못한다는 것이 이 시의 주제다. 쇠를 녹여 그릇을 만들고 구리를 녹여 엽전을 만드는 것도 형질의 변화이다. 그래서 이런 사실을 부끄럽게 여기라는 것이다. 옛 선비들의 올곧은 성질을 바꾸지 않는 것도 이와 같으니 이것은 선비의 굳은 지조를 말하고 있다. 선비들에게 변심함을 삼가라는 뜻이다.

■ 참고

김양경(金良鏡) 고려의 문신. 뒤에 인경仁鏡으로 개명함. 본관은 경주. 문과에 급제하여 벼슬이 중서시랑평장사(정2품)에 이르렀고, 글씨도 잘 썼다고 함.

---

015 **坐待** ● 陳澕
　　좌 대

西華已蕭索하고　北塞尙昏蒙이라.
서 화 이 소 삭　　　 북 새 상 혼 몽

坐待文明旦하니　天東日欲紅이라.
좌 대 문 명 단　　　 천 동 일 욕 홍

〔 풀이 〕 앉아서 기다림 ● 진화

서쪽 중국은 이미 쓸쓸해졌고
북쪽 변방은 아직 혼미하구나.
앉아서 문명의 아침을 기다리니
하늘 동쪽에 해가 돋으려 하는구나.

어려운 낱말

• 蕭索(소삭) : 고요하다. 이미 다하다. • 昏蒙(혼몽) : 혼미하다.

감상

제목이 '앉아서 기다림' 이다. 무엇을 앉아서 기다린다는 말인가. 시의 내용으로 보아 문명의 아침을 기다린다는 뜻이다. 동쪽은 우리나라 조선 이요, 서쪽은 중국을 의미한다. 중국은 쓸쓸하고 변방은 혼미하고 오직 동 방만이 밝아오는 아침을 맞이한다는 내용이다. '지는 해와 밝아오는 해' 벌써 이 시대에 우리 문명을 예언이라도 하는 것 같다.

참고

진화(陳澕) 고려 때의 문장가. 호는 매호梅湖, 본관은 여양. 신종 3년에 문과에 급제, 벼슬은 우사간. 시에 능하여 그 시어가 수려하고 웅장했다. 당시 이규보 와 함께 문명을 떨쳤던 문인이다.

016 落梨花 ● 金坵
낙 이 화

飛舞翩翩去却回하니　倒吹還欲上枝開라.
비 무 편 편 거 각 회　　　도 취 환 욕 상 지 개

無端一片黏絲網하면　時見蜘蛛抱蝶來라.
무 단 일 편 점 사 망　　　시 견 지 주 포 접 래

풀이 ● 떨어지는 배꽃 ● 김구

펄펄 날아 춤추며 가다가 돌아오니

거꾸로 불어 가지에 다시 꽃피려는 듯

어쩌다 한 잎이 실 그물에 걸리면

때마침 거미가 나비인 줄 알고 잡으러 오는구나.

김구(金坵)의 묘. 전라북도 부안에 위치.

• 翩翩(편편) : 펄펄 날다. • 黏絲網(점사망) : 그물에 걸리다. • 蜘蛛(지주) : 거미.

■ 감상 ■

떨어져 날리는 배꽃을 소재로 하여 쓰여진 시다. 펄펄 나는 배꽃이 떨어져 하늘로 올랐다가 나무에 걸려서 다시 피는 듯도 하다. 낙화되어 날던 배꽃이 거미줄에 걸리면 나비로 알고 거미가 잡으러 온다는 평범한 이야기가 자연의 섭리까지 말하고 있다.

■ 참고

김구(金坵) 고려 때의 학자. 호는 지포止浦. 본관은 부령富寧. 고종 때 문과에 급제, 여러 벼슬을 거쳐 중서시랑평장사(정2품)에 이르렀음. 저서에 〈北征錄북정록〉 등이 있다.

---

017 福州 ● 金方慶
　　복 주

山水無非舊眼靑하고　樓臺亦是少年情이라.
산 수 무 비 구 안 청　　누 대 역 시 소 년 정

可憐故國遺風在하여　收拾絃歌慰我行이라.
가 련 고 국 유 풍 재　　수 습 현 가 위 아 행

■ 풀이 ■ **복주에서** ● 김방경

산과 물은 예대로 푸르러 있지 않음이 없고

김방경(金方慶)　　　　　　　　　김방경 신도비(神道碑). 경북 안동시 소재.

누대樓臺 또한 소년 시절 정경 그대로 있네.

좋을시고, 내 고향에는 옛 풍습 그대로 있어

노랫소리 울리면서 내 가는 길을 위로하구려.

어려운 낱말

• 福州(복주) : 옛 안동. • 眼靑(안청) : 푸르게 보이다. • 絃歌(현가) : 노랫소리.
• 我行(아행) : 내가 가는 길.

감상

　복주는 김방경의 고향 고을인 안동을 말한다. 1281년 그가 일본을 정벌
하러 갈 때 고향인 복주(안동)를 지나면서 지은 시라고 한다. 그러니 그의

고향에 대한 애타는 정서와 추억이 그대로 서려있는 시다. 김방경 시인은 감회가 남다를 수 있다는 생각이 든다. 그는 고려시대 장수로서 이 시에서 잠시나마 고향의 정을 느끼고 있음을 여기서 엿볼 수 있다.

참고

김방경(金方慶) 고려의 명장, 본관은 안동. 16세에 벼슬길에 오른 후 여러 중직을 거쳐 첨의중찬(정승)에 이르렀다.

018 初夏 ● 郭預
초 하

千枝紅券綠草均하고　試指靑梅感物新이라.
천 지 홍 권 녹 초 균　　　시 지 청 매 감 물 신

困睡只應消晝永하니　不堪黃鳥喚人頻이라.
곤 수 지 응 소 주 영　　　불 감 황 조 환 인 빈

풀이 ▶ 초여름 ● 곽예

가지마다 꽃이 지니 초록이 고루 번지고
청 매실 조롱조롱 푸른 느낌 새롭구나.
긴 날을 보내기는 곤한 낮잠이 제일이니
꾀꼬리 자주 울어 못 견디겠네, 나의 낮잠.

어려운 낱말

• 紅券(홍권) : 붉은색. 꽃 빛깔. • 試指(시지) : 처음 열리는. • 困睡(곤수) : 곤한 잠.

낮잠. •黃鳥(황조) : 꾀꼬리.

곽예(郭預)

┃강상┃

초여름의 정서를 듬뿍 담고 있다. 가
지마다 꽃 지고 작은 열매가 처음 달리
니 더욱 탐스럽고, 매실이 달린 작은 열
매는 한층 감흥을 준다. 긴 초여름 날에
피곤이 몰려올 때는 낮잠이 제일인데,
낮잠 자는 그때마다 꾀꼬리가 울어 내
잠을 깨워 놓고 마는구나. 〔打起黃鶯兒
(타기황앵아)하여 莫教枝上啼(막교지상제)
하라〕 라는 당시가 생각난다.

┃참고┃

곽예(郭預) 고려 때 문신. 본관은 청주. 문과에 급제한 후에 국자감 대사성, 감
찰대부 등의 벼슬을 지냈음. 문장과 글씨에 뛰어났다.

019 **拜, 先塋下, 不勝感慘, 卽成四韻** ● 洪子藩
　　배　선　영　하　불　승　감　참　　즉　성　사　운

兒啼乳歲別慈顔하니　那料孤墳在此山이랴.
아　제　유　세　별　자　안　　　나　료　고　분　재　차　산

雖隔音容冥路異하나　尙存恩愛綵衣班이라.
수　격　음　용　명　로　이　　　상　존　은　애　채　의　반

一杯宿草魂無昧하니　千里歸程淚忍潸이라.
일 배 숙 초 혼 무 매　　천 리 귀 정 루 인 산

萬種哀情言未盡하여　題詩付與水潺潺이라.
만 종 애 정 언 미 진　　제 시 부 여 수 잔 잔

《 풀이 》 슬픔을 이기지 못하여 ● 홍자번

　　　　　－선영하 어머니의 산소 앞에서

젖먹이 나이에 울면서 어머니를 여의었으니

어찌 이 산 외로운 무덤에 계실 줄 생각했으랴

비록 저승길 달라 음성과 얼굴은 보지 못했지만

그 사랑 남아있어 늘 내 비단 옷 입었어라.

한 줌 묵은 풀에도 혼이 없지 않으리니

천리를 돌아가는 길 눈물 어찌 참았으리요.

만 가지 슬픈 정을 말로 다하지 못하여

시 한 수 지어 잔잔한 물결에다 띄워 보냅니다.

｜ 어려운 낱말

• 乳歲(유세) : 젖먹이 나이. • 孤墳(고분) : 외로운 무덤. • 綵衣(채의) : 비단 옷.
• 一杯(일배) : 여기서는 한 줌. • 潸(산) : 눈물 흐르다. • 潺潺(잔잔) : 물이 졸졸 흘
러내리는 모양.

《 감상 》

　　어머니의 산소를 찾아가서 어머니를 추모하는 시다. 어릴 때 어머니를
여의고 다 커버린 뒤에 어머니 산소를 찾으니 만감이 교체하는 심정을 표

현하고 있다. 그래서 한 수의 시를 지어 잔잔한 물 위로 떠워 보내고픈 심
정을 알만도 하다. 잔잔潺潺은 물이 흘러가는 모양의 의태어, 즉 '잔잔하
다'는 뜻으로, 시인의 애잔한 마음을 말해주고 있다.

020 秋日泛舟 ● 吳漢卿
추 일 범 주

海霧晴猶暗하고 江風晚更斜라.
해 무 청 유 암　　강 풍 만 갱 사

滿汀紅葉亂을 疑是泛桃花라.
만 정 홍 엽 난　　의 시 범 도 화

水鳥浮還沒하고 沙洲直復斜라.
수 조 부 환 몰　　사 주 직 부 사

傍舟山展畵하고 迎棹浪生花라.
방 주 산 전 화　　영 도 낭 생 화

풀이 가을날 배 띄우고 ● 오한경

안개는 갤수록 바다는 어두워지고

강바람은 저녁 되니 또다시 부는구나.

물가에 가득 날리는 단풍잎을

先。
溪喧山更寂院靜日彌長採蜜黃蜂鬧營巢紫鷰
　　　　　　　　　　　　　　　　趙仁規
忙。
示諸子
事君當盡忠遇物當至誠願言勤夙夜無忝爾所
生。
秋日泛舟
　　　　　　　　　　　　　　　　吳漢卿
海霧晴猶暗江風晩更斜滿汀紅葉亂疑是泛桃
花。
水鳥浮還沒沙洲直復斜傍舟山展畫迎棹浪生
花。
▣東文選十九　　　　木▣
次安謹齋題竹院
　　　　　　　　　　　　　　　　安震
西堂多後學風味亦依前挽袖爭添酒何輸昔少
年。
朴杏山仝之宅有題
　　　　　　　　　　　　　　　　洪奎
酒盞常須滿茶甌不用深杏山終日雨細細更論
心。
己酉三月讀官後作
　　　　　　　　　　　　　　　　崔瀣
蜜翁雖失馬莊叟詎知魚徜伏人如問當須質子
虛。

≪동문선(東文選) 19≫에 실린 오한경(吳漢卿)의 〈추일범주(秋日泛舟)〉

복사꽃이 떠 있나? 의심도 했었다.

물새는 물 위에서 떴다가는 사라지고
물가의 삼각주는 바르게 굽어있네.
배 곁에는 산들이 그림처럼 펼쳐지고
노 끝에 이는 물결 꽃잎처럼 피어난다.

▌어려운 낱말

•泛舟(범주) : 배를 띄움. •紅葉(홍엽) : 낙엽. 단풍. •沙洲(사주) : 물가의 하얀 모
래. 삼각주. •棹(도) : 돛대.

　　가을날 배를 띄우고 다가오는 경치를 잘 그려내고 있다. 해무와 강바람,
가을 단풍이 도화桃花처럼 아름답게 비치고 물새는 물 위에 떴다 잠겼다
하는 풍경을 묘사하고 있다. 배를 타고 지나가는 과정 따라 펼쳐지는 경치
는 마치 파노라마처럼 지나가고 있다. 아름답고 깨끗한 시의 서경적 이미
지가 참 곱다고 느껴진다. 같은 운으로 된 오언절구 2수이다.

■ 참고

　　오한경(吳漢卿)　고려의 문신. 본관은 해주. 나중에 오형吳詗으로 개명. 문과에
급제, 벼슬은 첨의찬성사(정2품)를 지냈다. 학문이 넓고 깊이가 있었다.

---

021 待人 ● 崔斯立
대 인

　　天壽門前柳絮飛하고　一壺來待故人歸라.
　　천 수 문 전 유 서 비　　　일 호 내 대 고 인 귀

　　眼穿落日長程晚을　多少行人近却非라.
　　안 천 낙 일 장 정 만　　　다 소 행 인 근 각 비

■ 풀이 ■ 친구를 기다림 ● 최사립

　　천수문天壽門 앞에 버들개지 흩날리고
　　술 한 병 들고 와서 친구 오기 기다리네.
　　눈 뚫어지게 바라보니 해 지는 길은 멀고멀어
　　몇 사람 행인들, 가까이 보니 내 친구 아니네.

• 天壽門(천수문) : 문의 이름. • 柳絮飛(유서비) : 버들개지가 날림. • 故人歸(고인
귀) : 친구가 돌아가다. • 眼穿(안천) : 눈이 뚫어지게.

■ 감상 ■

계절로 보아서 초여름, 버들개지 꽃 날리고 목이 타는 이때, 친구를 기
다리고 있다. 천수문 앞에서 술병 들고 벗을 기다리는 시인의 모습이 떠오
른다. 행여 올까 언제 올까 하고 기다리는데 멀리서 사람이 하나 오고 있
다. 그 사람이 그 사람인가 하고 있는데 가까이 오는 걸 보니 내 친구가 아
니네. 그리하여 실망도 하고…

■ 참고

최사립(崔斯立) 고려의 문신. 생몰 연대 및 인적 사항 미상.

---

022 **過, 龍興溪有感, 呈, 李蒙庵** ● 洪侃
과 용 홍 계 유 감 정 이 몽 암

憶昔前遊二十年하니 舊時風物故依然이라.
억 석 전 유 이 십 년   구 시 풍 물 고 의 연

一溪流水渾無賴하여 只送詩班到鬢邊이라.
일 계 유 수 혼 무 뢰   지 송 시 반 도 빈 변

■ 풀이 ■ 용흥계龍興溪를 지나면서 ● 홍간

　　－이몽암李蒙庵에게 주다

이십 년 전 놀던 것을 지금 다시 생각하니

용흥사계곡(龍興寺溪谷). 전라남도 담양군 월산면에 위치.

그때의 풍물은 옛날 같이 변함없네.

계곡에 흐르는 물처럼 너무도 무심하여

시 지어 보내려니 귀밑머리 먼저 허옇구나.

어려운 낱말

• 憶昔(억석) : 옛날을 생각함. • 故依然(고의연) : 의고, 옛날과 꼭 같음. • 鬢邊(빈
변) : 귀밑머리.

감상

용흥계곡을 지나다가 이몽암이 생각나서 시 한 수 지어 보내려고 시상
을 생각한다. 20년 전 그와 놀던 이 자리에 와 보니 풍물은 옛날 그대로인
데 세월만 흘러 갔구나. 지금에 와서 그때 생각만 하여도 내 머리가 벌써
허옇게 되어있으니 어찌 느낌이 없겠는가?

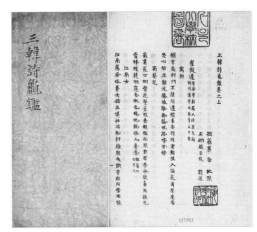

삼한시귀감(三韓詩龜鑑)

023 朴杏山, 全之宅, 有題 洪奎
박 행 산 전 지 댁 유 제

酒盞常須滿이요 茶甌不用深이라.
주 잔 상 수 만 　 다 구 불 용 심

杏山終日雨하니 細細更論心이라.
행 산 종 일 우 　 세 세 갱 론 심

풀이 이런 제목의 시 ● 홍규

─ 행산의 박전지朴全之의 댁宅에서

술잔은 모름지기 가득 차야하지만

찻잔은 그렇게 부을 일이 있겠는가.

행산杏山엔 종일토록 비만 내리는데

세세한 이야기는 해도 해도 끝이 없구나.

• 朴(박) : 성씨. • 杏山(행산) : 지명. • 全之(전지) : 이름. • 須滿(수만) : 항상 꼭 차야만 한다. • 茶甌(다구) : 찻잔. • 細細(세세) : 상세한.

감상

박전지朴全之는 고려 충숙왕 때 대신으로 시인과는 친구 사이다. 친구인 행산의 박전지의 댁을 방문하여 시가 생각나서 이 시를 짓는다고 했다. 행산杏山은 박전지의 아호이면서 지명이기도 하다. 친구를 만나 술을 마시면서 이 시를 짓는 전경이 머리에 선연하다. '술잔은 가득 부어야 하고 찻잔은 가득 채울 일이 없다.'는 말이 참 인상적이다.

참고

홍규(洪奎) 고려 충숙왕 때 사람. 본관은 남양. 남양부원군으로 벼슬이 상의첨의도감사에 이르렀다.

---

024 山居偶題 ● 李瑱
산 거 우 제

滿空山翠滴人衣하고 草綠池塘白鳥飛라.
만 공 산 취 적 인 의   초 록 지 당 백 조 비

宿霧野栖深樹在하고 午風吹作雨霖霖이라.
숙 무 야 서 심 수 재   오 풍 취 작 우 임 림

풀이 산에서 살다 ● 이진

온 산천 푸른빛이 옷에 떨어져 방울방울,

萬壽山前秋月苦居庸關外晚風寒兩都来往三
年客戀國思家鬢已斑

山居偶題　李瑱

讲空山翠滴人衣草綠池塘白鳥飛宿霧茫栖深
撒在午風吹作雨霏霏

寄許迂軒璺

水在山中可濯沦或因髙士得流傳自從許子休
官去人道丹谿似頴川

待人　朴忠佐

天壽門前柳絮飛一壺来待故人歸眼穿落日長
程晚多少行人近却非

［東文選二十　二十六］

待人　崔斯立

寄友人在燕都　潘阜

黄榆塞外但回頭不覺飄然兩鬢秋速返庭闌長
歡壽相逢不惜萬金表

次百花軒　李兆年

為報我花更莫加數盂於百不須過雪梅霜菊清
標外浪紫浮紅也謾多

寄金間民龍劒　許富

景陽山水一區幽物像尤宜賞九秋不見東坡老
居士晋年奬口五年遊

≪동문선(東文選) 20≫에 실린 이진(李瑱)의 〈산거우제(山居偶題)〉

초록빛 지당에는 백조 한 쌍 날고 있다.

짙은 안개는 들판 나무들에 서려 있고

한낮 바람 부니 비는 지루하게 내리고…

어려운 낱말

• 偶題(우제) : 우연히 제목을 붙여 시를 쓰다. • 宿霧(숙무) : 짙은 안개. • 午風(오풍) : 한낮에 부는 바람. • 霏霏(임림) : 비가 지루하게 내리는 모양.

감상

계절은 여름이다. 온 산천이 푸르러 초록빛이 옷에 젖는데, 연못에 놀고 있는 백조가 가끔씩 날고 있다. 지난밤의 짙은 안개가 나무 숲 속 깊이 서려있고 한낮에 바람 부니 비도 지루하게 내리고 있다. 이러한 초여름 계절에 푸른 정서가 이 산속에 가득하니 산에 사는 즐거움을 한층 더 느낄 수있어 좋다.

┃참고

   이진(李瑱) 고려의 문신. 본관은 경주. 이제현의 아버지. 문과에 급제, 여러 벼슬을 거쳐 첨의정승에 이르렀으며 시문에 능하였다.

025 西京, 永明寺 ● 李混
서 경   영 명 사

永明寺中僧不見하고　永明寺前江自流라.
영 명 사 중 승 불 견　　영 명 사 전 강 자 류

山空孤塔立庭際하고　人斷小舟橫渡頭라.
산 공 고 탑 입 정 제　　인 단 소 주 횡 도 두

長天去鳥欲何向고　大野東風吹不休라.
장 천 거 조 욕 하 향　　대 야 동 풍 취 불 휴

往事微茫問無處하니　淡煙斜日使人愁라.
왕 사 미 망 문 무 처　　담 연 사 일 사 인 수

┃풀이┃ 영명사永明寺에서 ● 이혼

   영명사 안에 스님은 안 보이고

   영명사 앞으로는 강물이 유유하게 흐르네.

   빈 산에 외로운 탑이 뜰 앞에 서 있었고

   인적 끊인 나루터엔 작은 배만 떠 있다.

영명사(永明寺)

높은 하늘 나는 새는 어디로 날아가는고?

넓은 들판 봄바람 불어 그치지를 아니하네.

지나간 일 가물가물 물을 곳도 없으니

엷은 안개 석양빛만 나를 시름겹게 하누나.

어려운 낱말

• 西京(서경) : 평양. • 永明寺(영명사) : 평양 금수산에 있던 절. • 長天去鳥(장천거
조) : 하늘 높이 날아가는 새. • 微茫(미망) : 너무 작아서 가물가물하다. • 淡煙(담
연) : 맑은 연기.

영명사는 평양 금수산에 있는 명승 고찰이다. 그 옆에는 대동강이 흐르고 있는데, 스님은 어디 갔는지 보이지 않고 대동강 물만 유유히 흘러가는구나. 빈 산에 고탑 하나 외로움을 지키고 나루터에는 조그만 배 하나가 가로놓여 있을 뿐이다. 높은 하늘에 날고 있는 새는 어디로 가는지, 넓은 들판에는 봄바람만 불고 있었다. 그 옛날 있었던 역사는 물을 길이 없는데, 안개는 석양빛에 희뿌연하게 이 나그네를 시름겹게 하고 있다.

■ 참고 ■

이혼(李混) 고려 때 문신. 문과에 급제 후 여러 관직을 거쳐 첨의정승에 이르렀으며 시문에 능했다.

026 月影臺 ● 蔡洪哲
월 영 대

文章習氣轉崔嵬하여 忽憶崔侯一上臺라.
문 장 습 기 전 최 외   홀 억 최 후 일 상 대

風月不隨黃鶴去하고 煙波相逐白鷗來라.
풍 월 불 수 황 학 거   연 파 상 축 백 구 래

雨晴山色濃低檻하고 春盡松花亂入杯라.
우 청 산 색 농 저 함   춘 진 송 화 난 입 배

更有琴心隔塵土하니 他時好與雨雲廻라.
갱 유 금 심 격 진 토   타 시 호 여 우 운 회

월영대(月影臺)

〔풀이〕 월영대 ● 채홍철

　글 짓고 글 쓰는 버릇 갈수록 드높아져
　최후崔侯(최치원)를 생각하며 대臺에 올라라.
　풍월은 황학黃鶴 따라 가지 못하고
　세월 따라 갈매기 떼 서로서로 날아드네.
　비 개니 산 빛은 난간 아래에 짙푸르고
　봄이 가는 계절이라 송화 가루 술잔에 뜬다.
　다시금 속세 떠나 거문고에 마음 있으니
　다음에는 비구름 더불어 함께 찾아오리라.

• 月影臺(월영대) : 마산 서쪽 해변에 있는 대 이름.   • 崔侯(최후) : 최치원을 말함.
• 煙波(연파) : 연기와 파도. 세월.   • 塵土(진토) : 흙먼지. 속세.

┃ 감상 ┃

월영대는 마산 서쪽 해변에 있는 대 이름으로 문창후文昌侯 최치원이 놀
던 자리다. 당나라 최호崔顥의 시에 "옛사람은 이미 황학黃鶴을 타고 갔으
니, 이 땅엔 부질없이 황학루黃鶴樓만 남았구나."라는 구절을 인용하여 최
치원은 없어도 여기 대만 남아있다는 사실을 말하고 있다. 시인은 이 월영
대에 올라 신라말新羅末의 대문장가 최치원을 생각하면서 여기에서 그처
럼 광풍제월光風霽月을 노래하고 싶어 한다.

┃ 참고

채홍철(蔡洪哲) 고려 때 문신. 본관은 평강平康. 문과에 급제 후, 여러 벼슬을 거
쳐 삼중대광(정1품)에 이르렀음. 문장에 뛰어났고, 불교 경전에도 밝았다.

---

027 平海東軒 ● 辛蔵
　　平 海 東 軒

亂紅濃綠遍村村하고　信馬平蕪雨後原이라.
난 홍 농 록 편 촌 촌　　　신 마 평 무 우 후 원

繞郭長川如故里하여　倚山脩竹問誰園고.
요 곽 장 천 여 고 리　　　의 산 수 죽 문 수 원

宦途幾見鞭先着하여　客路多慚席未溫이라.
환 도 기 견 편 선 착　　　객 로 다 참 석 미 온

幸得餘閑欹午枕하니　隔林無數鷓鴣喧이라.
행 득 여 한 의 오 침　　격 림 무 수 자 고 훤

풀이 평해 동헌平海東軒에서 ● 신천

붉은 꽃 짙은 녹음 마을마다 둘러있고

비 온 뒤 넓은 벌판 말 가는 대로 놓아두네.

긴 냇물에 둘러있는 성은 고향마을 같은데

산 밑에 대숲들은 누구네 집 동산인가.

벼슬길엔 몇 번이나 먼저 가지 못하고서

객지로 떠다니다보니 자리 어찌 따뜻하랴.

다행히 여가 얻어 아, 낮잠 좀 자려 하니

저쪽 숲 속 자고새만 무수히 지저귀네.

≪동문선(東文選) 25≫에 실린 신천(辛蕆)의 〈평해동헌(平海東軒)〉

• 平海東軒(평해동헌) : 평해의 동원. 관저. • 濃綠(농록) : 짙은 녹색. • 平蕪(평무) :
넓은 들판. • 繞郭(요곽) : 성곽에 둘러있는. • 故里(고리) : 고향마을. • 脩竹(수죽)
: 좋은 경치. 대나무로 둘러있는 좋은 경치. • 欹(의) : 감탄하는 말. • 午枕(오침) :
낮잠. • 鷓鴣(자고) : 자고새. 새 종류의 하나. • 喧(훤) : 지저귈 훤.

◀ 감상 ▶

평해의 동원에서 이 시를 짓는다고 되어있다. 신천이 아마 평해에서 벼
슬살이를 하면서 동원에서 이 시를 지은 것이 아닐까 한다. 동헌에서 내려
다보이는 전경을 읊고 있으니 바라보는 경치가 자못 아름답다. 숲 속에서
는 자고새가 운다고 하였는데, 자고새는 새의 한 종류다. 모처럼 한가하여
낮잠이라도 자려고 하니 숲 속의 자고새 울음 때문에 낮잠을 설친다는 말
은 무척 멋을 부린 여유가 보인다.

■ 참고

신천(辛蕆) 고려 때의 문신. 본관은 영산靈山. 문과에 급제, 판밀직사사(종2품) 등
의 벼슬을 지냄. 안향의 문인으로 스승을 문묘에 종사從祀하게 했음.

---

028 燕都秋夜 ● 白元恒
　　　연 도 추 야

思家步月未成歸하니　庭樹秋深錦葉飛라.
사 가 보 월 미 성 귀　　　정 수 추 심 금 엽 비

故國三千八百里에　夜闌雙杵擣寒衣라.
고 국 삼 천 팔 백 리　　　야 란 쌍 저 도 한 의

집 생각에 달빛 아래 거닐어도 돌아가지 못하니

뜰 앞에 나뭇잎은 가을 깊어 낙엽 져 날리네.

고국은 여기서 삼천팔백 리의 거리,

이 밤도 고향서는 마주앉아 겨울옷 다듬질하려니.

어려운 낱말

• 燕都(연도) : 현재의 북경을 말함. • 錦葉(금엽) : 낙엽의 미화. • 雙杵(쌍저) : 두 개로 두드리는 방망이질. • 擣寒衣(도한의) : 겨울옷을 다듬는 일.

감상

작자가 북경에 사신으로 가서 거기서 이 글을 지은 것 같다. 달은 밝고 고향 생각은 간절하고 여기서 고국이 삼천팔백 리라니 아득하기만 했으리라. 가을은 짙어 낙엽이 날리고 달은 휘영청 밝아 있다. 지금쯤 집에서는 여인들이 마주앉아 겨울옷 다듬질이 한창인 것을… 달 밝은 이국땅에 고향 생각이 무성하다.

참고

백원항(白元恒) 고려 때 문신. 문과에 급제, 벼슬은 첨의평리(종2품)에 이름.

兒孫慶, 八十 ● 權溥
아 손 경 팔 십

黃菊丹楓九月天에 炊金爨玉設華筵이라.
황 국 단 풍 구 월 천   취 금 찬 옥 설 화 연

兒孫薦壽誠殊重하여 倒了霞觴骨欲仙이라.
아 손 천 수 성 수 중   도 료 하 상 골 욕 선

풀이 팔십 생일에 ● 권부

－손자들의 경사를 받으며

황국과 단풍잎은 구월의 하늘에 아름답고

맛있는 음식 만들어 그 자리는 빛나기도 하여라.

아이들의 정성 다하여 내 산수傘壽를 빌어주니

≪동문선(東文選) 20≫에 실린 권부(權溥)의 〈아손경팔십(兒孫慶八十)〉

술 한 잔 마시고 나니 내 신선된 기분이네.

어려운 낱말

• 炊金爨玉(취금찬옥) : 맛있는 음식을 만드는 일. • 倒了霞觴(도료하상) : 술잔을
기울여 다 마시다.

감상

80세 생일을 산수傘壽라 한다. 시인의 80세 생일에 손자들의 경사를 받
는 자리에 느낌이 있어 쓴 작품이다. 국화와 단풍은 계절을 말하는 것이고,
찬옥爨玉은 맛있는 음식을 만드는 일이다. 많은 손자들이 술을 따르고 축
하의 인사를 나누는데 본인이야 얼마나 기분이 좋았겠는가? 그래서 한 잔
받아 마시니 신선이 된 기분이라고 소감을 피력하고 있다.

참고

권부(權溥) 고려 때의 문신. 학자. 본관은 안동. 문과에 급제한 후 여러 벼슬을
거쳐 영도첨의에 이름. 주자학 발전에 공헌을 했다.

030 山居春日 ● 王伯
산 거 춘 일

村家昨夜雨濛濛하니　竹外桃花忽放紅이라.
촌 가 작 야 우 몽 몽　　죽 외 도 화 홀 방 홍

醉裏不知雙鬢雪하고　折簪繁萼立東風이라.
취 리 부 지 쌍 빈 설　　절 잠 번 악 입 동 풍

〔풀이〕 산촌의 봄 ● 왕백

> 어젯밤 촌마을에 밤비가 부슬부슬 오더니
> 대밭 밖에 홀연히 복사꽃 붉게 피었구나.
> 취하여 양 뺨 귀밑털이 센 줄도 모르고
> 꽃가지 꺾어 꽂고 봄바람 앞에 나섰네.

┃ 어려운 낱말

- 濛濛(몽몽) : 비가 줄줄 내리는 모양. • 鬢雪(빈설) : 허옇게 센 귀밑머리. • 簪(잠)
  : 비녀. • 萼(악) : 꽃받침. • 折簪繁萼(절잠번악) : 꽃을 꺾어 비녀처럼 머리에 꽂다.

〔감상〕

   산촌에서 봄을 맞이했다. 어제 밤비가 줄줄 내리더니 복사꽃도 한창 피었다. 너무 기뻐서 내 나이도 잊고 꽃 꺾어 머리에 꽂고 좋아하는 모습은 생각만 해도 우습다. 아름다움에는 나이가 없는 법, 아름다운 것은 아름다운 것이다. 더구나 산촌에서 맞이하는 봄은 삶의 기운을 돋우는 것이기도 하다.

┃ 참고

   왕백(王伯) 고려조의 문신. 왕씨는 고려 태조가 내린 성. 본성은 김으로 신라 태종무열왕의 후손. 문과에 급제, 벼슬은 밀직부사. 집의(정3품) 등을 지냈다.

031 雨荷 ● 崔瀣
우 하

貯椒八百斛이러니 千載笑其愚라.
저 초 팔 백 곡　　　　천 재 소 기 우

何如綠玉斗로 竟日量明珠리오.
하 여 록 옥 두　　　경 일 량 명 주

풀이 빗속의 연꽃 ● 최해

후추 팔백 섬을 쌓아 놓았더니

천 년 동안 그 어리석음을 비웃었다.

녹옥綠玉을 말[斗]로 되는 것은 어떠한가?

종일토록 명주明珠를 되질하는 것도 또한.

어려운 낱말

• 椒(초) : 후추. • 斛(곡) : 부피를 재는 단위. 섬. • 千載(천재) : 천년. • 竟日(경일) : 하루 종일.

감상

녹옥은 녹색의 옥돌을 말하고, 명주는 야광주를 말한다. 이 시는 청렴하지 못한 부자를 꾸짖는 시라고 목은 이색이 평했다. 후추 3백 석을 무엇하려고 쌓아 놓았는가? 그러니 천 년 동안 비웃음을 받는 것이다. 마찬가지로 푸른 구슬을 말로 되는 어리석음은 어떠한가? 종일토록 명주明珠를 되질하는 것과 무엇이 다르랴? 이 모두가 청렴하지 못한 행위라고 꾸짖었다고 한다.

비 내리는 날의 연꽃을 보라. 얼마나 청렴하고 아름다운가? 저 연꽃에

서 인생의 참뜻을 깨닫는 것이 이 시인이
생각하는 인생관이다.

▍참고

최해(崔瀣) 고려 때의 학자. 문신. 본관은 경
주. 문과에 급제, 벼슬은 검교 성균 대사성
에 이름. 성품이 강직하고 세속에 타협하지
않고 사람의 선악을 거리낌 없이 밝힘으로
써 출세에 파란은 많았으나 이재현과 함께
외국까지 문명을 떨쳤다.

동인지문(東人之文)

032 村居
촌 거 ● 尹汝衡

補國無長策하여　抛書學老農이라.
보 국 무 장 책　　포 서 학 노 농

人疎笞徑濕하고　鳥集華門空이라.
인 소 태 경 습　　조 집 화 문 공

煙淡溪聲外하고　山昏雨氣中이라.
연 담 계 성 외　　산 혼 우 기 중

杖藜成散步하니　滿袖稻花風이라.
장 려 성 산 보　　만 수 도 화 풍

◖풀이◗ 시골에 살면서 ● 윤여형

　나라 위한 좋은 방책이 없어

책을 던지고 농사일을 배웠다네.

사람이 드무니 이끼 낀 길은 늘 젖어 있고

빈 사립문엔 새 떼들만 모여드는구나.

시냇물 소리 밖에 연기 맑게 오르고

산 빛 어두우니 비가 올 것 같구나.

청려장 짚고서 산보를 하노니

소매에 가득 벼꽃 바람이 일고 있고나.

어려운 낱말

• 補國(보국) : 나라를 위하는 일. • 抛書(포서) : 책을 던지고. • 華門(화문) : 꽃이
핀 문 앞에. [華]는 [花]와 같은 뜻으로 씀. • 杖藜(장려) : 청려장.

감상

나라를 위해 일을 하지 못해서 책을 덮고 농사일을 배웠다고 했다. 그래
서 지금까지 시골에서 농사를 지으면서 살고 있다. 그리고 시골생활에 익
숙해졌다. 벼슬하는 것보다 시골에 사니 시골의 환경에 젖어 살만한 곳이
라는 것을 느끼고 있다. 개울물 소리나 저녁연기 올라가는 마을에서 참 삶
을 느끼고 청려장 짚고 산보하는 재미도 쏠쏠했다. 그래서 제목이 '村居촌
거'라고 했다.

참고

윤여형(尹汝衡) 고려시대의 학자로만 기록되고 있다.

033

壬午歲, 寒食 ● 李穀
　　　임 오 세　한 식

宦路從來足是非하고　更堪親老遠庭闈라.
환 로 종 래 족 시 비　　경 감 친 로 원 정 위

己從客路逢寒食에　也任京塵染素衣라.
기 종 객 로 봉 한 식　　야 임 경 진 염 소 의

細雨忽來驚節換하고　落花如掃惜春歸라.
세 우 홀 래 경 절 환　　낙 화 여 소 석 춘 귀

忍貧要趁良辰醉하니　鬢髮多情心事違라.
인 빈 요 진 양 진 취　　빈 발 다 정 심 사 위

〔풀이〕 임오년 한식날에 ● 이곡

벼슬길은 예부터 시비가 많았고

늙으신 부모님은 먼 곳에 계시네.

어느덧 객지에서 맞는 한식날에

서울 먼지에 흰옷이 물들었구나.

가랑비 내리고 철이 바뀜에 늘 놀라고

낙화를 쓸어버리니 가는 봄이 애석하구나.

가난해도 좋은 날엔 취해야만 하는데

귀밑머리 희끗함과 다정한 마음은 서로 다른 것이라.

│ 어려운 낱말

• 寒食(한식) : 양력 4월 5, 6일에 드는 절후의 하나. • 宦路(환로) : 벼슬 길. • 更
堪(경감) : 견디어 살다. • 闈(위) : 문. • 庭闈(정위) : 자기의 집. 고향집. • 己從(기

종) : 쫓아가다. •也任京塵(야임경진) : 서울의 임지에서 티끌이 묻었다. [也]는 접두 발어사. •節換(절환) : 계절이 바뀌다. •鬢髮(빈발) : 희끗한 귀밑머리.

이곡이 원나라에 가서 벼슬하고 있을 때 1342년(임오년) 한식날에 쓴 시라고 한다. 한식날을 맞아 소회를 읊은 시다. 부모님은 멀리 고향에 계시고 나는 여기에 살면서 세상 티끌을 뒤집어쓰고 세상사를 잊고 있다가 한식을 만나니 부모님 생각이 절로난다. 한식 절후는 꽃이 지고 잎이 무성한 초여름으로 접어드는 계절이라 봄이 지나감을 아쉬워하고 있다. 해마다 자기가 늙어 감을 느끼면서도 좋은 날엔 한 잔 술로 취하는 것도 즐거운 일이라고 말하고 있다.

참고

이곡(李穀) 고려 때의 학자. 호는 가정, 본관은 한산. 이색의 아버지. 23세 때 문과에 급제. 충목왕 때 정당문학을 거쳐 도첨의찬성사에 이르렀음. 문장에 능하였다. '죽부인전'이 동문선에 전하며 백이정, 우탁, 정몽주 등과 경학의 대가로 꼽힌다.

이곡(李穀)의 묘소와 묘비

034

送別 ● 崔元祐
송 별

揖送吾師嶺外行하니　春風一杖野裝輕이라.
읍 송 오 사 영 외 행　　춘 풍 일 장 야 장 경

碧山杜宇聞何處오?　古寺梨花月正明이라.
벽 산 두 우 문 하 처　　고 사 이 화 월 정 명

풀이 송별 ● 최원우

고개 넘어 가는 우리 스님 절하여 보내노니

봄바람에 지팡이 하나 이 행장 가벼워라.

푸른 산 두견새 소리는 어디에서 들리는가?

옛 절엔 배꽃 피어 달이 휘영청 밝았구나.

어려운 낱말

• 嶺外行(영외행) : 멀리 길을 떠나다. • 野裝輕(야장경) : 가벼운 행장. 野는 접두
어로 사용. • 杜宇(두우) : 두견새. • 月正明(월정명) : 달이 정녕 밝구나.

감상

　이별하는 장면을 그리고 있다. 오사吾師라고 하였으니 여러 가지로 생
각할 수 있다. 나와 가까운 스님, 혹은 선사, 스승님 등을 생각할 수 있지만
어쨌든 가까운 어른과의 이별이다. 봄바람에 가벼운 행장을 하고 떠나가
는 사람을 보낼 때 두견새가 울고, 옛 절에는 배꽃이 만발하였으며 달이 정
말 밝았다고 했다. 여기서 '嶺外영외'는 다른 고장으로 떠난다는 것이다.

최원우(崔元祐) 고려 공민왕 때 문신이라고만 기록하고 있다.

035 警世 ● 懶翁
경 세

昨是新春今是秋이니 年年日月似溪流라.
작 시 신 춘 금 시 추   연 년 일 월 사 계 류

貪名愛利區區者여 未滿心懷空白頭라.
탐 명 애 리 구 구 자   미 만 심 회 공 백 두

終朝役役走紅塵하니 頭白焉知老此身이라.
종 조 역 역 주 홍 진   두 백 언 지 노 차 신

名利禍門爲猛火어니 古今燒殺幾千人고?
명 리 화 문 위 맹 화   고 금 소 살 기 천 인

풀이 세상을 깨우치는 말 ● 나옹

어제 같이 봄이었는데 오늘은 가을이니

해마다 해와 달은 흐르는 냇물과 같네.

명리를 탐하는 많은 사람들이여!

심회가 차기도 전에 머리가 먼저 세는구나.

하루 종일 헛수고하며 속세를 달려왔으니

머리 세어 늙는 줄을 그 어찌 알았으랴.

명리는 화를 부르는 문, 사나운 불길 되니

고금에 수천 사람이 얼마나 타죽었던가?

• 警世(경세) : 세상을 깨우치는 말이나 행동. • 昨是(작시) : 어제. • 似溪流(사계류) : 흐르는 물과 같음. • 空白頭(공백두) : 공연히 머리만 세다. • 禍門(화문) : 화를 부르는 문.

(감상)

스님다운 시다. 이 짧은 인생 살이에서 무엇을 찾아 얼마나 쫓아 다녔던가. 헛된 공명을 찾아 헛되이 머리만 세지 않았던가? 이런 세상, 속세 속에 달리고 또 달려갔다가 명리와 심회를 세우기 전에 얼마나 많은 사람이 죽어갔던가? 세상 사람들이여! 그래서 깨닫고 깨달아서 참 진리를 향해 살아가자는 참회의 시다. 한 번쯤 생각해볼 만한 일이다.

나옹(懶翁)

▌참고

나옹(懶翁) 고려 우왕 때의 중. 이름은 혜륵惠勤. 나옹은 그의 호. 21세에 중이 된 후 1371년 왕사가 되었음. 고려 말 선종의 고승으로 서예와 그림에 뛰어났다고 한다.

036 次, 三陟竹西樓, 韻 ● 鄭公權
차　삼척죽서루　운

竹西簷影漾淸流하고　潭上山光可小樓라.
죽 서 첨 영 양 청 류　　　담 상 산 광 가 소 루

佳節遠遊多感慨하고　斜陽欲去更遲留라.
가 절 원 유 다 감 개　　　사 양 욕 거 갱 지 류

曾聞有客騎黃鶴터니　今恨無人狎白鷗라.
증 문 유 객 기 황 학　　　금 한 무 인 압 백 구

俠岸桃花春又老한데　角聲吹徹古眞州라.
협 안 도 화 춘 우 로　　　각 성 취 철 고 진 주

풀이 ▶ 삼척 죽서루竹西樓 시 ● 정공권

죽서루 처마 그림자 맑은 물에 되비치고

연못 위에 산 그림자 작은 누에 어울리네.

좋은 시절 멀리 와서 노니 감개가 무량하고

석양에 떠나려다 다시 여기 머무르네.

일찍 듣기에 어떤 사람 황학 타고 떠났다는데

지금엔 백구와도 친한 사람이 없구나.

양쪽 언덕 복사꽃은 봄이 또한 저무는데

나팔소리 처량하게도 옛 고을에 퍼지누나.

어려운 낱말

• 竹西樓(죽서루) : 삼척에 있는 누각. • 簷影(첨영) : 처마의 그림자. • 騎黃鶴(기황
학) : 황학을 타고 가다. 최호의 시 黃鶴樓(황학루)에서 인용. • 狎白鷗(압백구) : 백

죽서루(竹西樓)

구와 친하게 지냄. •狎(압) : 친숙할 압. 한명회의 아호가 '狎鷗亭(압구정)'이었다. •角聲(각성) : 나팔소리.

│감상│

죽서루에 와서 감회를 표현하고 있다. 당나라 최호의 '황학루' 시에 〈 '옛사람은 이미 황학을 타고 갔으니, 이 땅엔 부질없이 황학루만 남았구나.〉라는 구절을 인용하여, 여기 죽서루의 아름다움을 당시를 통해 죽서루가 더욱 아름다움과 역사적 사실을 말하려고 했다. 봄도 이미 저무는데, 지금은 세상이 각박하여 백구와 함께 노니는 사람이 없음을 한탄하는 것으로 끝을 맺고 있다.

정공권(鄭公權) 고려의 문신. 초명은 추樞. 본관은 청주. 공민왕 초에 문과에 급제, 이존오와 함께 신돈을 탄핵했다가 살해될 뻔했다. 성균관 대사성 정당문학 등을 지냈다.

037 奉使日本 ● 羅興儒
봉 사 일 본

千年古國三韓使하여　萬里洪濤一葉舟라.
천 년 고 국 삼 한 사　　　만 리 홍 도 일 엽 주

留滯海東驚歲暮하니　寂廖山月水明樓라.
유 체 해 동 경 세 모　　　적 료 산 월 수 명 루

풀이 일본 가는 사신이 되어 ● 나흥유

　천년 옛 나라 삼한의 사신이 되어

　넓고 넓은 파도에 한 조각의 배로구나.

　바다 동쪽에 머물다 한 해가 저무니

　적적한 산 달이 떠서 수명루水明樓를 비춘다.

어려운 낱말

　• 三韓使(삼한사) : 삼한의 사신, 곧 고려의 사신. • 洪濤(홍도) : 넓은 파도. • 驚歲暮(경세모) : 놀랍게도 한 해가 저물다. • 寂寥(적료) : 적막. 고요함. • 水明樓(수명루) : 누각의 이름.

일본에 사신으로 떠나는 감회를 적고 있다. 천년의 삼한 땅에 사신이라는 자부심을 가지고 넓은 바다에 조각배를 타고 가는 대담성을 보여주고 있다. 바다에 머물다가 해가 저무니 적적한 산 달이 수명루水明樓를 비추고 있다고 표현함으로써 향수를 자아내고 있다.

참고

나흥유(羅興儒) 고려 때의 관리. 본관은 나주. 공민왕 때 벼슬길에 올라 1375년 (우왕1)에 자청하여 통신사가 되어 일본에 가서 왜구의 출몰을 금하도록 요구했다.

조선 종묘 내에 있었던 고려 공민왕(恭愍王) 내외 영정.

038 還,朝路上望,三角山　● 李存吾
환　조로상망　삼각산

三朶奇峰廻接天하여　虛無元氣積雲煙이라.
삼 타 기 봉 회 접 천　　　허 무 원 기 적 운 연

仰看廉利攙長劍하고　橫似參差聳碧蓮이라.
앙 간 염 리 참 장 검　　　횡 사 참 치 용 벽 련

數載讀書蕭寺裏하고　二年留滯漢江邊이라.
수 재 독 서 소 사 리　　　이 년 유 체 한 강 변

執云造物無情者리요?　今日相看兩慘然이라.
집 운 조 물 무 정 자　　　금 일 상 간 양 참 연

풀이 **삼각산을 바라보며** ● 이존오

세 줄기 봉우리가 하늘에 맞닿아서

허무한 원기가 구름에 쌓여있었네.

우러러보면 날카로운 장검을 꽂은듯하고

가로에는 들쭉날쭉 푸른 연꽃 솟은 듯하네.

수년 동안 절간에서 글을 읽었고

두어 해를 한강 가에 머물러 있었네.

조물이 무정하다고 누가 말했던가?

오늘 서로 마주 보니 두 눈에 눈물 나려는 듯.

어려운 낱말

• 三朶(삼타) : 세 줄기. 朶는 줄기. • 攙長劍(참장검) : 장검으로 찌르는 것 같다.
• 攙(참) : 찌를 참. • 參差(참치) : 들쭉날쭉함. • 聳(용) : 솟을 용. • 執云(집운) : 꼬

집어 말하다. •慘然(참연) : 매우 슬픈 모양.

감상

삼각산을 보며 지은 시다. 아마 오늘 처음 삼각산을 본 듯하다. 삼각산 봉우리가 하늘에 맞닿은 웅장한 기세를 보고 감탄하는 모습이다. 이존오는 고려 말 사람으로 한양에 와서 삼각산을 처음 보는 듯하다. 그 웅장한 모습을 보고 조물주의 무한한 권능을 예찬하고 눈물까지 흘릴 정도로 감탄하는 모습이 예사롭지 않다. 제목이 '還, 朝路上望, 三角山(환, 조로상망, 삼각산)'

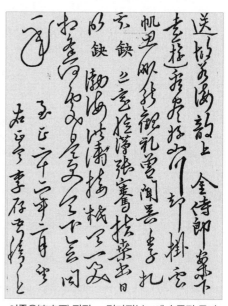

이존오(李存吾) 필적. ≪명가필보≫에 수록된 글씨.

이니, 한양 와서 '아침 길을 가다가 삼각산을 바라보고' 감탄하는 모습이다.

참고

이존오(李存吾) 고려의 문신. 20세의 나이로 문과에 급제, 우정언에 올랐을 때 신돈의 횡포를 탄핵하다가 지방관으로 좌천되었다. 공주 석탄에서 은둔생활을 하다가 울분으로 병이 나서 31세의 나이로 죽었다. 대사성으로 추증되었다.

039 登樓 ● 李崇仁
등루

西風遠客獨登樓하니　楓葉蘆花滿眼愁라.
서 풍 원 객 독 등 루　　풍 엽 노 화 만 안 수

何處人家橫玉笛고　一聲吹斷一江秋라.
하 처 인 가 횡 옥 적　　일 성 취 단 일 강 추

풀이 누에 올라 ● 이숭인

서풍에 먼 나그네 홀로 누각에 오르니

단풍잎, 갈대꽃이 눈에 가득 수심이라.

어느 곳, 인가에서 옥피리를 불어샀는고?

피리 한 번 불어 이 강의 가을을 애끊는구나.

어려운 낱말

• 蘆花(노화) : 갈대꽃.　• 橫玉笛(횡옥적) : 옥피리를 불다.

강상

　누에 올라서 사방 전경을 바라보며 감회에 젖는다. 나그네 되어 이 누에 오르니 낙엽이 날리고 갈꽃 또한 눈에 가득 수심을 자아낸다. 어느 집에서 들려오는지 옥피리 소리는 사람의 심회를 돋우는데 그 소리 흘러 흘러서 이 강산에 가을 왔음을 알리는구나.

참고

　이숭인(李崇仁) 고려의 문신이며, 학자이다. 호는 도은, 본관은 성주. 공민왕 때

문과에 급제, 동지춘추관사(종
2품)에 이르렀음. 성리학에 조
예가 깊었고 시문에 이름이 높
았다. 원나라와 명나라의 복
잡한 외교문서를 맡아 썼으며,
그의 문장은 명나라 태조를 탄
복시켰다고 한다. 무고로 여
러 차례 옥에 갇히고 유배생활
을 했으며, 조선 개국 후 정몽
주 일파라 하여 살해되었다.

이숭인(李崇仁)

040 戟巖 ● 吳世才
극 암

北嶺石巉巉을　傍人號戟巖이라.
북 령 석 참 참　　방 인 호 극 암

迥撞乘鶴晉하고　高刺上天咸이라.
형 당 승 학 진　　고 자 상 천 함

揉柄電爲火하고　洗鋒霜是鹽이라.
유 병 전 위 화　　세 봉 상 시 염

何當作兵器하여　亡楚却存凡하랴?
하 당 작 병 기　　망 초 각 존 범

북쪽 고개에 삐쭉삐쭉한 바위를

사람들이 부르기를 '창바위' 라 하네.

솟기는 학을 탄 왕자 진王子晉을 들이받고

높기는 하늘에 오르는 무함巫咸을 찌를 것 같네.

자루를 다듬는 데는 번개가 불이 되고

봉鋒을 씻는 데는 서리가 소금이 되네.

어느 때 마땅히 병기를 만들어서

초나라 이기고서 오히려 범국凡國을 보존하랴?

어려운 낱말

• 嶄嶄(참참) : 삐쭉삐쭉한 모양. 바위. • 戟巖(극암) : 개성(開城) 북쪽 31리에 있는 험한 바위. 창바위. • 迥撞(형당) : 솟아올라 들이 받다. • 迥(형) : 멀다. 솟다. • 乘鶴晉(승학진) : 학을 탄 왕자 晉(진)을 가리킴. 晉은 주나라 영왕(靈王)의 태자로서 피리를 잘 불었고, 신선이 되어 학을 타고 하늘로 올랐다는 사람이다. • 巫咸(무함) : 사람 이름. 은(殷)나라 '무함' 이 하늘에서 내려왔다고 함. • 却(각) : 은 부사로 '오히려' 의 뜻임. • 凡國(범국) : 다른 여러 나라.

감상

'창바위' 를 보고 쓴 시다. 창바위는 날카로운 창처럼 생긴 삐쭉한 바위로 개성 북쪽에 있다. 왕자 진晉을 들이받고, 무함巫咸을 찌르겠다는 비범한 각오가 대단하다. 병柄과 봉鋒은 둘 다 창의 일부분에 대한 명칭, 각각 자루와 창끝을 의미하며 주무르다(捹)와 씻다(洗)는 모두 그것들을 다루는 행동인데, 앞은 불로, 뒤는 소금과 연결되는 것으로 보아, 전자는 불로 다

듬어 창 자루를 만들어내는 것이요, 후자는 소금으로 예리하게 연마해 낸다는 것을 의미한다.

▌참고

오세재(吳世才) 1133－1187, 고려의 학자. 본관은 고창. 과거에 급제하였으나 벼슬에 오르지 않고 친구인 이인로가 세 번이나 추천하였으나 끝내 벼슬에 오르지 않았다. 이규보에게 망년지교忘年之交를 허락하고 이른바 강좌칠현江左七賢의 한 사람으로서 이인로 등과 시주詩酒를 즐겼다. 만년에 동경東京으로 제고사祭告使의 축사祝史가 되어 경주慶州에 살면서 돌아오지 않았다. 동문선에 오언율시 2편과 칠언율시 1편이 전한다.

041 題, 雄川江 ● 康好文
제 웅 천 강

江水茫茫入海流하고　靑山影裏一扁舟라.
강 수 망 망 입 해 류　　　청 산 영 리 일 편 주

百年南北人多事한데　只有沙鷗得自由라.
백 년 남 북 인 다 사　　　지 유 사 구 득 자 유

◀ 풀이 ▶ 웅천강 ● 강호문

강물은 아득히 바다로 흘러들고
푸른 산 그림자 속엔 한 척의 조각배라.
백 년 동안 남북으로 사람일도 많은데
백사장 갈매기만 오직 자유롭게 날아드네.

• 茫茫(망망) : 아득함. • 沙鷗(사구) : 백사장 갈매기.

■ 감상

　웅천강을 제목으로 쓴 시다. 강물은 아득히 흘러 바다로 들어가고 물 위에 뜬 배 한 척의 그림자도 함께 흘러가고 있다. 한 백 년 동안 남북으로 오가는 사람들도 많건마는 백사장 위에는 갈매기만 오락가락 날아들고 있었다. 이것이 웅천강을 바라보며 그 풍경을 쓴 시다.

■ 참고

　강호문(康好文) 고려 때 문신. 1362(공민왕 11)년 문과에 급제, 뒤에 판전교시사(정3품)에 이르렀음. 시문에 능하였다.

042 贈, 鄭先生, 達可, 奉使江南 ● 鄭思道
증 정선생 달가 봉사강남

去年京洛遇中秋에　醉擁笙歌月下樓라.
거년경락우중추　　취옹생가월하루

今夜船窓滿江雨하니　一燈離思浩難收라.
금야선창만강우　　일등이사호난수

(풀이) 사신으로 떠나는 포은에게 ● 정사도

　지난해 중추, 서울에서 만났을 때,

　달 아래 누각에서 술에 취해 놀았었지.

오늘밤 선창에 강우江雨 가득 내리니

등불 아래 석별의 정을 거둘 길이 없어라.

▌ 어려운 낱말

• 達可(달가) : 포은 선생의 字. • 奉使江南(봉사강남) : 강남으로 사신 감. • 京洛
(경락) : 서울. • 醉擁(취옹) : 서로 만나 취하다. • 笙歌(생가) : 노래 부르고 놀다.
• 離思(이사) : 이별의 정과 사념. • 難收(난수) : 거두어들이기 어렵다. 억제하지
못함.

◖ 감상 ◗

이별의 정에 앞서 지난날의 추억과 회포를 표현하고 있다. 설곡과 포은
은 동본 동향인으로 매우 가까운 사이였으며, 자주 만났던 모양이다. 포은
선생이 사신으로 떠나는 날에 이 시를 지어 석별의 정을 나누고 있다. 위
의 2구절은 지난날의 그와의 회고를 노래했고, 아래 2구절은 비 내리는 강
가에서 석별의 정을 가눌 수 없음을 노래하고 있다.

▌ 참고

정사도(鄭思道) 고려 말의 문신. 본관은 영일迎日, 호는 설곡雪谷, 시호는 문정공
文貞公. 충숙왕 때 문과에 급제. 1365년에는 경상도순문사에 임명. 신돈辛旽의
참소를 얻어 계림윤鷄林尹으로 경주로 좌천. 1371년에는 지밀직사사知密直司事
로 승진되어 명나라에 하정사賀正使로 다녀옴.

043 舍弟, 延壽, 來江村, 喜而成詩 ● 偰長壽
사 제 연 수 래 강 촌 희 이 성 시

三年費我鶺鴒思하여 一日那堪十二時라.
삼 년 비 아 척 령 사　　　일 일 나 감 십 이 시

形影自憐孤且弱하고 光陰還覺老將衰라.
형 영 자 련 고 차 약　　　광 음 환 각 노 장 쇠

紫荊花樹歡娛阻하여 青草池塘夢寐隨라.
자 형 화 수 환 오 조　　　청 초 지 당 몽 매 수

邂逅相逢悲喜處에 春風樽酒漢江湄라.
해 후 상 봉 비 희 처　　　춘 풍 준 주 한 강 미

풀이 아우 연수가 강촌에 오다 ● 설장수

삼 년 동안 아우를 얼마나 생각했는지

하루에도 열두 시간 참 견디기 어려웠다.

떨어져 지내기는 외롭고도 약한 이 마음

세월은 덧없이 지나가 늙고 쇠약하였어라.

형제 사이 즐거움이 끊긴 그동안

푸른 풀 연못, 꿈속에만 오고 갔었어라.

서로 만나는 슬프고도 기쁜 곳에

한강변 물가에서 봄바람에 술부터 한잔 하세.

어려운 낱말

• 鶺鴒(척령) : 할미새. 형제에 비유함. • 形影(형영) : 형체와 그림자. 물체에 따라
다니는 그림자를 말함. • 紫荊花樹(자형화수) : 박태기 꽃나무. 형제간의 즐거움

을 상징. ・湄(미) : 물가 미.

감상

이 시의 제목을 풀이하면 '동생 연수와 강촌에 와서 기뻐서 시 한 수를 완성했다.' 로 풀이된다. 형제간의 우애가 매우 두터움을 이 시에서 엿볼 수 있다. 척령鶺鴒이란 할미새, 물가에 사는 새인데 형제간의 우애에 비유된 새이다. 오랜만에 만난 형제끼리 한강변에서 술이라도 한 잔 하며 즐기자는 내용, 형제간의 우애가 매우 깊어 보인다.

참고

설장수(偰長壽) 고려, 조선의 문신이며 본관은 경주. 설손의 아들. 문과에 급제 후 고려 때에는 판삼사사(종1품)에 이르렀으며, 조선조 때에는 검교 문하시중(종1품)을 지냈음. 전후 8차나 명나라에 왕래했고, 시와 글씨에도 능했다고 한다.

---

044 **卽事** ● 趙云仡
　　　즉　사

柴門日午喚人開하고　徐步林亭坐石苔라.
시 문 일 오 환 인 개　　　서 보 임 정 좌 석 태

昨夜山中風雨在하여　滿溪流水泛花來라.
작 야 산 중 풍 우 재　　　만 계 유 수 범 화 래

풀이 ● 즉사 ● 조운흘

대낮에야 아이 불러 사립문 열게 하고

천천히 걸어 나와 정자 앞 돌 위에 앉는다.

어젯밤 산중에는 비바람 불어와서

개울 가득 흐르는 물에 꽃잎 하나 떠오네.

어려운 낱말

- 柴門(시문) : 사립문. • 徐步(서보) : 천천한 걸음. • 苔(태) : 이끼. • 昨夜(작야) : 어젯밤. • 泛(범) : 뜰 범.

감상

즉사卽事는 요즈음 말로 '즉흥시'에 해당한다. 은거생활을 하면서 조정의 신하들이 귀양을 가느라 강을 건너오는 것을 보고 우의적으로 읊은 즉흥시라고 할만하다. 우의적으로 읊었다고 하니 조정의 신하가 귀양을 가면 나와 같은 생활을 하게 된다는 것을 넌지시 읊은 것이 아닐까? 개울물에 떠오는 꽃잎도 예사로운 것이 아니라 어떤 의미를 부여하고 있음을 알 수 있다.

참고

조운흘(趙云仡) 고려와 조선의 문신. 본관은 풍양. 문과에 급제 후 동지밀직사사, 강릉부사 등을 지냈다. 그동안 두어 차례 은거생활을 했으며 시문에도 뛰어났다.

제3부

역사 속, 명인들의 한시

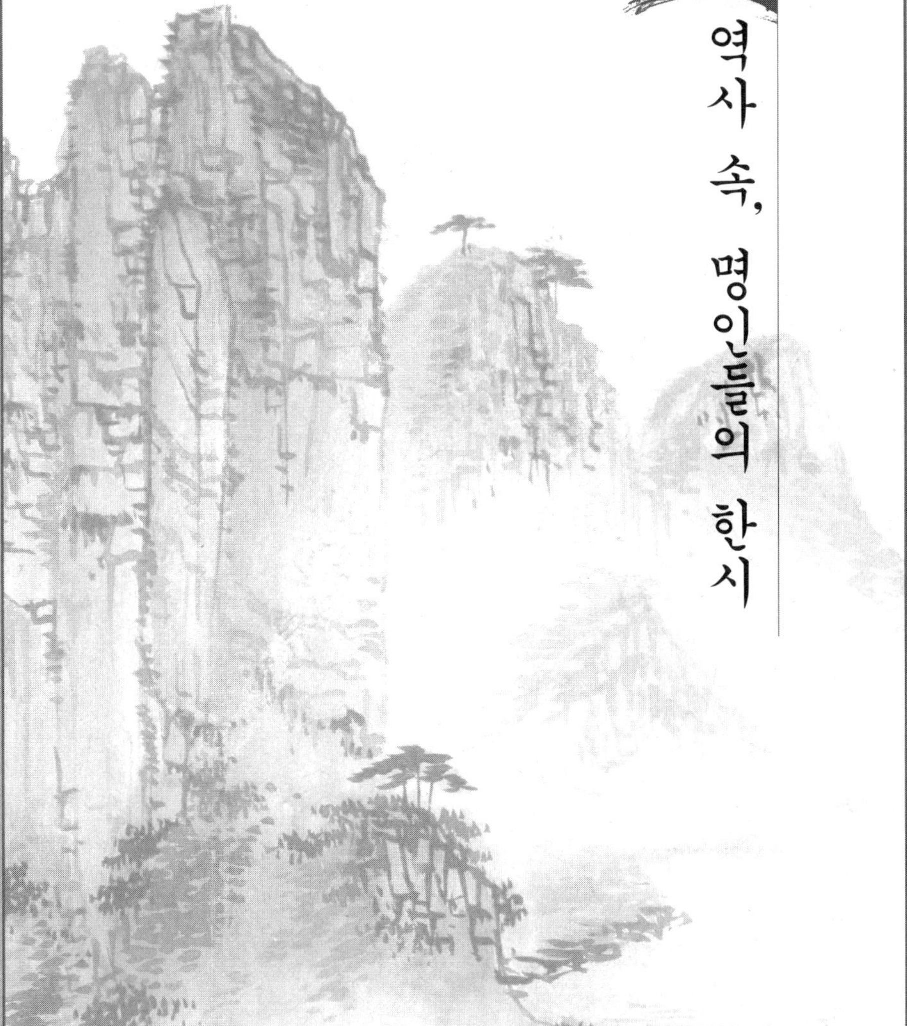

1. 고려 명인들의 한시

045 送人 ● 鄭知常
송 인

雨歇長堤初色多하니 送君南浦動悲歌라.
우 헐 장 제 초 색 다　　 송 군 남 포 동 비 가

大同江水何時盡고? 別淚年年添綠波를−.
대 동 강 수 하 시 진　　 별 루 년 년 첨 록 파

풀이 그대를 보내며 ● 정지상

비가 갠 긴 강둑에 풀빛이 엄청 푸르니

그대 보내는 남포엔 슬픈 노래 들려온다.

대동강 물은 어느 때 다 마를 것인가?

해마다 이별의 눈물 더해지는 것을−.

어려운 낱말

• 雨歇(우헐) : 비가 개다. • 南浦(남포) : 남쪽 포구. • 悲歌(비가) : 슬픈 노래. • 別
淚(별루) : 이별의 눈물.

감상

이 '송인'이란 시는 이별의 시다. 우리나라 시 중에 이런 이별의 시가
몇이나 되었던가. 물도 푸르고 풀빛도 푸른 이 대동강 가에서 이별을 하는

옛사람들의 정서가 여기에 담겨있다. 대동강 물이 왜 마르지 않는가? 했더니, 해마다 이별의 눈물을 보태기 때문이라는 과장법은 이백의 시를 능가할 수도 있다는 것이다. 정말 이 시는 이별시離別詩의 백미이다. 본래 '添作波'로 되어있던 것을 이제현에 의해 '添綠波'로 고쳐진 것이다.

▌ 참고

정지상(鄭知常) ?~1135, 고려 때의 시인. 문신. 서경 출신. 호는 남호南湖. 문과에 급제한 후에 좌사간 벼슬을 지냈음. 시에 뛰어나 고려 12시인 중의 한 사람. 그림과 글씨에도 능했다. 정지상의 시와 쌍벽을 이룬 문장가는 김부식이었다.

046 石竹花 ● 鄭襲明
석 죽 화

世愛牧丹紅하여 栽培滿院中이라.
세 애 목 란 홍   재 배 만 원 중

誰知荒草野에 亦有好花叢이라.
수 지 황 초 야   역 유 호 화 총

色透村塘月하고 香傳隴樹風이라.
색 투 촌 당 월   향 전 롱 수 풍

地偏公子少하니 嬌態屬田翁이라.
지 편 공 자 소   교 태 속 전 옹

◀ 풀이 ▶ 패랭이꽃 ● 정습명

세상 사람들은 모란만을 좋아하여
집 안에 가득가득 가꾸기도 하네.

누가 알았으랴, 저 황량한 들판에
이런 좋은 꽃이 피고 있었음을 –.
빛깔은 연못 속의 달에도 비치고
향기는 싱그러운 바람에 풍겨오네.
궁벽한 땅에 공자公子가 적으니
그 아름다움을 늙은 농부만 아누나.

어려운 낱말

• 石竹花(석죽화) : 패랭이꽃. • 荒草野(황초야) : 거친 들판. • 叢(총) : 떨기. • 田翁
(전옹) : 농부.

重遊九龍山興福寺　吳學麟
日改物亦改　事移人又移
鶴添新歲子　松老去年枝
院院古非古　僧僧知不知
悠然登水閣　重驗舊題詩

石竹花　鄭襲明
世愛牧丹紅　栽培滿院中
誰知荒草野　亦有好花叢
色透村塘月　香傳隴樹風
地偏公子少　嬌態屬田翁

甘露寺次惠遠韻　金富軾
俗客不到處　登臨意思清
山形秋更好　江色夜猶明
白鳥孤飛盡　孤帆獨去輕
自慚蝸角上　半世竟功名

安城驛　高兆基
山雨留行客　郵亭薄暮時
春風無好意　物性有參差
差抑眼已開嫩　花唇欲吐奇
如何雙蠣上　不改去年絲

珍島江亭
行盡林中路　時回浦口船
水環千里地　山礙一涯天
白日孤查客　青雲上界仙
歸來多感物　醉墨灑江煙

≪동문선(東文選) 9≫에 실린 정습명(鄭襲明)의 〈석죽화(石竹花)〉

패랭이꽃을 노래한 시다. 세상 사람들은 화려한 모란꽃을 좋아하지만 황량한 들판에 이런 아름다운 꽃이 있음을 아무도 몰랐다. 아름다운 모습이 연못에 비쳐오고 달빛이 밝아오면 싱그러운 바람에 그 향기도 풍겨온다. 이 아름다움을 아무도 모르지만 오직 농부만이 이 꽃의 아름다움을 알아서 즐기고 있다.

참고

정습명(鄭襲明) 고려 때의 문신. 본관은 영일迎日. 정몽주의 선조. 문과에 급제하여 벼슬은 추밀원樞密院 지주사知奏事에 이르렀다. 영일 정씨 지주사파의 시조임.

047 甘露寺, 次韻 ● 金富軾
감 로 사   차 운

俗客不到處에 登臨意思淸이라.
속 객 부 도 처   등 림 의 사 청

山形秋更好하고 江色夜猶明이라.
산 형 추 갱 호   강 색 야 유 명

白鳥孤飛盡이요 孤帆獨去輕이라.
백 조 고 비 진   고 범 독 거 경

自慚蝸角上에 半世覓功名이라.
자 참 와 각 상   반 세 멱 공 명

풀이 감로사에서 ● 김부식

속객들은 이르지도 못하는 곳에

오르고 나니 생각이 한층 맑아지네.
산의 경치는 가을에 더욱 좋고
강물 빛은 밤에 오히려 명쾌하구나.
흰 물새는 외로이 날아 멀어져 가고
돛단배는 홀로 가볍게 떠나가누나.
스스로 부끄럽구나, 이 어지러운 세상에서
반평생을 공명 찾기에 바빴으니 말일세.

어려운 낱말

• 俗客(속객) : 속세의 나그네. • 登臨(등림) : 오르다. • 蝸角(와각) : 어지러운 세상
의 비유. • 覓(멱) : 잡다. 찾다.

감상

감로사에서 차운次韻한 시다. 감로
사는 속세를 떠나 한적한 곳이니 마음
이 더욱 맑아지고 산색이나 강물 빛은
오히려 더욱 밝게 빛난다. 흰 물새 날
고 돛단배가 가볍게 지나가는 이 정경
을 보니 이 세상 시끄러운 곳에서 공
명을 위해 다툰 일이 부끄럽게 느껴지
는구나. 아름다운 세상을 등지고 살아
온 속세의 반평생이 오히려 부끄럽구
나. 이러한 생각이 옛 선비들의 바른
정신이라 할 수 있다.

김부식(金富軾)

김부식(金富軾) 고려의 문신. 학자. 시인. 호는 뇌천雷川, 본관은 경주. 문과에 급제 후 여러 벼슬을 거쳐 문하시중(정승). 집현전 태학사 등을 지냈다. 그는 고려 때의 대문장가로 〈삼국사기〉를 찬술했다.

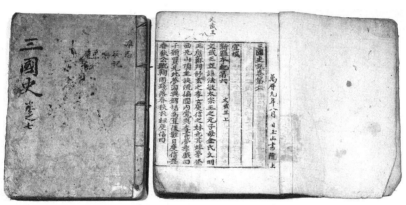

삼국사기(三國史記)

048 杜門 ● 李奎報
두 문

爲避人間謗議騰하여　杜門高臥髮鬅鬌이라.
위 피 인 간 방 의 등　　두 문 고 와 발 봉 괄

初如蕩蕩懷春女하니　漸作寥寥結夏僧이라.
초 여 탕 탕 회 춘 녀　　점 작 요 요 결 하 승

兒戲牽衣聊足樂하여　客來敲戶不須應이라.
아 희 견 의 료 족 락　　객 래 고 호 불 수 응

窮通榮辱皆天賦하니　斤鷃何曾羨大鵬고?
궁 통 영 욕 개 천 부　　근 안 하 증 선 대 붕

【풀이】 문을 닫고 앉아서 ● 이규보

인간의 시끄러운 비방 피하고자 하여서
문을 닫고 방에 누우니 머리는 봉두난발.
처음엔 허둥대며 봄을 품은 여인 같더니
점차에 공허하여 여름 스님 같구나.
아이들이 옷을 당겨 장난치니 못내 즐거워
손님 와서 문 두드려도 대답이 없어라.
궁통窮通과 영욕榮辱은 하늘이 준다는데
메추리는 작아도 대붕大鵬을 부러워할까?

어려운 날말

• 謗(방) : 비방하다. • 騰(등) : 오르다. • 髼鬙(봉괄) : 헝클어진 머리. • 蕩蕩(탕탕) : 법도 없이 허둥대다. • 寥寥(요요) : 공허하다. • 牽衣(견의) : 옷을 끌다. 장난치는 모습. • 敲戶(고호) : 문을 두드리다. • 鷃(안) : 메추리.

감상

분수를 지키고 조용히 앉아서 인생을 생각하게 하는 시다. 모든 것이 진리를 따라 찾아가는 것이 인생이라면 무엇이든 기다리는 수밖에 없다. 모든 영화와 빈곤은 하늘이 주는 것, 찾는다고 오는 것은 아니지. 내 비록 가난한 선비라도 고관대작을 부러워할 수야 있겠나. 메추리는 메추리대로 살고 대붕은 대붕대로 살아가는 법이다. 이것

이규보(李奎報)

이 세상 사는 법이다.

이규보(李奎報) 고려의 문신. 문인. 호는 백운거사白雲居士, 본관은 여주. 문과에 급제 후 여러 벼슬을 거쳐 문하시랑평장사에 이르렀다. 걸출하고 호탕하며 활달한 시풍으로 당대에 명성을 날림. 시, 술, 거문고를 즐겨 삼혹호三酷好 선생이라 자칭하다. 저서에는 〈東國李相國集동국이상국집〉이 있다.

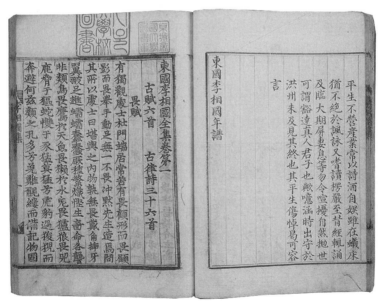

동국이상국집(東國李相國集)

049 南堤柳, 崔校勘韻 ● 崔滋
남 제 류 최 교 감 운

南堤一株柳하니　濯濯秀風標로다.
남 제 일 주 류　　　탁 탁 수 풍 표

毒虺藏空腹하니　嬌鶯弄細腰라.
독 훼 장 공 복　　　교 앵 농 세 요

歲寒無勁節하고　春暖有長條라.
세 한 무 경 절　　　춘 난 유 장 조

但問材何用이랴　休論百尺喬하라.
단 문 재 하 용　　　휴 론 백 척 교

풀이 남쪽 언덕의 버드나무 ● 최자

－ 최교감의 운을 따라

남쪽 언덕 한 그루 버드나무 있으니

깨끗한 그 풍경만은 수려하구나.

뱃속에는 독사가 숨어 있는데도

가는 허리에는 아양 떠는 꾀꼬리로다.

겨울철엔 꿋꿋한 절개 하나 없으면서

따뜻한 봄날엔 휘늘어진 가지로다.

잠시 묻노라, 그 재목 어디에다 쓰이랴?

백 척의 큰 나무라고 너무 뽐내지 말라.

어려운 낱말

• 濯濯(탁탁) : 맑고 깨끗한 모양. • 毒虺(독훼) : 독사. 살모사. • 嬌鶯(교앵) : 애교

떠는 꾀꼬리. •勁節(경절) : 굳은 절개. •長條(장조) : 긴 가지. •休論(휴론) : 말하
지 말라.

│감상│

　남쪽 언덕에 있는 버드나무를 두고 쓴 시다. 겉으로 밋밋하게 뻗어 올라
간 버드나무인데 그 속에 독사가 숨어있는지도 몰라. 그러나 그 버드나무
꼭대기에는 꾀꼬리가 아양 떨며 지저귀고 있다. 겨울에는 고고한 세한의
지조도 없이, 잎 지고 마른 나무가 봄날에는 다시 휘늘어진 나무가 될 테
지. 높은 나무라고 그 버드나무는 어디에 쓰일까? 높은 나무라고 함부로
뽐내지 말라. 인간의 허무와 무위를 은유하고 있음을 넌지시 알겠다.

│참고│

　최자(崔滋) 고려의 문신. 본관은 해주. 최충의 후손. 문과에 급제, 벼슬이 문하시
랑평장사(정2품)에 이름. 학식과 덕행이 겸비하여 치적이 많았으며, 시문에도 뛰
어나 당대에 문명을 떨쳤음. 저서에 〈補閑集보한집〉, 〈三都賦삼도부〉 등이 있음.

보한집(補閑集). 최자가 엮은 시화집.

≪동문선(東文選)≫의 삼도부(三都賦)

050 登,太白山 ● 安軸
등   태백산

直過長空入紫煙하니　始知登了最高巓이라.
직 과 장 공 입 자 연　　시 지 등 료 최 고 전

一丸白日低頭上하고　四面群山落眼前이라.
일 환 백 일 저 두 상　　사 면 군 산 낙 안 전

身逐飛雲疑駕鶴이요　路懸危磴似梯天이라.
신 축 비 운 의 가 학　　노 현 위 등 사 제 천

雨餘萬壑奔流漲하고　愁渡縈廻五十川이라.
우 여 만 학 분 류 창　　수 도 영 회 오 십 천

풀이 태백산에 올라 ● 안축

똑바로 장공長空의 안갯속에 들어서니

비로소 제일 높은 곳에 오른 것을 알았네.

둥근 태양은 머리 위에서 빛나고

사방의 산들은 눈앞에 내려앉네.

구름 쫓는 이내 몸은 학을 탄 신선 같고

낭떠러지에 달린 길은 하늘로 가는 사다리 같네.

비 갠 뒤 골짜기엔 물이 흘러 넘쳐나고

오십 천 굽이돌아 어찌 건널까 근심이로다.

어려운 낱말

• 紫煙(자연) : 자색 안개. • 高巓(고전) : 가장 높은 곳. • 一丸白日(일환백일) : 하나
의 둥근 태양. • 駕鶴(가학) : 학을 타고. • 磴(등) : 비탈길 등. • 梯天(제천) : 하늘

≪근재집(謹齋集)≫ 권1에 실린 안축(安軸)의 〈등태백산(登太白山)〉

에 사다리를 놓는 것 같음. •縈(영) : 얽히다. •縈廻(영회) : 얽히어 돌아감.

감상

　　태백산에 올라 온갖 작은 산들이 그 앞에 엎드려있는 모습이 장관이다. 높은 곳에 가서야 비로소 자기가 높은 곳에 있음을 알게 된다. 일찍이 공자가 '동산에 올라 노나라가 작음을 알고, 태산에 올라 천하가 좁은 줄을 알았다.'는 말이 생각난다. 마치 자기 몸이 신선이 되어 하늘로 날아가는 듯한 기분을 충분히 이해할 수 있다. 멀리 보이는 오십천도 굽이굽이 흘러가는 모습이 또한 장관이다.

참고

안축(安軸)　고려의 문신. 본관은 순흥. 벼슬은 첨의찬성사(정2품) 등을 지냄. 경기체가인 '관동별곡' 과 '죽계별곡' 을 남겼다.

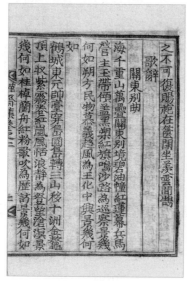

관동별곡(關東別曲)
≪근재집(謹齋集)≫ 권2에 실림.

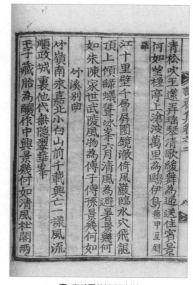

죽계별곡(竹溪別曲)
≪근재집(謹齋集)≫ 권2에 실림.

051 山中雪夜 ● 李齊賢
산 중 설 야

紙被生寒佛燈暗하고　沙彌一夜不鳴鐘이라.
지 피 생 한 불 등 암　　사 미 일 야 불 명 종

應嗔宿客開門早하나　要看庭前雪壓松이라.
응 진 숙 객 개 문 조　　요 간 정 전 설 압 송

◀ 풀이 ▶ 눈 내리는 밤 산사에서 ● 이제현

종이 같은 이불은 차고 불등佛燈은 침침한데

사미승은 밤새도록 종을 치지 않는구나.

응당, 문을 일찍 연다고 그는 성낼지 모르나

뜰 앞의 눈 덮인 소나무를 나는 꼭 보고 싶구나.

• 佛燈(불등) : 절에 켜 둔 등불. • 沙彌(사미) : 사미승. • 雪壓松(설압송) : 눈에 눌린 소나무.

■ 감상

산속의 눈 오는 날 밤을 잘 표현하고 있다. 그것도 절간의 눈 오는 밤이다. 이불은 얇아 차갑게 느껴지고 사미승은 밤새도록 종도 치지 않는 눈 내리는 밤, 그래도 나는 문을 열고 먼 산 소나무에 내리는 설경을 꼭 한 번 보고 싶다고 시인은 말하고 있다. 널리 알려진 작품의 시다.

이제현(李齊賢)

■ 참고

이제현(李齊賢) 고려 때의 문신. 학자. 시인. 호는 익제, 본관은 경주. 문과에 급제 후 여러 중직을 거쳐 공민왕 때 문하시중에 이르렀음. 당대의 문장가로 외교 문서에 뛰어났고, 정주학의 기초를 확립시켰음. 저서에 '익재난고', '역옹패설' 등이 있다.

역옹패설(櫟翁稗說). 이제현(李齊賢)이
지은 시화·잡록집. 규장각도서 소장.

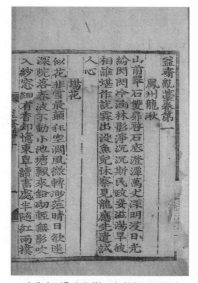

익재난고(益齋亂藁). 이제현(李齊賢)의
시문집. 연세대학교 도서관 소장.

052 山居 ● 李仁老
산 거

春去花猶在하고 天晴谷自陰이라.
춘 거 화 유 재   천 청 곡 자 음

杜鵑啼白晝하니 始覺卜居深이라.
두 견 제 백 주   시 각 복 거 심

풀이 산에 살며 ● 이인로

봄은 갔어도 꽃 아직 남아 있고

하늘은 개어 있어도 골짜기는 그늘져 있네.

두견이 대낮에도 슬피 울고 있으니

깊은 산에 산다는 걸 이제야 깨달았군.

어려운 낱말

• 杜鵑(두견) : 두견새. • 卜居(복거) : 자리 잡아 살다.

감상

산에 사는 사람들의 고요한 감성
을 노래하고 있다. 산에는 꽃이 피
고, 꽃이 지고, 새가 울고, 개울물도
소리 내어 흘러갈 것이다. 해가 뜨면
날이 맑고 흐리면 구름이 어두워 올
것이며, 두견새도 슬피 울 것이다.
하늘은 개어도 골짜기는 어두워 있
고 그렇게 자연 속에 묻혀 살고 있는
것이 산에 사는 사람이다. 그래서
'山居人산거인'이 되어 자연과 함께
살아가는 것이다.

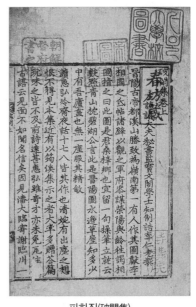

파한집(破閑集)
이인로(李仁老)의 시화, 잡록집.

참고

이인로(李仁老) 고려의 학자. 문인. 호는 쌍명재雙明齋, 본관은 인천. 문과에 급
제한 뒤에 우간의대부(정4품)에 이르렀다. 오세재, 임춘 등과 함께 시와 술을 즐
기며 강좌칠현江左七賢이라 일컬었다. 그의 저서〈破閑集파한집〉이 전한다.

053 **鎭浦歸帆** ● 李穡
진 포 귀 범

細雨桃花浪터니　清霜蘆葉秋라.
세 우 도 화 랑　　　청 상 노 엽 추

歸帆何處落고?　渺渺一扁舟라.
귀 범 하 처 락　　　묘 묘 일 편 주

| 풀이 | 진포에 돌아오는 돛단배 ● 이색

가랑비에 복사꽃 물결 일더니

맑은 서리 갈댓잎은 가을이로고 -.

돌아오는 돛단배는 어느 곳에 머무는가?

아득한 바다에 저 조각배 하나.

| 어려운 낱말 |

• 歸帆(귀범) : 돌아오는 돛단배.　• 渺渺(묘묘) : 아득한 모양.

| 감상 |

목은 이색의 시다. 그의 고매한 인격이 작품을 통하여 자연과 교감함을
엿볼 수 있다. 봄비에 복사꽃 물결이 일더니 어느 사이에 가을이 와서 갈
댓잎이 가을 소리를 낸다. 여기에서 인생의 허무와 세월의 흐름을 말하고
있다. 저기 돌아오는 범선은 어디에 머무는가? 아득한 바다에 조각배를 등
장시켜 인생의 나약함을 은유하고 있다.

참고

이색(李穡) 고려의 문신. 고려 삼은三隱의 한 사람. 호는 목은牧隱, 본관은 한산. 14세에 진사가 된 후, 원나라에 가서 국자감 생원이 되어 성리학을 연구했다. 그 후 여러 중직을 거쳐 판문하부사(종1품)에 승진. 이성계 일파의 세력을 억제하려다 유배생활을 하였음. 성리학의 대가로 문하에 권근, 김종직, 변개량 등을 배출하여 조선 성리학의 주류를 이루게 했다.

이색(李穡)

054 春興 春興 ● 鄭夢周

春雨細不滴하니 夜中微有聲이라.
춘 우 세 부 적   야 중 미 유 성

雪盡南溪漲하니 草芽多少生고?
설 진 남 계 창   초 아 다 소 생

풀이 춘흥春興 ● 정몽주

봄비 너무 가늘어 빗방울 소리 없더니
밤중에야 가느다란 소리 들리누나.
눈 녹는 남쪽 여울물 흘러넘쳐 내리니
아, 새싹은 얼마쯤 돋아났을꼬?

• 滴(적) : 물방울 적. • 溪漲(계창) : 시냇물이 불어 넘침. • 多少(다소) : 얼마나.

■ 감상

  널리 알려진 정포은의 시다. 시
적인 재능이 아주 섬세하고 정서
가 가득 찬 그런 시로 후세 사람들
의 평가를 받고 있다. 이른 봄, 비
가 내리는 밤, 가랑비가 너무 가늘
어 소리도 들리지 않더니, 밤중에
고요한 틈을 타서 가느다란 소리
가 들린다는 것은 아주 섬세한 시
적 표현이다. 눈 녹는 물이 개울
가득 흘러 넘치니 아마도 이른 봄
새싹이 돋아날 것이라는 추측이
이 시를 살리고 있다.

정몽주(鄭夢周)

■ 참고

  정몽주(鄭夢周) 1337~1393, 고려의 문신이요 학자다. 자는 달가達可, 호는 포은
圃隱. 시호는 문충, 본관은 영일迎日. 문과에 장원한 후 많은 벼슬을 거쳐 벽상
삼한삼중대광(정1품), 수문하시중 등을 역임했으며, 이성계 일파에 의해 선죽교
에서 피살되었다. 성리학에 뛰어나 동방이학의 시조로 추앙받고, 시문에 능하
여 '단심가' 외 많은 한시가 전하며 서화에도 뛰어났음. 다음 단심가(시조) 한수
를 소개하면, *〈丹心歌: 此身死了死了, 一百番更死了, 白骨爲塵土, 魂魄有也
無, 向主一片丹心, 寧有改理也歟.〉

055 閑居 ● 吉再
한 거

臨溪茅屋獨閑居하니　月白風淸興有餘라.
임 계 모 옥 독 한 거　　　월 백 풍 청 흥 유 여

外客不來山鳥語하고　移床竹塢臥看書라.
외 객 불 래 산 조 어　　　이 상 죽 오 와 간 서

(풀이) 한가하게 살면서 ● 길재

시냇가에 띠 집 짓고 한가로이 홀로 사니

밝은 달 맑은 바람에 흥이 저절로 넘치누나.

사람들은 오지 않고 산새들만 지저귀고

대밭 속에 평상 옮겨 누워 책을 보노라.

| 어려운 낱말

• 閑居(한거) : 한가하게 지내다. • 茅屋
(모옥) : 띠 집. 초가집. • 山鳥語(산조어) :
산새가 지저귀다. • 竹塢(죽오) : 대나무
밭 둑.

(감상)

일없이 한가하게 지나는 선비의 생
활상을 그대로 그리고 있다. 가난하지
만 자연을 벗 삼아 초가집 하나 지어놓
고 밝은 달 바람을 벗 삼아 사는 모습이

길재(吉再)

길재(吉再)의 묘. 경상북도 구미시 오태동에 위치.

청아하다. 찾아오는 사람 없을 때는 산새와 함께 대화하고, 그것도 지루하면 대숲에 자리 옮겨 누워서 책을 보는 모습이 무척 부럽기까지 하다. 이 한가한 생활이 자연과 함께하는 선비의 일상으로 참, 고결하게만 보인다.

▌참고

길재(吉再) 고려, 조선시대의 학자. 삼은三隱의 한 사람. 호는 야은冶隱. 금오산인金烏山人. 본관은 평해. 문과에 급제 후 성균관 박사, 문하주서 등의 벼슬을 지냈음. 조선시대에는 두 왕조를 섬길 수 없다 하여 고향 선산에 은거하면서 후진 양성에 전력하였음. 특히 김숙자金叔滋에게 성리학을 가르쳐 김종직, 김굉필, 조광조로 그 학통을 잇게 하였음.

2. 조선 명인들의 한시 ❶

056

四月初一日 ● 鄭道傳
사 월 초 일 일

山禽啼盡落花飛하고 客子未歸春已歸라.
산 금 제 진 낙 화 비   객 자 미 귀 춘 이 귀

忽有南風情思在하여 解吹庭草也依依라.
홀 유 남 풍 정 사 재   해 취 정 초 야 의 의

〖풀이〗 사월 초하루 ● 정도전

산새 울음 끝난 뒤에 꽃잎이 날리고

나그네 돌아오지 않았는데 봄은 벌써 돌아가네.

갑자기 남풍 불어 정이 있는 듯 생각되어

봄바람 불어와서 뜰에는 풀잎들만 무성하네.

┃어려운 낱말

• 山禽(산금), 客子(객자) : 산새와 나그네가 대를 이루고 있다. • 解吹(해취) : 해동
(解凍)의 바람이 불다. 곧 봄바람을 말함. • 也依依(야의의) : 풀이나 꽃이 무성한
모양. 也는 허사.

〖감상〗

산새가 울고 간 뒤에 꽃잎이 날린다고 했으니 계절은 초여름이다. 시제

詩題가 '4월 초하루'이니 계절적으로 초
여름 경치를 그리면서 계절이 주는 감흥
을 자아내고 있다. 나그네도 오지 않았
는데 봄은 이미 돌아간다고 했다. 불어
오는 바람이 마치 정이 있는듯하여 뜰에
는 무성하게 풀만 우거져 있다고 했으니
그의 풍성한 정서가 그 무엇을 말하고
있는 듯하다.

정도전(鄭道傳)

참고

정도전(鄭道傳) 고려, 조선의 문신. 학자. 호는 삼봉三峯, 본관은 봉화. 문과에 급
제 후 여러 벼슬을 거쳐 조준, 남은 등과 이성계를 추대하여 조선을 개국했다.
1차 왕자의 난 때 참수되었고, 유학의 대가로 〈삼봉집〉, 〈경제문감〉 등 많은
저서를 남기고, 고려사 37권을 편찬하였다.

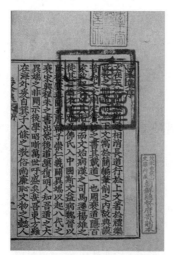

삼봉집(三峯集). 규장각 도서 소장.

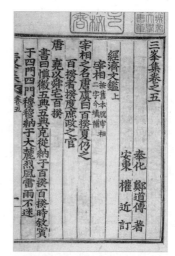

경제문감(經濟文鑑). 규장각 도서 소장.

057

臨死賦, 絶命詩 ● 成三問
임 사 부 절 명 시

擊鼓催人命하니 西風日欲斜라.
격 고 최 인 명   서 풍 일 욕 사

黃泉無一店하니 今夜宿誰家오.
황 천 무 일 점   금 야 숙 수 가

【풀이】 죽음에 임하여 이 시를 읊다 ● 성삼문

북을 두드려 사람의 목숨을 재촉하는데

서쪽 바람에 날이 이미 저무는구나.

황천 가는 길에는 주막집도 없다는데

오늘밤은 그 누구 집에서 자고나 갈꼬?

성삼문(成三問)의 묘. 서울시 동작구 노량진동에 위치.

• 擊鼓(격고) : 북을 두드리다. • 西風(서풍) : 서쪽 바람. • 黃泉(황천) : 사람이 죽어 찾아간다는 곳.

■ 감상

사육신의 한 사람인 성삼문이 형장에서 절명시를 지었다. 많은 사람으로부터 동정을 받고 있는 시다. 북을 치며 사형을 재촉하는 마당에서 절명시를 읊었다는 것은 많은 사람으로부터 동정을 받고 있으며, 절명시 역시 간절하여 그의 시적인 재능도 엿볼 수 있다. '황천 가는 길에는 잘 곳도 없다는데 오늘밤은 누구네 집에서 자고 갈꼬?' 하는 대목은 눈물겹기까지 하다.

■ 참고

성삼문(成三問) 1418~1456, 조선의 학자. 사육신의 한 사람. 자는 근보勤甫, 호는 매죽헌梅竹軒. 본관은 창녕. 집현전 학사로 훈민정음 창제 및 '동국정운' 편찬에 참여하여 많은 공을 세웠음. 세조가 즉위하자 좌부승지(정3품)로서 단종 복위를 도모하다가 39세로 처형되었다.

---

058 自笑詩 ● 徐居正
자 소 시

一詩吟了又吟詩하여 盡日吟詩外不知라.
일 시 음 료 우 음 시   진 일 음 시 외 부 지

閱得舊詩今萬首하니 儘知死日不吟詩리라.
열 득 구 시 금 만 수   진 지 사 일 불 음 시

풀이 자신을 비웃으며 ● 서거정

시 한 수를 읊고 또 한 수 읊고 나서

하루 종일 시만 읊으니 바깥일은 전연 몰라라.

지난 날 지어 둔 시가 지금은 만수나 되니

죽는 날에 가서야 아마 시 읊지 않으리라.

어려운 낱말

• 外不知(외부지) : 밖의 일을 알지 못함. • 閱得(열득) : 보고 얻다. 여기서는 본인의 시작을 말함. • 儘知(진지) : 아마 다 알게 될 것임.

동문선(東文選). 우리나라 역대 시문선집. 규장각 도서, 국립중앙도서관에 소장.

시를 읊는 것이 습관이 되었는가? 하루 종일 시만 읊으니 다른 일은 알 수가 없어. 아마 지금까지 내가 지은 시가 만 수나 된다고 하니 대단한 시인이다. 잠자는 시간을 제외하고는 시만 붙들고 살아왔으니 그럴 만도 할 것이다. 현대 시인들도 마찬가지다. 시를 짓기 위해 많은 시간과 노력을 기울이다 보면 다른 일은 거의 못하기 마련이다. 서거정도 이에 속하는 시인이었을 것이다. 평생을 시를 쓰고도 만족 못하는 것이 시인이었다.

참고

서거정(徐居正) 조선의 문신. 학자. 호는 사가정四佳亭, 본관은 달성. 식년문과, 문과 중시에 급제, 문신 정시庭試에 장원. 이조참의 때 사은사로 명나라에 가서 그곳 학자들과 문장과 시를 논하여 '해동海東의 기재奇才'라는 찬탄을 받았다. 6조의 판서를 두루 지낸 후 좌찬성(종1품)에 올랐다. 성리학을 비롯하여 천문, 지리, 의약 등에 이르기까지 정통했으며, 〈海東詩話해동시화〉. 〈동문선〉 등을 남겨 신라 이래 조선 초기에 이르는 시문을 편집하여 한문학을 집대성하였다.

059 二月三十日, 將入京 ● 金宗直
이 월 삼 십 일 장 입 경

强爲妻拏計하여 虛抛故國春이라.
강 위 처 나 계 허 포 고 국 춘

明朝將禁火하니 遠客欲沾巾이라.
명 조 장 금 화 원 객 욕 첨 건

花事看看晚하니 農功處處新이라.
화 사 간 간 만 농 공 처 처 신

差將湖海眼이 還眜市街塵이라.
차 장 호 해 안   환 미 시 가 진

[풀이] 서울로 들어가며 ● 김종직

　－2월 30일에

억지로라도 처자의 생계를 위해
허무하게 고향의 봄을 버리고 왔네.
내일 아침은 마침 한식이라 하니
멀리 가는 나그네 손수건 적시겠네.
꽃들은 보면 볼수록 늦게 피는데
농사일은 곳곳마다 새롭게 시작하네.

김종직(金宗直) 동상. 경상남도 밀양시에 위치.

일찍이 고향에서 깨끗이 씻은 눈이

앞으로 거리의 티끌 만나 흐릿해지겠구나.

어려운 낱말

• 强爲(강위) : 억지로 ~하다. • 拏計(나계) : 생계에 사로잡혀서. 拏=拿. • 虛抛(허포) : 허무하게 버리다. • 禁火(금화) : 한식. 불을 금하는 날이니 한식을 말함. • 沾巾(첨건) : 눈물이 손수건을 적시다. • 農功(농공) : 농사일. • 差將(차장) : 장차. 앞으로. • 還眯(환미) : 도리어 흐릿하게 되다. • 眯(미) : 눈에 티가 들어갈 미.

감상

서울로 들어가면서 느낌을 적은 것이다. 아마 김종직이 벼슬살이를 위해 입경入京하는 것 같다. 처자를 위해 억지로라도 벼슬을 해야 하고 허무하게도 고향의 봄을 버리게 된다고 했다. 더구나 내일이 한식이라니 명절을 버리고 떠나는 심정 이해할만하다. 지금은 농사일을 해야 하는 봄철인데 내가 고향에서 깨끗이 씻은 눈을 서울 가서 흐릿하게 되겠구나 하는 것은 자기도 서울 사람이 된다는 뜻이기도 하다.

조의제문(弔義帝文)
수양대군(세조)의 왕위 찬탈(簒奪)을 비난한 글.

김종직(金宗直) 조선의 성리학자. 호는 점필재佔畢齋, 본관은 선산. 밀양 출신. 진사로 식년 문과에 급제, 벼슬이 지중추부사(정2품)에 이르렀음. 학문과 문장이 뛰어나 영남학파의 종조宗祖가 되었다. 죽기 전에 '조의제문弔義帝文'을 써둔 바가 있는데, 제자 김일손이 이것을 사초史草에 적어놓은 것이 원인이 되어 무오사화가 일어났으며, 이로 인하여 그는 부관참시剖棺斬屍를 당하고 많은 문집이 소각되었다.

060 有客 ● 金時習
유 객

有客清平寺하여 春山任意遊라.
유 객 청 평 사   춘 산 임 의 유

鳥啼孤塔靜하고 花落小溪流라.
조 제 고 탑 정   화 락 소 계 류

佳菜知時秀하고 香菌過雨柔라.
가 채 지 시 수   향 균 과 우 유

吟行入仙洞하니 消我百年愁라.
음 행 입 선 동   소 아 백 년 수

풀이 나그네가 되어 ● 김시습

－청평사清平寺에서

나그네 되어 청평사에 가서

봄 동산에 마음대로 노니노라.

새는 외롭게 탑 위 고요함을 노래하고

청평사(清平寺)

흐르는 실개천에 꽃잎은 지고 있네.

맛있는 산나물은 때를 알아 자라나고

향기로운 버섯은 비 온 뒤에 더욱 부드럽네.

시를 읊조리며 신선 골에 들어오니

나의 일평생 근심이 사라지려 하누나.

어려운 낱말

• 有客(유객) : 나그네가 되어. • 清平寺(청평사) : 강원도 춘성군 북산면 청평리에 있는 절. 고려 광종 24년에 세운 절. • 香菌(향균) : 향기 나는 버섯. • 吟行(음행) : 시를 읊으며 걷다.

김시습(金時習)

제목이 '유객'인데, 이것은 아마 '나그네가 되어'란 뜻으로 해석하고 싶다. 김시습이 청평사에 나그네가 되어 들렸다는 뜻으로 생각되기도 한다. 그래서 나그네가 되어 청평사에 들리니 봄 동산, 외로운 탑, 흐르는 실개천, 산나물, 향기로운 버섯, 이런 것들이 무진장 좋았다. 그래서 시를 읊고 신선 골에 들어가서 나의 한평생 근심을 씻어내고 싶은 심정을 노래하고 있다.

참고

김시습(金時習) 1435~1493, 조선조 생육신의 한 사람. 자는 열경悅卿, 호는 매월당, 본관은 강릉. 3세에 이미 시에 능했고, 5세에 중용, 대학에 통하여 신동으로 이름이 났다. 수양대군이 왕위에 올랐다는 소식을 듣고 통분하여 책을 버리고 중이 되어 방랑의 길을 떠나서 47세에 환속, 절개를 지키면서 불교와 유교의 경전을 섭렵했고, 사상이 탁월한 문장으로 일세를 풍미했던 인물임. 저서로 최초의 한문소설인 '금오신화'와 '매월당집' 등이 전한다.

061 書懷 ● 金宏弼
　　서 회

處獨居閑絶往還하고 只呼明月照孤寒이라.
처 독 거 한 절 왕 환　　지 호 명 월 조 고 한

煩君莫問生涯事하라　數頃煙波數疊山이라.
번 군 막 문 생 애 사　　수 경 연 파 수 첩 산

풀이 회포를 적다 ● 김굉필

한가롭게 홀로 살아 왕래마저 끊고
다만 밝은 달 불러 이 외로움 달래노라.
그대는 번거롭게 내 삶을 묻지 말아다오.
연파煙波 몇 이랑에 겹겹이 산속뿐이로세.

어려운 낱말

• 只呼(지호) : 다만 ~를 부르다. • 生涯事(생애사) : 세상 사는 이야기. • 煙波(연파) : 자연, 연기와 파도.

감상

혼자 고요하게 왕래를 끊고 있으니 저 밝은 달만이 밤마다 나를 찾아오네. 찾아와서 서로 비추며 대화하는 장면이 외로운 선비답다. 그러니 그대는 번거롭게 내 삶에 대해서 이러고저러고 묻지를 말게나. 자연 속 겹겹이 싸인 산만이 나의 벗이다. 하고 자연 속에 살고 있는 자신을 외롭지 않다고 자기의 회포를 술회하고 있다.

김굉필(金宏弼)

김굉필(金宏弼) 조선조의 학자. 호는 한훤당寒喧堂, 본관은 서흥瑞興. 김종직의 문하에서 '소학小學'을 배우고 '소학동자小學童子'라 자칭했음. 사마시에 합격, 감찰, 형조좌랑 등의 벼슬을 지냈음. 1498년(연산군 4) 무오사화 때 김종직의 일파로 몰려 유배, 1504년 갑자사화 때 사사되었다. 성리학에 통달, 문하에 조광조, 김안국 등의 학자들이 배출되었다.

062 遊, 頭流山 ● 鄭汝昌
유   두 류 산

風蒲獵獵弄輕柔하고　四月開花麥已秋라.
풍 포 엽 렵 농 경 유　　사 월 개 화 맥 이 추

看盡頭流千萬疊하여　孤舟又下大江流라.
간 진 두 류 천 만 첩　　고 주 우 하 대 강 류

풀이 두류산을 유람함 ● 정여창

바람에 부들 잎이 가볍고 부드러워

사월 개화 물결이니 이미 보리 가을이네.

두류산 천만 겹 다 보고 나서야

한 척의 배로 큰 강물 따라 흘러내린다.

어려운 낱말

• 頭流山(두류산) : 지리산을 두류산이라고 했다. • 獵獵(엽렵) : 바람에 나부끼는 모양. • 萬疊(만첩) : 만 겹. • 孤舟(고주) : 한 척의 배.

두류산 유람의 시다. 두류산의 아름
다움을 보고 감상, 두류산을 유람하는
것을 시의 소재로 삼았다. 부들 잎은 바
람에 부드럽게 날리고 보리 물결이 일
고 있는 4월이라 한창 좋은 때이다. 두
류산의 만첩청산은 보기만 해도 마음이
풍요롭다. 그 아래로 강물이 흘러 배 한
척이 유유히 떠가고 있다. 여기서 남명
조식의 시조 한 수를 소개하면 〈두류산
양단수를 예 듣고 이제 보니 / 도화 뜬
맑은 물에 산영山影조차 잠겨 세라. / 아
희야 무능이 어디뇨, 나는 옌가 하노라.〉

정여창(鄭汝昌)

정여창(鄭汝昌)의 묘. 경상남도 함양군 수동면에 위치.

정여창(鄭汝昌) 조선의 문신, 학자. 호는 일두—蠹, 본관은 하동. 함양 출신. 김종직의 문인. 지리산(두류산)에 들어가 3년 동안 성리학을 연구했다. 별시 문과에 급제, 안음 현감을 지내고 무오사화로 함경도 종성에 유배, 죽은 뒤 갑자사화 때 부관참시 되었다. 성리학의 대가로 우의정에 추증되었다.

063 綾城謫中 ● 趙光祖
능 성 적 중

誰憐身似傷弓鳥하랴　　自笑心同失馬翁이라.
수 련 신 사 상 궁 조　　　　자 소 심 동 실 마 옹

猿鶴正嗔吾不返이나　　豈知難出覆盆中이라.
원 학 정 진 오 불 반　　　　기 지 난 출 복 분 중

풀이 능성 귀양지에서 ● 조광조

화살 맞은 새 같은 몸, 누가 가여워하랴.

말[馬] 잃은 늙은이 같은 신세 스스로 우습구나.

나 돌아가지 않는다고 짐승들도 꾸짖겠지만

그 누가 답답한 이 마음 알아줄 이 있으랴?

어려운 낱말

• 傷弓鳥(상궁조) : 화살 맞아 상한 새. • 失馬翁(실마옹) : 말 잃은 늙은이. 오도 가도 못하는 신세를 말함. • 猿鶴(원학) : 원숭이와 학, 곧 짐승들을 말함. • 難出(난출) : 알 수 있으랴. • 覆盆中(복분중) : 단지 엎어둔 속처럼 답답한 심정.

조정암이 귀양 가서 답답한 심기를 토
로하고 있다. 자기를 화살에 맞은 새에
비유해서 나 같은 사람을 누가 가엾게
생각하겠느냐 하는 마음과 여기 귀양살
이하는 자기 신세가 너무도 우습다는 심
정을 토로한다. 한때 조정을 흔들던 사
람이 그 답답한 마음을 아무도 알아줄
사람이 없음을 한탄하고 있다.

조광조(趙光祖)

조광조(趙光祖) 1482–1519, 조선조의 학자, 문신. 호는 정암靜庵, 본관은 한양
漢陽. 김굉필의 문인. 진사를 거쳐 알성문과에 급제, 벼슬이 대제학에 이르렀
음. 사림파의 영수로 도덕적 이상 정치를 꾀하여 급진적인 개혁을 추진했으나
훈구파와 충돌, 기묘사화 때 전라도 나주綾州로 귀양 갔다가 사사되었다.

조광조(趙光祖) 적려유허비(謫廬遺墟碑). 전남 화순군 능주면에 위치.

064 讀書 ● 徐敬德
   독 서

讀書當日志經綸하니 歲暮還甘顏氏貧이라.
독 서 당 일 지 경 륜   세 모 환 감 안 씨 빈

富貴有爭難下手하고 林泉無禁可安身이라.
부 귀 유 쟁 난 하 수   임 천 무 금 가 안 신

採山釣水堪充腹하고 詠月吟風足暢神이라.
채 산 조 수 감 충 복   영 월 음 풍 족 창 신

學到不疑知快活하니 免教虛作百年人이라.
학 도 불 의 지 쾌 활   면 교 허 작 백 년 인

풀이 독서 ● 서경덕

그날마다 경륜에 뜻을 품고 글을 읽으니

세모에도 안씨顏氏의 가난은 감미롭구나.

부귀는 다툼 있어 손 놓기 어렵고

임천林泉은 금함 없으니 이 몸 편안하구나.

산나물 캐고 고기 낚아 이 배를 채우고

풍월을 읊으면서 이 마음 풍족하게 하리라.

배움은 의심이 없어 즐거움을 알게 되니

백 년 인생 헛되게 삶을 이제 면하게 되었구려.

어려운 낱말

• 經綸(경륜) : 어떤 포부와 계획. • 顏氏貧(안씨빈) : 공자의 수제자로서 가난하고
불우한 가운데 학문을 대성한 사람. 顏回(안회), 顏子(안자)라고도 함. • 林泉(임천)
: 자연. • 菜山釣水(채산조수) : 나무하고 낚시질함. • 學到(학도) : 배움에 이르다.

• 免敎(면교) : 가르치고 배워서 ~를 면하다.

▌감상▐

독서의 즐거움을 노래한 시다. 독서는 오직 즐겁게 해야 하는 법이다. 공자의 제자인 안자는 가난하고 불우했으나 이를 극복하고 열심히 공부하여 이름을 남겼으니 나도 독서하여 나의 경륜을 쌓아 가리라 하는 결심을 엿볼 수 있다. 독서를 함으로서 인생 백 년을 헛되지 않게 살겠다는 그의 결심이 대단하다.

▌참고

서경덕(徐敬德) 조선의 학자. 호는 화담花潭, 본관은 당성唐城. 가세가 빈한하여 독학으로 공부하여 13세에 서경을 해독했으며, 18세에는 대학에 통달했다. 어머니의 요청으로 생원시生員試에 합격했으나 벼슬에 뜻이 없어 학문에 전념했다. 박연폭포, 황진이와 함께 송도삼절로 불림. 우의정에 추증追贈되었다.

065 **無爲**
무 위 ● 李彦迪

萬物變遷無定態하니 一身閑適自隨時라.
만 물 변 천 무 정 태   일 신 한 적 자 수 시

年來漸省經管力하여 長對靑山不賦詩라.
년 래 점 성 경 관 력   장 대 청 산 불 부 시

▌풀이▐ 무위無爲 ● 이언적

만물은 변천하여 정한 형태가 없으니

이 한 몸, 한가하게 때를 따라 지내노라.

근래에 내 경영 능력은 날마다 줄어서

그냥 청산만 바라볼 뿐 시는 짓지 않겠네.

▌어려운 낱말

• 無爲(무위) : 참된 행복의 근원으로서의 자연. • 無定態(무정태) : 모양이 정한 것이 없음. • 經管力(경관력) : 나를 경영하는 능력. • 不賦詩(불부시) : 부나 시를 짓지 않음.

▌감상▌

'무위' 라는 시다. '무위' 란 그냥 하는 일 없이 논다는 뜻이 아니라 '무위자연' 을 말하는 것이다. 참으로 도학자다운 시다. 사물을 바라보고 사유에 젖을 뿐, 결코 부시賦詩를 짓지 않겠다는 도학자적인 마음씨다. 만물은 정한 모양이 없고 항상 변할 수 있다는 생각은 차원 높은 사상思想이다.

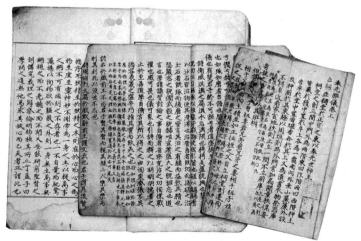

이언적수필고본일괄(李彦迪手筆稿本一括). 경상북도 월성군 안강읍 옥산서원에 소장.

장자의 학설에 '無何有之鄕'이란 말이 있는데, 즉 無邊无涯의 세계이며, '虛無無爲'의 세계라고 말했다. 이 시의 제목 '無爲'가 바로 이러한 세계임을 말하고 있는 듯하다.

참고

이언적(李彦迪) 1491(성종 22)~1553(명종 8), 조선 명종 때의 문신. 학자. 호는 회재晦齋, 본관은 여주驪州. 생원으로 별시 문과에 급제, 벼슬이 좌찬성(종1품)에 이르렀음. 윤형원 일당이 조작한 양재역 벽서사건에 연루되어 강계에 유배, 배소에서 작고한 조선 전기의 성리학자로 퇴계 사상에 많은 영향을 주었고, 글씨를 잘 썼다.

066 陶山月夜, 詠梅 ● 李滉
도 산 월 야 영 매

獨倚山窓夜色寒하고　梅梢月上正團團이라.
독 의 산 창 야 색 한　　매 초 월 상 정 단 단

不須更喚微風至라도　自有淸香滿院間이라.
불 수 갱 환 미 풍 지　　자 유 청 향 만 원 간

步屧中庭月趁人하고　梅邊行繞幾回巡고?
보 섭 중 정 월 진 인　　매 변 행 요 기 회 순

夜深坐久渾忘起하고　香滿衣巾影滿身이라.
야 심 좌 구 혼 망 기　　향 만 의 건 영 만 신

晩發梅兄更識眞하니　故應知我怯寒辰이라.
만 발 매 형 갱 식 진　　고 응 지 아 겁 한 진

可憐此夜宜蘇病이면 能作終宵對月人이라.
가 련 차 야 의 소 병　　능 작 종 소 대 월 인

┃풀이┃ 도산 달밤에 매화를 읊음 ● 이황

홀로 기댄 산창山窓에 밤기운 차가운데
매화가지 끝에는 둥근 달이 떠올랐네.
이제 꼭 미풍이 불어오지 않아도
맑은 향기 스스로 온 뜰에 가득하리라.

나막신 신고 뜰에 거니니 달이 따라오고,
매화 곁에 돌고 돌아 몇 바퀴나 돌았던고?
밤 깊도록 오래 앉아 일어날 줄 모르고
향기는 옷에 배고 그림자는 몸에 가득하네.

늦게 피는 매화도 또 다른 뜻을 알겠거니
추운 때를 겁내는 내 몸 응당 아는 까닭이라.
가련하구나, 이 밤에 내 병이 낫는다면
밤새도록 달빛 아래 바라보고 있으리라.

┃어려운 낱말

• 獨倚山窓(독의산창) : 혼자 산창에 기대다. • 團團(단단) : 둥글다. • 滿院間(만원
간) : 온 뜰에 가득함. • 步屧(보섭) : 나막신을 신고서. • 行繞(행요) : 둘러 다니다.
• 渾忘起(혼망기) : 일어날 줄 모르다. • 宜蘇病(의소병) : 병이 낫는다면. • 對月人
(대월인) : 달을 바라보고 있는 사람.

'도산 달밤에 매화를 읊는다.' 가 제목이다. 이 시는 같은 제목 같은 운

자를 써서 3수의 시를 쓰고 있다. 여기서는 달과 매화와 나를 노래하면서 매화에 대한 참뜻을 선비의 도리에 비유하여 노래하고 있다. 첫 수에는 산창과 밤, 향기가 온 뜰에 퍼지고 있음을 노래하고, 둘째 시에서는 나막신을 끌며 매화 곁을 돌며 밤 깊도록 앉아 일어날 줄 모르고, 셋째 시는 매화의 참뜻을 깨달아 밤새도록 달빛 아래 바라보고 있다는 내용을 쓰고 있다. 이

이황(李滉)

시에서 첫 수에 梅梢매초(매화가지 끝),

둘째 수에 梅邊매변(매화의 주변), 셋째 수에 梅兄매형(매화의 미화)이 각각 나
온다.

이황(李滉) 1501~1570, 조선 선조 때의 학
자. 문신. 호는 퇴계退溪, 본관은 진보眞寶.
진사시를 거쳐 식년문과에 급제, 벼슬은
우찬성. 양관 대제학에 이르러 은퇴했다.
주자학을 집대성한 대유학자로, 율곡 이이
와 함께 쌍벽을 이루었으며, 시문은 물론
글씨에도 뛰어났다. 영의정에 추증. 그의
많은 저서는 '퇴계전서'에 수록되어 있다.

퇴계선생문집(退溪先生文集)

067 花石亭 ● 李珥
화 석 정

林亭秋已晚하니 騷客意無窮이라.
임 정 추 이 만　　　소 객 의 무 궁

遠水連天碧이요 霜楓向日紅이라.
원 수 연 천 벽　　　상 풍 향 일 홍

山吐孤輪月이요 江含萬里風이라.
산 토 고 륜 월　　　강 함 만 리 풍

塞鴻何處去요 聲斷暮雲中이라.
새 홍 하 처 거　　　성 단 모 운 중

| 풀이 | 화석정花石亭 ● 이이

숲 속 정자에 가을이 이미 깊었으니

시인의 시상도 한없이 많구나.

강물은 멀리 푸른 하늘과 맞닿았고

서리 맞은 단풍잎은 햇빛에 붉어있네.

산은 외로운 둥근 달을 토해 올리고

강은 만리의 바람을 머금었구나.

변방의 기러기는 어느 곳으로 날아가는고?

저무는 구름 속에 그 울음 끊어져버렸네.

| 어려운 낱말 |

• 花石亭(화석정) : 임진강가에 있는 정자. • 秋已晚(추이만) : 가을이 이미 깊었으
니. • 騷客(소객) : 시인. • 塞鴻(새홍) : 변방의 기러기. [鴻은 雁之大者라]

제3부 역사 속, 명인들의 한시 *151*

   많이 알려진 시다. 화석정은 경기도
파주 임진강가에 있는 정자로 이 정자
와 주위의 풍광을 노래하고 있다. 화석
정에 가을이 오니 시인들의 시상은 무
궁무진하다. 임진강 물빛은 저 하늘과
맞닿아 있고 단풍잎은 햇살에 더욱 붉
게 탄다. 거기에다가 저녁이면 달이 뜨
고 시원한 바람은 멀리서 불어오는데
하늘의 기러기는 끼룩끼룩 구름 속으로
날아가고 있다. 한 폭의 그림 그대로이
다.

이이(李珥)

화석정(花石亭)

이이(李珥) 1536-1584, 조선의 학자. 호는 율곡栗谷, 본관은 덕수德水. 어려서
어머니 신사임당에게 학문을 배웠고 13세로 진사 초시에 합격, 생원시. 식년
문과에 장원, 이조판서, 판돈령부사(종1품) 등을 지냈다. 조선 유학계에 이황과
쌍벽을 이루는 학자로, 학문을 민생 문제와 직결시켰고, 당쟁의 조정 및 대동법
의 실시에 노력하는 등 많은 활약을 하다가 49세로 죽었다. 그림과 글씨에도
뛰어났다.

068 望高臺 ● 西山大師
망 고 대

獨立高峯頂하니 長天鳥去來라.
독 립 고 봉 정   장 천 조 거 래

望中秋色遠하고 滄海小於杯라.
망 중 추 색 원   창 해 소 어 배

풀이 망고대望高臺에서 ● 서산대사

고봉 정상에 홀로 서 있으니
높은 하늘에는 새들만 오가는구나.
바라보니 가을빛은 멀리에도 있고
바다는 술잔보다 더 작게 보이네.

어려운 낱말

• 峯頂(봉정) : 산꼭대기. • 滄海(창해) : 푸른 바다.

높은 대에 올라서 멀리 바라보고 있
다. 그러니 세상의 모든 것이 눈 아래에
있다. 새들도 넓은 하늘에 오가는 것이
조그마하게 보이고 가을빛은 더욱더 멀
리 보이게 된다. 높은 대에 올라서 바라
보는 바다 역시 술잔만 하게 보인다는
것은 거짓말이 아니다. 인생도 멀리서
바라보면 참된 모습이 보이듯이 눈을
높여 멀리 바라보라는 교훈이 여기 있
다.

서산대사(西山大師)

참고

서산대사(西山大師) 조선 선조 때의 중. 승병장. 호는 청허淸虛, 서산西山. 법명은
휴정休靜, 성은 최씨崔氏. 9세에 부모를 여의고 15세에 중이 된 후 승과僧科에
급제했음. 임진왜란 때 73세의 노령으로 승병을 규합하여 공을 세웠으며, 조선
불교의 고승으로 추앙받았다.

---

069 浮碧樓 ● 奇大升
부 벽 루

錦繡山前寺하고 大同江上樓라.
금 수 산 전 사　　대 동 강 상 루

江山自古今이요 往事幾春秋라.
강 산 자 고 금　　왕 사 기 춘 추

粉壁留佳句요 蒼崖記勝遊라.
분 벽 류 가 구   창 애 기 승 유

扁舟不迷路하니 余亦泝淸流라.
편 주 불 미 로   여 역 소 청 류

부벽루 ● 기대승

금수산 앞에는 절이 하나 있고

대동강 위에는 누각도 하나 있네.

강산은 예나 지금이나 그대로인데

지나간 일들은 몇 년이나 흘러갔는가.

단장한 벽에 아름다운 기문記文들이 있고

푸른 벼랑에 유람 글을 기록해 두었네.

조각배는 거침없이 오고 또 가는데

나 역시 맑은 물을 거슬러 저어 가노라.

어려운 낱말

• 錦繡山(금수산) : 평양에 있는 산. • 粉壁(분벽) : 발라 둔 벽. • 蒼崖(창애) : 푸른
절벽. • 扁舟(편주) : 조각배. 片舟(편주). • 余亦(여역) : 나 역시.

감상

기대승의 부벽루 시다. 금수산이 나오고 대동강이 나온다. 지금은 모두
생소한 이름들이지만 모두 우리나라의 명소이다. 대동강 절벽에는 옛사람
들의 유람기가 적혀있고, 조각배를 타고 한없이 저어가고 싶은 곳이다. 이
런 시를 일종의 기행시, 혹은 서사시, 유람시 등으로 나누어 생각할 수 있

다. 여기서 우리의 옛 선조들의 풍류를
다시 한 번 생각해 본다.

기대승(奇大升) 1527~1572, 조선의 성리
학자. 호는 고봉, 본관은 행주. 사마시를
거쳐 식년 문과에 급제. 벼슬은 대사간(정
3품)에 이르러 병으로 사직하고 귀향 도중
에 객사. 32세에 이황의 제자가 되어 새
로운 학설을 제시한 바가 많았다.

기대승(奇大升) 유허비(遺墟碑).
광주 광산군 임곡면에 위치.

070 贈僧 ● 成渾
증 승

一區耕鑿水雲中에　萬事無心白髮翁이라.
일 구 경 착 수 운 중　　만 사 무 심 백 발 옹

睡起數聲山鳥語하고　杖藜徐步繞花叢이라.
수 기 수 성 산 조 어　　장 려 서 보 요 화 총

풀이 어느 스님에게 주는 시 ● 성혼

밭 갈아 먹고 우물 파서 마시는 자연 속에
만사에 무심한 것은 백발의 이 늙은이로세.
잠에서 깨어난 산새들은 무심히 지저귀는데

청려장으로 천천히 걸어 꽃떨기 돌아보며 있네.

•一區(일구) : 어느 한 곳이란 뜻. •耕鑿(경착) : 밭 갈아 먹고 우물 파서 물 마시
다. 자연스럽게 사는 모습. •睡起(수기) : 잠자다가 일어남. •山鳥語(산조어) : 산
새들 지저귀고. •杖藜(장려) : 청려장.

┃ 감상 ┃

제목이 '어느 스님에게 준다.' 로
되어 있으나, 성혼이 만년에 자연 속
에 묻혀 사는 자신을 읊은 시다. 자
연 속에 밭이나 갈고 우물을 파서
물을 마시며 세태에 무심한 자신을
노래하면서 산속에 새들의 노랫소
리나 들으며 청려장 짚고 천천히 걸
어서 꽃구경이나 한다는 만년의 쓸
쓸함을 노래하고 있는 시다.

성혼(成渾)

┃ 참고

성혼(成渾) 1535-1598, 조선 선조 때의 학자. 호는 우계牛溪, 본관은 창녕. 17
세 때 초시에 합격했으나 신병으로 과거를 단념, 경학연구에 정진했음. 임진왜
란 중에는 우참찬에 올라 좌참찬(정2품)에 이르러 관직에서 물러났다. 율곡 이
이와 6년간에 걸친 사단칠정四端七情에 대한 논쟁을 벌여 유학계의 큰 화제가
되었다.

071 山寺夜吟 ● 鄭澈
산 사 야 음

蕭蕭落葉聲을 錯認爲疎雨라.
소 소 낙 엽 성　　착 인 위 소 우

呼僧出門看하니 月掛溪南樹라.
호 승 출 문 간　　월 패 계 남 수

● **풀이** 산사山寺의 밤에 ● 정철

우수수 낙엽 지는 소리를

성긴 빗소리로 잘못 알았네.

중 불러서 문밖에 나가 보라 했더니

달이 남쪽 냇가 나무에 걸려 있다 하네.

어려운 낱말

• 蕭蕭(소소) : 우수수. • 錯認(착인) : 잘못 알다. • 月掛(월괘) : 달이 걸려 있음.

감상

시재詩才가 넘치는 걸작이다. 시상도 그렇고 이미지도 그렇다. 오언절구로 끌어다 붙이는 기교가 대단하다. 낙엽 지는 소리를 빗소리로 알았다는 넌센스 아닌 넌센스가 좋다. 중까지 불러다가 빗소리냐고 물으니 비는 무슨 비, 날이 맑아 남

정철(鄭澈)

쪽 시냇가 나무에는 달이 걸려있다는 말이 이 시를 푸는 열쇠가 되어 주고
있다.

참고

정철(鄭澈) 1536－1593, 조선 선조 때의 문신.
시인. 호는 송강松江, 본관은 영일迎日. 기대승.
김인후의 문인. 진사시와 별시 문과에 각각 장
원. 여러 벼슬을 거쳐 좌의정에 이르렀다. 가사
문학의 대가로 시조의 윤선도와 더불어 한국
시가사詩歌史에 쌍벽을 이루었다. 저서에 '송
강집', '송강가사' 등이 있고, 작품에 가사로
사미인곡, 속미인곡, 관동별곡 등과 시조 70여
수가 전한다.

송강집(松江集)
규장각 도서에 소장.

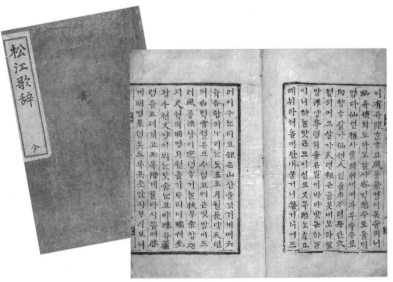

송강가사(松江歌辭). 서울대학교 도서관과 국립중앙도서관에 소장.

3. 조선 명인들의 한시 ❷

072 高峰山齋 ● 崔慶昌
고 봉 산 재

古郡無城郭하고 山齋有樹林이라.
고 군 무 성 곽　산 재 유 수 림

蕭條人吏散하니 隔水擣寒砧이라.
소 조 인 이 산　격 수 도 한 침

◀ 풀이 ▶ 산 밑의 재실 ● 최경창

옛 고을에는 성곽도 허물어지고

산속의 재실에는 수풀만 우거졌구나.

너무나 쓸쓸하여 사람들마저 흩어져

저 내를 건너 들려오는 다듬질 소리.

어려운 낱말

• 蕭條(소조) : 쓸쓸한.　• 人吏(인이) : 사람들.　• 擣寒砧(도한침) : 다듬질 소리.

◀ 감상 ▶

이 시의 제목은 '높은 산속에 있는 재실'이라는 뜻이다. 산에는 인적이 드물고 성곽도 무너지고 없었다. 다만 재실은 숲 속에 있어 어둠침침하고 쓸쓸하여 인적조차 드물었다. 들려오는 것은 저 강 건너에 여인네의 다듬

질하는 소리만 멀리서 들려올 뿐이다. 매우
쓸쓸하고 외로운 분위기를 자아내고 있다.

최경창(崔慶昌)

073 齋居有懷 ● 柳成龍
재 거 유 회

細雨孤村暮하니 寒江落木秋라.
세 우 고 촌 모 　　한 강 낙 목 추

壁重嵐翠積하고 天遠雁聲流라.
벽 중 남 취 적 　　천 원 안 성 류

學道無全力하니 臨岐有晚愁라.
학 도 무 전 력 　　임 기 유 만 수

都將經濟業하고 歸臥水雲陬라.
도 장 경 제 업 　　귀 와 수 운 추

◀ 풀이 ▶ 서재에 앉아 회포를 적음 ● 유성룡

가랑비에 외로운 마을이 저무니

쌀쌀한 가을 강가에 낙엽 지는 가을이라.

방의 벽에는 책들이 거듭 쌓여있고

먼 하늘에서 기러기 울음소리 들리네.

도道 배움에 전력함이 없었으니

그때를 임하니 때늦은 근심뿐이로다.

다만 나라의 업을 건질 뜻을 지니고

자연 속 한 모퉁이에 돌아와 누워있다네.

▌어려운 낱말

• 細雨(세우) : 가랑비. • 嵐翠積(남취적) : 책이 쌓여있는 모양. • 嵐翠(남취) : 푸른
아지랑이란 말로, 책을 뜻함. '煙書嵐字(연서람자)' 란 말이 있음. • 學道(학도) : 도
를 배움. • 都將(도장) : 다만. 장차. • 陬(추) : 모퉁이. 구석.

유성룡(柳成龍)

강상

서재에서 자기의 회포를 적고 있다. 외로운 마을에서 가랑비는 내리고 가을 강가는 쌀쌀하여 낙엽이 지고 있다. 이런 때에 서재에 앉아 있으니 멀리서 기러기 울음 소리가 들린다. 내가 평소 도에 힘쓰지 않았으니 때를 만나면 늦음을 근심하리니 후회가 막급하다. 다만 나라를 건질 꿈을 가지고 이 자연 속에서 돌아와 누워 본다.

참고

유성룡(柳成龍) 1542 - 1607, 조선 선조 때의 문신. 학자. 호는 서애西厓, 본관은 풍산. 퇴계의 문인. 사마시를 거쳐 별시 문과에 급제, 양관 대제학 등 여러 요직을 지내고 임진왜란 때 영의정에 올라 국난 타개에 많은 공을 세웠음. 도학, 문장, 덕행, 글씨로써 이름을 떨쳤으며, 유생들의 추앙을 받았다. 저서에 '서애집', '징비록' 등이 있다.

초본징비록(草本懲毖錄). 국립중앙도서관 소장.

074 矗石樓 ● 金誠一
촉 석 루

矗石樓中三壯士가　一盃笑指長江水라.
촉 석 루 중 삼 장 사　　일 배 소 지 장 강 수

長江萬古流滔滔하니　波不渴兮魂不死라.
장 강 만 고 류 도 도　　파 불 갈 혜 혼 불 사

❰ 풀이 ❱ 촉석루에서 ● 김성일

촉석루 안의 세 장사들이

잔 들고 웃음지며 남강을 손짓하네.

긴 강 맑은 물은 도도히 흐르리니

저 흐름 멈추지 않고 넋도 죽지 않으리.

진주성(晋州城) 공북문(拱北門). 경상남도 진주시 본성동에 위치.

• 矗石樓(촉석루) : 진주에 있는 누각. • 矗(촉) : 곧을 촉, 길고 곧은 모양 촉. • 三 壯士(삼장사) : 황진, 최경희, 김천일을 가리킴. • 流滔滔(유도도) : 유유히 흘러가 는 모양.

■ 감상 ■

제목이 촉석루이니, 여기에 얽힌 고사를 인용하고 그 전경을 노래하고 있다. 여기에 나오는 세 장사는 임진왜란 때 진주성을 지키다가 전사한 충 청도 병마절도사 황진, 경상우도 병마절도사 최경희, 창의사 김천일 세 사 람을 말한다. 여기 이 강물은 영원히 흐르고 이와 같이 세 사람의 장사들 도 영원하리라는 것을 '죽지 않고 흐른다.' 로 말하고 있다.

■ 참고

김성일(金誠一) 1538-1593, 조선의 문신. 학자. 호는 학봉, 본관은 의성. 이황 의 문인. 사마시를 거쳐 증광 문과에 급제, 벼슬이 경상우도 관찰사 겸 순찰사 에 이르렀으며, 임진왜란 중 진주성에서 병사했다. 성리학에 조예가 깊었다.

075 山寺 ● 李達
　　산 사

寺在白雲中인데　白雲僧不掃라.
사 재 백 운 중　　백 운 승 불 소

客來門始開하니　萬壑松花老라.
객 래 문 시 개　　만 학 송 화 로

흰 구름 속에 절이 하나 있는데
스님은 흰 구름을 쓸지 않는구나.
나그네가 와서 비로소 문을 여니
온 골짜기에 송화 가루가 흩날리네.

어려운 낱말

• 不掃(불소) : 쓸지 않음. • 萬壑(만학) : 온 골짜기. • 松花老(송화로) : 송화 가루.

감상

많이 알려진 작품이다. 이달의 '산사' 라는 시는 산사의 정취를 그대로 표현한 시다. 오언 절구로 이만한 내용을 담기란 시인의 기교가 아니고서는 안 되기 때문이다. 구름 속에 절이 있는데, 스님은 '구름을 쓸지 않는다.' 에서 이 시인의 시적 능력을 엿볼 수 있다. 온 산에 날리는 '송화 가루' 이것도 이 시의 중요한 시적 소재의 하나다.

참고

이달(李達) 조선 선조 때의 시인. 호는 동리東里, 본관은 원주. 박순의 문인으로 일찍부터 문장에 능하였음. 동문인 최경창, 백광훈과 함께 당시唐詩로써 삼당 시인三唐詩人으로 불리었으며 글씨에도 조예가 깊었다.

076 後西江 ● 韓濩
후 서 강

千頃澄波一鑑光하니　曲欄斜倚賦滄浪이라.
천 경 징 파 일 감 광　　　곡 란 사 의 부 창 랑

蒹葭兩岸西風急하니　無數飛帆亂夕陽이라.
겸 가 양 안 서 풍 급　　　무 수 비 범 난 석 양

[풀이] 후서강後西江 ● 한호

일천 이랑 맑은 물결 거울 같으니

굽은 난간에 기대고서 '창랑가' 를 불러라.

양 언덕 갈대숲에 서풍이 급히 부니

무수한 돛단배 석양에 어지러워라.

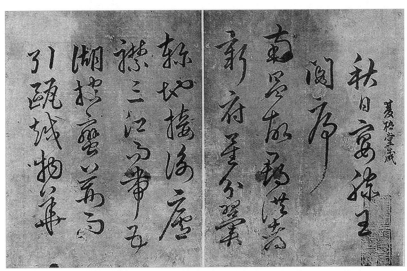

한석봉(韓石峯) 증류여장서첩(贈柳汝章書帖). 국립중앙박물관에 소장.

• 千頃(천경) : 일천 이랑의 물결. • 曲欄(곡란) : 굽은 난간. • 賦滄浪(부창랑) : 어부
사에 나오는 滄浪歌(창랑가)를 말함. * 〈滄浪之水淸兮, 可以濯吾纓, 滄浪之水濁
兮, 可以濯吾足.〉

◖ 감상 ◗

　　한호는 한석봉이다. 당대의 대 서
예가인 그가 시도 잘 썼다는 사실을
알 수 있다. 그의 시조 또한 일가견이
있는 작품이 있다. 〈짚방석 내지 마라
낙엽엔들 못 앉으랴, 솔불 켜지 마라
어제 진 달 돋나온다. 아이야 박주산
채일망정 없다 말고 내어라.〉 이 시조
를 보더라도 석봉은 시와 시조와 글씨
에 일가견이 있음을 알 수 있다.

한호(韓濩)

■ 참고

　　한호(韓濩) 1543~1605, 조선 선조 때의 명필. 호는 석봉石峯, 본관은 삼화三和.
개성출신. 어려서부터 어머니의 격려로 서예에 정진하여 왕희지, 안진경의 필
법을 익혀서 독창적인 경지를 확립. 석봉류의 호쾌豪快, 강건한 서풍을 창시했
다. 진사시에 합격, 천거로 가평 군수, 존숭도감 서사관書寫官을 지냈으며, 후기
의 김정희와 함께 조선 서예계의 쌍벽을 이루었다.

077 無語別 ● 林悌
무 어 별

十五越溪女가 羞人無語別이라.
십 오 월 계 녀   수 인 무 어 별

歸來掩重門하고 泣向梨花月이라.
귀 래 엄 중 문   읍 향 이 화 월

〖 풀이 〗 말없이 이별함 ● 임제

열다섯 나이의 꽃다운 여인이

부끄러워 말 못하고 그대를 이별했네.

돌아와서 문을 겹겹이 닫고서는

배꽃가지에 달을 향해 울고 있었네.

〖 어려운 낱말 〗

• 越溪女(월계녀) : 미인의 일반적 총칭. 越女(월녀)를 말함. 월나라 미녀로 본래
西施(서시)를 말함이다. • 掩重門(엄중문) : 문을 겹겹이 닫고. • 泣向(읍향) : ~을
향하여 울다.

〖 감상 〗

제목 '무어별無語別'이란 '말없이 이별한다.'는 뜻이다. 왜 말없이 이별
할까? 임을 보내기에 너무나 부끄러워서 말없이 이별을 했다고 한다. 15
세의 순수한 여인이 임을 이별할 때 너무나 부끄러워 말없이 이별했다. 그
러고는 방으로 들어와서 문을 겹겹이 닫아 잠그고 '이화월梨花月'을 향해
울고 있다는 내용이다. 너무도 순수한 마음의 표현이다. 이 시인의 순수하

고 아름다운 시정詩情을 엿볼 수 있다.

078 戴勝吟 ● 朴仁老
대 승 음

午睡頻驚戴勝吟은　如何偏促野人心고?
오 수 빈 경 대 승 음　　여 하 편 촉 야 인 심

啼彼洛陽花屋角하여　會人知有勸耕禽이라.
제 피 낙 양 화 옥 각　　회 인 지 유 권 경 금

풀이 ▶ 뻐꾸기 울음소리 ● 박인로

　낮잠 자주 깨우는 뻐꾸기 울음소리는

　어째서 촌사람의 마음 못살게 재촉하는가.

　저 서울의 화려한 집에 찾아가 울어서

　때맞춰 밭갈이 권하는 새 있음을 알려나다오.

어려운 낱말

• 戴勝吟(대승음) : 뻐꾸기 울음. • 偏促(편촉) : 재촉하다. • 花屋(화옥) : 화려한 집.
華屋(화옥)과 같음. • 勸耕禽(권경금) : 농사를 권장하는 새.

뻐꾸기 울음소리를 듣고 뻐꾸기에게 요구하는 부탁이다. 뻐꾸기야, 너는 어째서 피곤한 농촌 사람들의 낮잠을 자주 깨우는가? 서울의 높은 집에 사는 사람들에게 네가 울어서 농사철이 되었음을 알려다오. 하는 부탁의 말로 들린다. 물론 뻐꾸기는 시골 나무 위에서 우는 새다. 그러니 한 번쯤 부탁을 할 수도 있지 않을까? 이 시만 보아도 그때 역시 농촌과 도시의 차이점을 말하고 있는 것 같아서 은근히 짐작이 간다.

참고

박인로(朴仁老) 1561~1642, 조선의 무신. 시인. 호는 노계蘆溪, 본관은 밀양密陽. 임진왜란이 일어나자 별시위가 되어 왜군을 무찔렀다. 그 후 무과에 급제, 수군만호를 지냈으며, 천재적인 창작력을 발휘하여 많은 가사와 시조문학의 걸작품을 남겼다. 송강 정철을 계승하여 가사문학을 발전시키는데 큰 공을 세웠다.

---

079 出郊 ● 許筠
출 교

秋熱郊原喜하고 歡聲遠近聞이라.
추 열 교 원 희   환 성 원 근 문

家家傾白酒하고 處處割黃雲이라.
가 가 경 백 주   처 처 할 황 운

可笑無田客이 空書乞米文이라.
가 소 무 전 객   공 서 걸 미 문

城東借三畝하여 何日事耕耘고?
성 동 차 삼 묘   하 일 사 경 운

풀이 들판에 나와 ● 허균

가을이 익어가는 들판은 기쁘고
기쁨의 웃음소리는 원근에서 들리네.
집집마다 막걸리 잔을 기울이고
곳곳에서 황금 같은 벼를 베고 있구나.
가소롭다, 땅 한 뙤기 없는 이 몸이
쌀 살 돈 빌려고 헛되이 편지만 쓰네.
성 동쪽에다 서너 이랑 밭이나 빌어서
어느 날 언제 밭 갈고 김매어 볼까나?

어려운 낱말

• 秋熱(추열) : 가을이 익어가다. • 歡聲(환성) : 환호성. • 傾白酒(경백주) : 막걸리
잔을 기울이다. • 黃雲(황운) : 누른 벼의 상징. • 無田客(무전객) : 논밭 없는 사람.
• 借三苗(차삼묘) : 서너 고랑 밭이나 빌려서. • 耕耘(경운) : 밭갈이.

감상

계절은 가을이라 추수에 열을 올리고
원근 각처에서 모두 수확을 하면서 흰 막
걸리 잔을 기울이는데, 참 가소롭다 나는
땅 한 뙤기도 없어서 공연히 쌀 빌리는
글이나 쓰고 있으니 가련하다. 언젠가 성
동쪽에 땅 조금 빌려서 어느 날에 밭 갈
고 농사지을 것인가? 빈부의 격차가 심

허균(許筠)

한 백성들을 생각하며 이 시를 쓴 것이 아닐까? 허균은 원래 반골 기질이 있어 정의로운 사회건설을 주장했던 인물이다.

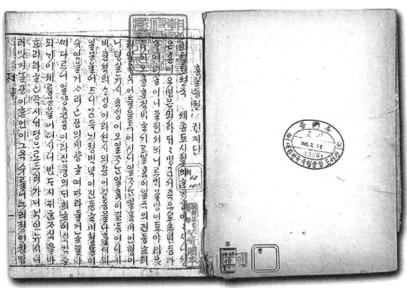

홍길동전(洪吉童傳). 국립중앙도서관 소장.

080 被謫, 北塞 ● 尹善道
피 적   북 새

歎息狂歌哭失聲하여　男兒志氣意難平이라.
탄 식 광 가 곡 실 성　　　남 아 지 기 의 난 평

西山日暮群鴉亂하고　北塞霜寒獨雁鳴이라.
서 산 일 모 군 아 란　　　북 새 상 한 독 안 명

千里客心驚歲晩이요　一方民意畏天傾이라.
천 리 객 심 경 세 만　　　일 방 민 의 외 천 경

不如無目兼無耳하여　歸臥林泉畢此生을─.
불 여 무 목 겸 무 이　　　귀 와 임 천 필 차 생

| 풀이 | 변방으로 귀양 가며 ● 윤선도

미친 듯 탄식하며 실성하여 울어 봐도

남아의 지기志氣를 평정하기 어렵구나.

서산에 해 지니 까마귀 떼 어지러이 날고

변방의 찬 서리에 외기러기 울며 가네.

천리 밖 이 나그네 마음 세모歲暮에 놀라고

이 지방 백성들 마음은 하늘을 두려워하네.

차라리 눈이 멀고 귀까지 먹어서는

임천으로 돌아가서 이 일생을 마쳤으면…

■ 어려운 낱말

• 北塞(북새) : 북쪽 변방. • 群鴉亂(군아란) : 까마귀 떼 어지러움. • 獨雁鳴(독안명)
: 외기러기 울음소리. • 畢此生(필차생) : 이 생명 마쳤으면.

윤선도가 북쪽 변방으로 귀양 가면서 쓴 시라고 한다. 1660년(현종 1) 자의대비의 복상문제가 일어나자 윤선도는 3년 설을 주장했으나, 서인들의 기년(1년)설이 채택됨으로써 삼수三水에 유배될 때 쓴 시이다. 윤선도는 비록 유배지로 떠나지만 사나이의 기개는 꺾이지 않았다. 그는 이 시에서 임천으로 돌아가 이 삶을 마쳤으면 하고 자기의 의지를 토로하고 있다.

참고

윤선도(尹善道) 1587-1671, 조선의 시조 시인. 문인. 호는 고산孤山, 본관은 해남海南. 진사로 별시와 증광 문과에 급제, 벼슬이 예조참의, 동부승지에 이르렀음. 성격이 강직하여 20여 년 동안 귀양살이를 했고, 19년간 은거생활을 했다. 그동안 훌륭한 작품을 남겨 가사문학의 대가인 정철과 더불어 시조문학의 대가로 국문학사상 쌍벽을 이루었다.

윤선도(尹善道)

<table>
<tr><td>081</td><td>題, 蔣明輔, 江舍</td><td>● 許穆</td></tr>
<tr><td></td><td>제   장 명 보   강 사</td><td></td></tr>
</table>

江水綠如染이요 天涯又暮春이라.
강 수 녹 여 염   천 애 우 모 춘

相逢偶一醉하니 皆是故鄉人이라.
상 봉 우 일 취   개 시 고 향 인

풀이 강가의 정자에서 ● 허목

－장명보와 함께

강물은 푸르러 마치 물들인 것 같고

하늘 한 모퉁이엔 또 봄도 저물어 가네.

우연히 서로 만나 한 번 취하고 보니

모두 다 이 고향 사람들인 것을－.

어려운 낱말

• 綠如染(녹여염) : 푸른 물을 드린 것 같음. • 天涯(천애) : 하늘 한 모퉁이.

감상

　제목을 풀이하면 '장명보의 강가 정
자를 제목으로 이 시를 짓다' 로 된다.
장명보는 누군지 잘 모르지만, 시의 내
용으로 보아 허목의 고향 사람인 것 같
다. 이 강가의 정자에서 바라보는 경치
와 계절, 우연히 사람을 만나 한 잔 술
을 마시다 보니 이 모두 고향 사람이라
는 반가운 결론에 도달하게 된다. 옛날
이나 지금이나 고향 사람들은 한층 친
밀감을 갖게 된다. 오언 절구의 깨끗한

허목(許穆)

한 수의 시를 감상하게 되었다. 역시 허미수는 대단한 문인이었다.

참고

허목(許穆) 1595 – 1682(숙종 8), 조선의 문신. 학자. 호는 미수眉叟, 본관은 양천. 정구. 장현광의 문인. 50여 세가 되도록 세상에 알려지지 않고 학문에 전심하였으며, 특히 예학에 있어서 일가를 이루었다. 천거로 벼슬길에 올라 우의정에 이르렀다.

082 金剛山 ● 宋時烈
금 강 산

山與雲俱白하니 雲山不辨容이라.
산 여 운 구 백　　운 산 불 변 용

雲歸山獨立하니 一萬二千峰이라.
운 귀 산 독 립　　일 만 이 천 봉

풀이 ▶ 금강산 ● 송시열

산도 희고 구름도 함께 희니

구름과 산을 분별할 수 없네.

구름 걷히고 산 홀로 드러나니

아 아! 이것이 일만 이천 봉일세.

어려운 낱말

• 不辨容(불변용) : 모양을 분별하지 못함.

금강산(金剛山). 강원도 회양군과 통천군 · 고성군에 걸쳐있는 산.

금강산의 위용과 산의 면모를 시로 표현한 오언절구의 시다. 산도 희고 구름도 희고 해서 구분이 안 되었는데, 구름이 걷히니 산이 우뚝 솟았고 봉우리가 1만 2천봉이나 된다는 익살스런 표현이 재미있다. 송시열은 그 시대의 거유로 시보다는 그의 학문이 훨씬 앞선다는 사실을 알고 있다.

참고

송시열(宋時烈) 1607(선조 40) – 1689(숙종 15), 조선의 문신. 학자. 호는 우암尤庵, 본관은 은진. 생원시에 1등으로 합격, 천거로 벼슬길에 올라 좌의정에 이르렀

음. 일생을 주자학 연구에 몰두
한 거유巨儒로 예론에도 밝았
으며, 뛰어난 학식으로 많은 학
자를 길러냈다. 우암과 미수 사
이에 얽힌 이야기는 후세에 남
아 전한다.

송시열(宋時烈)

083 **七夕** ● 朴趾源
　　칠 석

叱牛聲出白雲邊하니　危嶂鱗膡翠揷天이라.
질 우 성 출 백 운 변　　위 장 인 승 취 삽 천

牛女何須烏鵲渡요?　銀河西畔月如船을ㅡ.
우 녀 하 수 오 작 도　　은 하 서 반 월 여 선

[풀이] 칠석 ● 박지원

소를 모는 소리 구름 밖에 들리더니

높은 산 밭두둑이 푸른 하늘에도 있었네.

견우직녀는 어찌하여 까막까치만 기다리나

은하수 서쪽에 반달 같은 배가 있는 것을…

박지원(朴趾源)

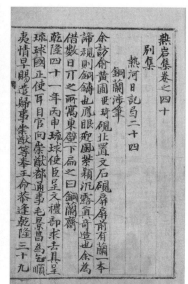
연암집(燕巖集) - 열하일기(熱河日記)

어려운 낱말

•叱牛(질우) : 소를 꾸짖다 이니, 소를 몬다는 뜻. •危嶂鱗塍(위장인승) : 높은 산
에 있는 밭두둑. 다락 논이나 밭. •牛女(우녀) : 견우와 직녀. •月如船(월여선) :
반달 같은 배.

감상

하늘에 소를 모는 소리 들리더니 높은 밭두둑을 하늘에 갈아 놓았네. 직
녀는 어찌하여 까막까치만 기다리는가? 은하수 서쪽 가에 반달 같은 배가
있는 걸 몰랐던가? 기지에 찬 박지원의 시다. 왜 까막까치만 기다리는가?
은하수 서쪽에 달 조각배가 있다는 사실을 왜 몰랐던가 하는 시적 기지機
智가 참 기가 막힌다.

박지원(朴趾源) 1737 − 1805, 조선의 실학자. 소설가. 호는 연암燕巖, 본관은 반남. 실학자 홍대용에게 서양의 신학문을 배우고, 청나라에 가서 중국인들의 이용후생利用厚生하는 실생활을 보고 실학에 뜻을 두었다. 왕의 특명으로 벼슬길에 올라 양양부사까지 지냈다. 홍대용, 박제가와 함께 북학파의 영수로 실학사상을 소개한 '열하일기熱河日記' 등 많은 저서를 남겼다. 거기에 그의 허생전許生傳이나 양반전兩班傳, 호질虎叱같은 한문소설이 유명함.

084 配所輓, 妻喪 ● 金正喜
배 소 만 처 상

那將月老訟冥司하여 來世夫妻易地爲라.
나 장 월 로 송 명 사　　　내 세 부 처 역 지 위

我死君生千里外에 使君知我此心悲라.
아 사 군 생 천 리 외　　　사 군 지 아 차 심 비

풀이 배소에서 ● 김정희

− 죽은 아내에게

어떻게든 월로月老에나 저승사자께 일러서

내세에는 우리 부부가 꼭 바꾸어 태어나세.

내가 죽고 그대 살아 천리 밖에 있어서

그대로 하여금 나의 이 슬픔 알게 하고 싶구려.

어려운 낱말

• 配所(배소) : 귀양지에서. • 輓(만) : 만서. 挽(만)으로도 씀. • 月老(월로) : 월하노

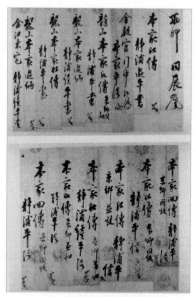

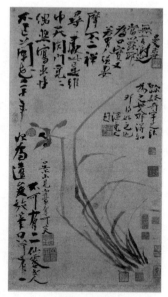

완당척독(阮堂尺牘).
유배 중에 선생이 집으로 보낸 편지.

김정희가 그린
불이선란도(不二禪蘭圖)

인. 남녀의 인연을 맺어주는 노인. •訟冥司(송명사) : 저승에서 송사를 맡은 관리. •來世(내세) : 다음 세상. •易地爲(역지위) : 경우를 바꾸게 하다. 역지사지(易地思之)란 말이 있음. •知我(지아) : 나에게 알게 하라. •此心悲(차심비) : 이 슬픈 마음을.

감상

  추사가 귀양지에 있을 때 아내의 부음을 듣고 쓴 시다. 월하노인은 부부의 인연을 맺어준다는 '중매쟁이 노인'을 이르는 말이다. 1840년(헌종6) 윤상도의 옥사에 연루되어 제주도에 위리안치圍籬安置 되었다가 1848에 석방되었는데, 그의 부인은 1842년 11월에 죽었다. 다음 세상에는 우리 바

꾸어 태어나서 나의 이 슬픔을 알게 해
달라는 말을 이 시에서 표현하고 있다.
참 수긍이 가는 시적 표현이다.

김정희(金正喜)

▌참고

김정희(金正喜) 1786(정조 10)~1856(철종 7). 조선의 문신이요, 명필. 문인. 서화가. 호는 완당阮堂, 추사秋史. 본관은 경주. 생원으로 식년 문과에 급제, 벼슬이 이조참판(종2품)에 이르렀음. 특히 추사체를 대성한 명필로서 예서, 행서에는 전무후무한 새로운 경지를 개척했다.

085 九月山 ● 金炳淵
구 월 산

去年九月過九月터니 今年九月過九月이라.
거 년 구 월 과 구 월   금 년 구 월 과 구 월

年年九月過九月하니 九月山光長九月이라.
연 년 구 월 과 구 월   구 월 산 광 장 구 월

▌풀이 ▌ 구월산九月山에 ● 김병연

작년 구월에 구월산을 지나갔는데
금년 구월에도 구월산을 지나게 되었네.
해마다 구월이면 구월산을 지나가니

구월산 산 빛은 언제 봐도 구월일세그려!

• 九月山(구월산) : 황해도 선천군 용진면에 있는 산.

강상

김삿갓의 시는 그 자체가 위트요 재치다. 이 '九月山'이란 시 자체가 그렇다. '月'자를 같은 글자의 운자로 사용하는 것부터가 김삿갓답다. 위의 내용이 해마다 구월에 구월산을 지나갔는데, 구월의 산색은 항상 구월이라는 위트가 참 재미있다. 이것이 김삿갓 시의 절묘한 묘미이기도 하다. 아무나 흉내 낼 수 없는 시인이다.

김병연(金炳淵)의 묘. 강원 영월군 김삿갓면 와석리.

김병연(金炳淵) 1807 - 1863, 조선의 방랑 시인. 달리 김삿갓(金笠)이라 불렀다. 호 는 난고蘭皐, 본관은 안동. 1811년(순조 11) 홍경래의 난 때 선천부사로 있던 조 부 김익순이 홍경래에게 항복한 죄로 폐 족廢族이 되고, 벼슬길이 막히자 젊어서 부터 전국을 방랑, 재치 있는 시로써 세 상을 풍자했으며, 해학과 풍자가 담긴 시 를 남겨 만인에게 화제話題의 작품을 남 겼다. 그가 마지막 죽은 곳은 전남 화순 이요, 그의 무덤은 영월에 있다. 현재 '김 삿갓 문학상'을 제정 운영하고 있다.

김병연(金炳淵)

086 皓首 ● 崔益鉉
호 수

皓首舊畎畝하니 草野願忠人이라.
호 수 구 견 무　　초 야 원 충 인

亂賊人皆討하니 何須問古今고?
난 적 인 개 토　　하 수 문 고 금

풀이 　늙은 몸 ● 최익현

흰머리로 시골서 농사를 지었어도

초야에서 충성된 사람 되기를 원했구나.

난적은 사람마다 토벌해야 하는 것이로되

어찌 고금을 물어서는 무엇하리요?

어려운 낱말

• 皓首(호수) : 흰머리. • 舊畎畝(구견무) : 오랫동안 촌에서 하는 농사일. • 畎畝
(견무) : 밭 갈고 일을 함. • 草野(초야) : 시골서 묻혀 살다. • 何須(하수) : 어찌 꼭 ~
하랴.

감상

호수는 '흰머리'를 말하니, 늙은이를 말한다. 늙도록 촌에서 농사일을
했으니 이 초야에서 충성을 다해야겠다는 것이 이 늙은이의 결심이다. 마
찬가지로 난적은 사람마다 토벌을 해야 하기에 고금을 가릴 일이 아니라
고 했다. 이 시의 주제는 나라의 난적을 그대로 두면 안 되고 반드시 토벌
을 해야 한다는 것이다. 난적은 일본을 두고 하는 말이니, 여기에 면암勉庵
의 사상이 드러나 있는 것이다.

참고

최익현(崔益鉉) 1833(순조 23) - 1906(광무
10), 조선말의 학자. 의병장. 호는 면암勉
庵, 본관은 경주. 조선 말기의 선비로서
정시 문과에 급제, 공조참의(종2품)에 이
르렀다. 을사보호조약이 체결되자 의병
을 일으켜 항쟁하다가 잡혀서 일본군에
넘겨져 대마도에 유배되어 '왜놈이 주
는 음식은 먹지 않는다.'고 단식으로 굶
어죽었다.

최익현(崔益鉉)

村居暮春 _{촌 거 모 춘} ● 黃玹

桃紅李白已辭條하고 轉眼春光次第凋라.
<small>도 홍 이 백 이 사 조   전 안 춘 광 차 제 조</small>

好是西簷連夜雨에 靑靑一本出芭蕉라.
<small>호 시 서 첨 연 야 우   청 청 일 본 출 파 초</small>

풀이 늦은 봄 시골에 살면서 ● 황현

복사꽃 살구꽃은 어느덧 벌써 지고

눈 돌릴 사이에 봄빛도 이미 시들었네.

좋을시고! 처마 끝에 연이어 내리는 밤비에

청청靑靑하게 한줄기 파초 잎 솟아났네.

어려운 낱말

• 已辭條(이사조) : 이미 가지를 떠난다. 다 졌다는 뜻. • 轉眼(전안) : 눈 돌릴 사이. 잠깐 사이. • 次第凋(차제조) : 차례로 시들다.

감상

모춘의 광경을 잘 나타내고 있다. 복사꽃, 살구꽃은 벌써 져버리니 봄빛은 차례대로 시들어 가는구나. 참 좋구나! 서쪽 처마 끝에 연이어 비가 내리니 푸른 파초 잎이 땅 위에 솟아오르고 있다. 계절의 변화를 민감하게 느끼고 그 계절 속에 살고 있는 선비의 자연조화에 대한 민감성을 시로 잘 표출하고 있다. 아시다시피 황현은 조선조 말기의 거유로서 그의 시적 역량을 우리는 짐작할 수 있다.

황현(黃玹) 1855년-1910, 구한말의 한문학자. 시인. 순국지사. 전남 광양 출생. 본관은 장수長水, 시묵時默의 아들이다. 젊은 시절 과거를 보려고 서울에 왔다가 강위, 이건창, 김택영 등과 깊이 교유했다. 고종 20년에 보거과保擧科에 응시하여 그의 글이 초시 초장에서 뽑혔으나 부패된 현실상을 절감하고 낙향했다. '매천시문선집'이 남아있다.

황현(黃玹)

088 白頭山途中 ● 申采浩
백 두 산 도 중

人生四十太支離하니　貧病相隨暫不移라.
인 생 사 십 태 지 리　　빈 병 상 수 잠 불 이

行途水窮山盡處에　任情歌哭亦難爲라.
행 도 수 궁 산 진 처　　임 정 가 곡 역 난 위

풀이 백두산 가는 길 ● 신채호

인생 나이 사십에 가장 지루하니

가난과 병, 잠시도 떠나지 않는구나.

가는 곳마다 물과 산이 다한 곳에서

울고 노래하는 정, 맡길 곳 또한 없구나.

▌어려운 낱말

- 太支離(태지리) : 너무도 지루하여. • 暫不移(잠불이) : 잠시도 떠나지 않는다.
- 山盡處(산진처) : 산이 다한 곳. • 任情歌哭(임정가곡) : 정을 맡기어 울고 노래할 곳.

백두산(白頭山). 함경도 양강도 삼지연군에 위치.

수궁산진처水窮山盡處란 말이 나온다.
깊은 산골에서 도저히 더 갈 수 없는 낭
떠러지를 만났을 때 쓰는 말로, 당시에
우리 조국이 독립을 위한 행동과 방법이
꽉 막힌 것을 비유하고 있다. 신채호는
사학자이면서 사상가로 당시의 한국적
현실을 바로 직시했지만 빠져나갈 방법
이 없었던 것이다. 이 시는 그것을 은유
하고 있다.

신채호(申采浩)

참고

신채호(申采浩) 1880-1936, 본관은 고령高靈, 호는 단재丹齋. 한말 일제 강점기
때 독립운동가. 역사가, 언론인. 충남 대덕군 출생. 신숙주의 후예. 성균관에
입학, 관장 이종원의 총애를 받았다. 그 후에 독립운동단체에 가입하여 조선독
립을 위해 활약했다.

089 **獄中感憶** ● 金昌淑
　　옥 중 감 억
　　－同囚人, 安昌浩, 呂運亨

櫻花窓畔月如霜하고　便使狂奴惹感傷이라.
앵 화 창 반 월 여 상　　변 사 광 노 야 감 상

隔壁故人如隔世하니　向誰傾倒此肝腸이라.
격 벽 고 인 여 격 세　　향 수 경 도 차 간 장

－안창호와 여운형에게

앵두꽃 핀 창 너머엔 달빛 차갑기가 서리 같고

문득 미치광이처럼 이렇게 감상에 젖는구나.

벽 하나 사이 두고 벗들은 딴 세상에 사는 것 같으니

누구로 하여 이 심사 어떻게 전해 보내 볼까?

어려운 낱말

• 櫻花(앵화) : 앵두꽃. • 惹感傷(야감상) : 감상에 젖다. 惹(야)는 일어남. • 隔壁(격벽) : 벽을 사이에 두고. • 隔世(격세) : 세상을 갈라놓음. • 傾倒(경도) : 기울여 넘어짐. 여기서는 전하여 넘겨주다.

감상

이 시는 선생이 1932년경 옥중 獄中에서 도산島山과 몽양을 생각하며 지은 시라고 한다. 벽을 사이에 두고 두 동지를 그리워하는 심정이 잘 나타나있다. 계절은 봄 앵두꽃이 피는 봄이지만 상황은 서릿발이 내려 미칠 듯한 감상에 젖어 쓴 시다. 이 심사를 무엇으로 저쪽 방 친구들에게 전해줄 것인가! 매우 절망적인 감상感傷에 젖어 노래하고 있다.

김창숙(金昌淑)

김창숙(金昌淑) 1879~1962, 조선의 독립투사. 본관은 의성. 호는 심산心山, 혹은 벽옹躄翁. 남다른 지위와 명망을 누릴 수도 있는 처지였지만, 편안한 삶에 안주하지 않고 고난의 삶을 선택하여 일생을 조국의 독립을 위해 몸을 바쳤다. 젊은 시절에는 애국계몽운동에 투신하였고, 1920년대에는 중국에서 혁명적 항일 투쟁을 전개하였다.

안창호(安昌浩, 1878~1938).
한말의 독립운동가 · 사상가.

제4부

역대 무장武將들의 한시

與, 隋將于仲文詩 ● 乙支文德 〔高句麗〕
여 수 장 우 중 문 시

神策究天文하고　妙算窮地理라.
신 책 구 천 문　　　묘 산 궁 지 리

戰勝功旣高하니　知足願云止오.
전 승 공 기 고　　　지 족 원 운 지

풀이 ▶ 수나라 장수 우중문에게 주는 시 ● 을지문덕 〔고구려〕

신비한 책략은 천문을 연구했고,

절묘한 계산은 지리에 통달했네.

전쟁 이긴 공로가 이미 높아있으니

그것을 만족으로 알고 그만 돌아가시오.

어려운 낱말

• 神策(신책) : 신비한 책략. • 妙算(묘산) : 절묘한 계산. • 云止(운지) : 그만 그치
시오.

감상

수양제가 백만 대군으로 고구려에 쳐들어 왔을 때 안시성에서 수나라
군사를 맞아 싸우게 되어 수나라 장수 우중문과 대치하게 되었다. 그래서
을지문덕이 시를 지어 우중문에게 보냈는데, 우중문의 전쟁 공로를 잔뜩
치켜 올려놓고 그 대단한 전쟁 공로가 잘못되면 이 전쟁에서 무너질 수 있
으니 만족을 알고 돌아가심이 어떠냐고 위협을 주었다. 우중문이 이 시를
보고 회군을 했을 때, 을지문덕은 살수에서 수나라 백만 대군의 후미를 쳐

서 수장시켰다. 여기서 문학의 힘이 대
단함을 말해주고 있다.

을지문덕(乙支文德)

참고

을지문덕(乙支文德) 고구려의 장수. 612
년(영양왕 23) 수나라 백만 대군이 고구려
를 침공하였을 때, 을지문덕 장군이 이
시를 지어 수나라 장수 우중문에게 화살
에 날려 보냈더니 그가 이 시를 읽고 회
군하여 물러감. 수나라 군사가 회군하여
살수에 이르렀을 때 '을지문덕'이 뒤쫓
아가서 수나라 군사를 섬멸하였다. 이것
이 그 유명한 살수대첩이었다. 이 전쟁으로 수나라가 멸망하게 되는 원인이 되
었다.

살수대첩(薩水大捷)

091 登, 白雲峰
등   백운봉 ● 李成桂

引手攀蘿上碧峰하니　一庵高臥白雲中이라.
인 수 반 라 상 벽 봉　　일 암 고 와 백 운 중

若將眼界爲吾土라면　楚越江南豈不容이랴.
약 장 안 계 위 오 토　　초 월 강 남 기 불 용

풀이 백운봉에 올라 ● 이성계

담쟁이덩굴 잡고 푸른 봉우리 위에 오르니
암자 하나 높다랗게 구름 속에 누워 있다.
만약 눈 안에 드는 땅이 모두 내 것이라면
초월楚越의 강남땅도 어찌 내 것이 아니랴.

태조(太祖)의 무덤인 건원릉(健元陵). 경기도 구리시 인창동에 위치.

• 攀羅(반라) : 담쟁이덩굴. • 一庵(일암) : 하나의 암자. • 眼界(안계) : 눈 안에 들어오는 세계. • 楚越江南(초월강남) : 중국의 강남 땅.

감상

여기서 백운봉은 북한산 백운대를 말한다. 이 시에서 이성계다운 원대한 야망과 호방한 기상을 엿볼 수 있다. 담쟁이 넝쿨을 잡고 백운봉까지 올랐다고 하니 그의 의욕이 대단하다. 눈에 보이는 것이 모두 내 땅이라면 저 중국 강남땅이라고 내 땅이 아닐 수 있겠는가? 하는 그의 포부는 역시 무장다운 기상이 대단하다.

이성계(李成桂)

참고

이성계(李成桂) 조선조 제1대 임금으로 조선의 태조. 호는 송헌松軒, 본관은 전주로 영흥 출신이다. 장군으로 북쪽 오랑캐와 남쪽의 왜구를 격파하여 공을 세우고 문하시중이 되었다. 최영과 정몽주 일파를 제거하고 조준 등의 추대로 새 왕조의 태조로서 왕위에 올랐다.

092 北征 ● 南怡
북 정

白頭山石磨刀盡이요 豆滿江水飮馬無라.
백 두 산 석 마 도 진　　두 만 강 수 음 마 무

男兒二十未平國이면 後世誰稱大丈夫리오?
남 아 이 십 미 평 국　　후 세 수 칭 대 장 부

풀이 북벌을 하고서 ● 남이

백두산 바윗돌은 칼 갈아 다 없애고

두만강 푸른 물은 말 먹여 다 없애겠다.

남아가 스무 살에 나라를 평정하지 못하면

후세에 누가 나에게 대장부라 일컬을까?

남이(南怡) 장군의 묘. 경기도 화성시 비봉면에 위치.

• 誰稱(수칭) : 누가 ~라고 말하겠는가?

《 감상 》

　남이 장군이 북벌하면서 지은 시다. 무장다운 기개가 대단한 시로서 사나이의 기개가 한층 드높다. 유자광이 남이를 모함하기 위해 '男兒二十未得國(남아가 이십에 나라를 얻지 못하면)' 이라 썼다고 무고함으로써 남이 南怡를 반역죄로 몰아서 죽였다. 세조 때에 그의 나이 20대에 병조판서가 되어 일취월장으로 출세 가도를 달리다가 이를 시기하는 사람의 모함에 의해 꺾이고 말았다고 한다.

■ 참고

　남이(南怡) 1441–1468, 조선의 무신. 본관은 의령. 17세로 무과에 장원, 세조의 지극한 총애를 받았다. 이시애의 난 때 우대장으로 이를 토벌하고, 서북면의 건위주를 정벌한 다음 27세의 나이로 병조판서가 되었으나, 이를 시기한 사람의 모함으로 죽음을 당했다.

093 閑山島, 夜吟 ● 李舜臣
　　　한 산 도　야 음

水國秋光暮하니　驚寒雁陣高라.
수 국 추 광 모　　　경 한 안 진 고

憂心轉輾夜에　殘月照弓刀라.
우 심 전 전 야　　　잔 월 조 궁 도

수국水國에 가을빛이 저무니

놀란 기러기 떼 하늘 높이 진을 치누나.

나라 위한 마음으로 뒤척이는 이 밤에

쇠잔한 새벽달이 활과 칼에 비쳐오네.

어려운 낱말

• 水國(수국) : 바다. • 驚寒(경한) : 추위에 놀란. • 憂心(우심) : 나라를 걱정하는
마음. • 轉輾夜(전전야) : 몸을 뒤척이는 밤. • 殘月(잔월) : 새벽달.

한산도(閑山島). 경상남도 통영시 한산면에 위치.

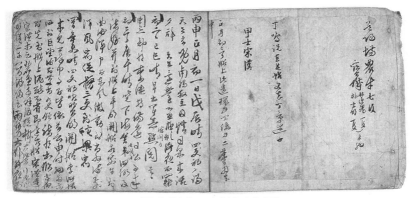

난중일기(亂中日記). 현충사에 소장.

《 감상 》

'제목이 한산도 밤에 이 시를 읊
다' 이다. 바다를 지키는 무장의 기
개가 잘 나타나 있는 시다. 비록 오
언절구라 하지만 이만한 무장의 기
개를 잘 살린 시가 또 있을까? 〈한
산섬 달 밝은 밤에 수루에 혼자 앉
아 / 긴 칼 옆에 차고 깊은 시름 하
는 적에 / 어디서 일성호가는 남의
애를 끊나니〉 이 시조와 무관하지
않다. 〈閑山島 戍樓夜에 撫長劍이
步月이라〉 이런 말과도 무관하지
않다. 이순신은 무장이기 이전에 글
을 잘하는 문사文士임을 알 수 있다.

이순신(李舜臣)

참고

이순신(李舜臣) 1545-1598, 조선의 명장. 자는 여해汝諧, 본관은 덕수德水. 서울 출신. 식년 무과에 급제, 임진왜란 때 해전에서 거북선을 사용하여 큰 공을 세우고 삼도수군통제사에 올랐다. 한때 모함을 받아 사형까지 받게 되었다가 풀려나 왜적을 대파했다. 충성심이 강하고 전략이 뛰어난 용장으로 위기에 처한 국가를 지탱하는 데 가장 큰 공을 세웠다. 글에도 능하여 '난중일기'와 시조 등 뛰어난 작품을 남겼다. 영의정에 추증追贈, 시호는 충무공忠武公이다.

094 白馬江詩 ● 高敬命
백 마 강 시

病起因人作遠遊하니　東風吹夢泛歸舟라.
병 기 인 인 작 원 유　　동 풍 취 몽 범 귀 주

山川鬱鬱前朝恨하고　城郭蕭蕭半月懸이라.
산 천 울 울 전 조 한　　성 곽 소 소 반 월 현

當日落花餘翠壁하고　至今巢燕繞江樓라.
당 일 낙 화 여 취 벽　　지 금 소 연 요 강 루

憑君莫話王家事하라　弔古傷今易白頭라.
빙 군 막 화 왕 가 사　　조 고 상 금 이 백 두

풀이 백마강 시 ● 고경명

병에서 일어나 사람 따라 멀리 와 보니
동풍에 꿈을 불듯 범선 띄워 돌아오네.
산천에는 울울한 전조의 한이 서려있고
낡은 성곽엔 쓸쓸한 반달이 걸려있구나.

그날처럼 낙화암은 푸른 절벽으로 남아있고
지금의 강루江樓에는 제비들만 날고 있네.
그대 지금 왕가의 일들을 말하지 말아다오
고금을 슬퍼하다 그만 흰머리 되기 십상이요.

어려운 낱말

• 鬱鬱(울울) : 울창한 모양. • 前朝恨(전조한) : 백제 멸망의 한. • 蕭蕭(소소) : 쓸쓸
한. • 當日(당일) : 그때 그날. • 巢燕(소연) : 제비들. • 弔古傷今(조고상금) : 옛날을
슬퍼하면 지금도 마음 상하니.

감상

백마강에 대한 시다. 모처럼
백마강을 찾아 옛 왕조의 흥망을
생각하고 반달이 걸려 쓸쓸한 옛
이야기를 독자들에게 들려주는
것 같다. 낙화암은 전설을 품고
아직 그대로 남아있고 강가의 누
각에서는 제비들만 드나들고 있
다. 지금 멸망한 나라의 이야기를
더 해서는 무엇 하는가? 그때의
일을 생각하면 내 머리마저 희어
지는 것 같구려! 하고 한탄한다.
의병장답지 않는 회고의 시를 보
여주고 있다.

고경명(高敬命)

고경명(高敬命) 사당. 전남 장성군 장성읍에 위치.

▌참고

고경명(高敬命) 1533~1592, 조선 선조 때의 문인. 의병장. 호는 제봉霽峰, 본관
은 장흥. 진사시를 거쳐 식년 문과에 장원. 벼슬이 동래부사에 이르렀음. 임진
왜란 때 의병 6천여 명을 거느리고 왜군과 싸우다가 전사했다. 시詩·서書·화
畵에 이름을 떨쳤음. 좌찬성에 추증되었다.

095 退居, 琵芭山 ● 郭再祐
　　　퇴 거　비 파 산

朋友憐吾絶火烟하여　共成衡宇洛江邊이라.
봉 우 연 오 절 화 연　　공 성 형 우 낙 강 변

無饑只在啖松葉하고　不渴惟憑陰玉泉이라.
무 기 지 재 담 송 엽　　불 갈 유 빙 음 옥 천

守靜彈琴心淡淡하고　杜窓調息意淵淵이라.
수 정 탄 금 심 담 담　　두 창 조 식 의 연 연

百年過盡亡羊後에야　笑我還應稱我仙이라.
백 년 과 진 망 양 후　　소 아 환 응 칭 아 선

［풀이］ 비파산琵琶山에 살면서　● 곽재우

내 가난함을 친구들은 불쌍히 여겨
낙동강 가에 오두막집 함께 지었네.
솔잎을 씹으니 배고픔 모르겠고
맑은 샘물 마시니 목마르지 않아라.
안정을 지켜 거문고 타니 마음 담담해지고
창을 닫고 조식調息하니 뜻이 깊어지네.
백 년 세월 지나가 망양亡羊한 후에야
비웃던 나를 도리어 신선이라 부르리라.

［어려운 낱말］

• 衡宇(형우) : 허술하고 간소한 집. • 絶火烟(절화연) : 불과 연기를 끊었다 하니
가난함을 상징함. • 陰玉泉(음옥천) : 깊고 맑은 샘물. • 彈琴(탄금) : 거문고를 타
다. • 杜窓(두창) : 창문을 닫다. • 淵淵(연연) : 깊고 깊다. • 亡羊(망양) : 망양지탄.
학문의 길을 잃어버림. 망양지탄(亡羊之歎)을 말함. • 稱我仙(칭아선) : 나를 신선
이라 부르다.

［감상］

　1602년(선조 36), 기관죄棄官罪로 귀양살이를 한 지 3년 만에 석방. 영산
면 동쪽 낙동강 가의 창암리에 두어 칸 초당[忘憂堂]을 짓고 솔잎을 양식으

로 은둔생활을 시작할 때 지은 시라고 전한다. 궁핍한 자기 생활을 꾸밈없이 솔직하게 피력하면서 소박하게 살아가는 일면을 보여주고 있다. 곽재우는 임란 때 의병을 일으킨 의병장으로 말년에 구차한 생활을 하는 단면이 여기 잘 나타나 있다. 그는 일명 홍의장군紅衣將軍으로 활약한 무장이었다.

▌참고

곽재우(郭再祐) 1552-1617, 조선의 의병장. 호는 망우당忘憂堂, 본관은 현풍. 일명 홍의장군. 조식의 문인. 문무에 모두 뛰어났으며, 정시 문과에 급제했으나 왕의 뜻에 거슬린 글귀 때문에 파방되었다. 임진왜란 때 의병장으로 활약했으며, 벼슬이 함경도 관찰사에 이르렀으나 조야朝野가 혼탁하고 기강이 문란함을 개탄, 은둔생활을 했다. 필체가 웅건하고 활달했고 시문에도 능하였다고 한다.

곽재우(郭再祐)

擧事歌 ● 安重根
거 사 가

丈夫處世兮여 其志大矣로다. 時造英雄兮여 英雄時造로다.
장 부 처 세 혜   기 지 대 의   시 조 영 웅 혜   영 웅 시 조

雄視天下兮여 何日業成고? 東風漸寒兮여 必成目的이로다.
웅 시 천 하 혜   하 일 업 성   동 풍 점 한 혜   필 성 목 적

鼠窺鼠窺兮여 豈肯此命가? 豈度知此兮여 時勢固然이로다.
서 규 서 규 혜   기 긍 차 명   기 탁 지 차 혜   시 세 고 연

同胞同胞兮여 速成大業이로다.
동 포 동 포 혜   속 성 대 업

풀이 ▶ 안중근 거사가 ● 안중근

장부가 세상에 처함이여, 그 뜻이 크도다.

때가 영웅을 만들고, 영웅이 때를 만들리로다.

천하를 바라봄이여, 어느 날에 업을 이룰꼬.

동풍이 점점 참이여, 반드시 목적을 이룰 지로다.

쥐 도둑 쥐 도둑이여, 어찌 그 목숨을 비길꼬?

어찌 이에 이를 줄 알았으랴, 시세가 그렇게 하였구나.

동포여, 동포여, 빨리 대업을 완성할지로다.

형식 7행으로 된 부賦 형식의 노래. (4, 5조의 14구로 되어있다.)

어려운 낱말

• **擧事歌**(거사가) : 어떤 큰일을 시작할 때 부르는 노래.   • **漸寒兮**(점한혜) : 점점

하얼빈역 1번 플랫폼에서 안중근이 이토 히로부미를 저격한 장소.
좌측이 저격위치와 우측이 이토 히로부미가 총 맞은 곳.

차가와짐 이여, 兮는 감탄을 나타내는 조사. •鼠窺鼠窺兮(서규서규혜) : 쥐처럼 엿보고 있음을 말함이니, 바로 〈쥐 도둑〉을 말함. •肯(긍) : 긍정할까?

이토 히로부미(伊藤博文)

(감상)

장부가 이 세상에 태어나서 큰 뜻을 품고 큰일을 해야 한다는 것이 이 노래의 주제다. 때가 영웅을 만들고, 영웅이 때를 만든다는 것은 적절한 표현이다. 일제에 고통을 받고 있는

우리 동포를 하루 빨리 이 고통에서
벗어나기 위하여 대업을 이루어야
한다고 큰 목소리로 대한 동포들에
게 외치고 있다. 안중근은 1909년
10월 26일 만주 하얼빈 역두에서 이
토오 히로부미를 사살하고 이듬해
에 순국했다.

안중근(安重根)

▌참고

안중근(安重根) 1879년 황해도 해주
에서 출생. 천주교에 입교하여 세례
명은 '도마' 였다. 1909년 10월 26일
하얼빈 역두에서 일본 이토를 총으로 사살하고 여순 감에서 6회 공판 끝에 사
형언도를 받았다. 1910년 3월 26일 여순 감옥에서 순국하니, 향년 32세였다.

097 義士獄中詩 ● 朴尙鎭
의 사 옥 중 시

難復生此世上에 幸得爲男子身하여
난 부 생 차 세 상   행 득 위 남 자 신

無一事成功去하니 青山嘲綠水嚬이라.
무 일 사 성 공 거   청 산 조 녹 수 빈

◀ 풀이 ▶ 옥중에서 ● 박상진

다시 태어나기 어려운 이 세상에

다행히 남자 몸으로 태어나서
한 가지 일도 성공 못하고 죽으니
청산이 조소하고 녹수도 비웃는구나!

형식 6언으로 된 절구.

어려운 낱말

• 嘲(조) : 비웃을 조. • 嚬(빈) : 찡그릴 빈.

감상

　박상진 의사는 대한 광복군 총사령으로 옥중에서 쓴 시이다. 의사로서
의 기개가 대단한 작품으로 6언 시라고 명명하고 싶다. 6언으로 된 한시가
있느냐 하는 문제다. 당시唐詩에 왕유의 시에 '田園樂전원락' 이란 시가 6

박상진(朴尙鎭) 의사(義士)의 생가. 울산광역시 북구 송정동에 위치.

언으로 시도된 것이 있긴 있다. 그는 대한독립군 총사령으로 활동하다가 어머니의 장례를 치르던 중 일경에 체포되어 대구 감옥에서 순국했다. 한 번 태어나기도 어려운 이 세상에 남자 몸으로 태어나서 억울하게 죽으니 청산녹수가 비웃는 것 같다는 표현은 가슴이 뭉클하여 비장한 표현이라 생각된다.

▌참고

박상진(朴尙鎭) 1884년 경남 울산 송정리에서 출생. 서울 양정의숙 졸업. 제1회 고등문관시험 10명의 합격자 중 수석 합격. 평양지법 판사로 발령받았다가 사직하고 대한 광복군 총사령으로 독립운동을 하다가 38세에 일경에 체포되어 대구 감옥에서 순국했다.

박상진(朴尙鎭)

제5부

역대 여류 시인들의 한시

098 松都 ● 黃眞伊
송 도

雪月前朝色이요 寒鐘故國聲이라.
설 월 전 조 색　　　 한 종 고 국 성

南樓愁獨立하니 殘郭暮煙生이라.
남 루 수 독 립　　　 잔 곽 모 연 생

풀이 ● 송도에서 ● 황진이

눈 내린 달빛은 전조의 빛깔이요

차가운 종소리는 고국의 소리로고.

남루에 올라 혼자 외롭게 서보니

낡은 성터에선 날 저문 연기가 오르네.

어려운 낱말

• 前朝色(전조색) : 고려의 빛이요. • 寒鐘(한종) : 차가운 종소리. • 愁獨立(수독립)
: 수심 속에 홀로 서서. • 殘郭(잔곽) : 허물어진 성터.

감상

　고려의 옛 도읍지에서 망국의 회포를 읊은 시다. 하얗게 내린 눈빛은 옛
고국의 빛깔이요, 멀리서 들려오는 종소리는 전조前朝의 소리로 들린다.
남쪽 누각에서 홀로 서서 바라보는 심정은 걷잡을 수 없는 심정인데, 저쪽
마을에서는 모락모락 저녁연기가 올라오고 있었다. 고려에 대한 망국의
한을 읊은 수작이다.

황진이(黃眞伊) 1502?-1540?, 조선 중종 때의 시인. 명기. 기명은 명월明月. 황진사의 서녀로 어머니의 교육으로 사서삼경을 읽었고, 시조와 시詩, 서書, 음률音律에 모두 뛰어났으며, 출중한 용모로 더욱 유명했다. 서경덕, 박연폭포와 함께 송도삼절로 불리었다.

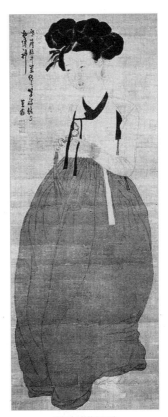

황진이(黃眞伊)

박연폭포(朴淵瀑布)
경기도 개풍군 영북면 천마산에 위치.

099 泣別慈母 ● 申師任堂
읍 별 자 모

慈親鶴髮在臨瀛한데　身向長安獨去情이라.
자 친 학 발 재 임 영　　　신 향 장 안 독 거 정

回首北村時一望하니　白雲飛下暮山靑이라.
회 수 북 촌 시 일 망　　　백 운 비 하 모 산 청

풀이 어머니를 이별함 ● 신사임당

－대관령을 넘으며

백발의 어머님은 임영(강릉)땅에 계시는데

이 몸 홀로 서울 향해 떠나가는 심정이여.

때때로 고개 돌려 북촌을 한 번 바라보니

흰 구름 날아 내리고 푸른 산이 저무는구나.

어려운 낱말

• 泣別(읍별) : 울면서 이별함. • 臨瀛(임영) : 강릉의 옛 명칭. • 暮山靑(모산청) : 푸른 산이 저물어 가다.

감상

　본 제목이 '대관령을 넘으면서 친정을 바라보다' 이다. 어머니를 친정에 두고 홀로 서울로 시집가는 사임당의 심정을 숨김없이 표현한 걸작이다. 어머니를 두고 떠나가려니 발걸음이 떨어지지 않아 멀리 북촌을 바라보면서 눈물도 글썽거렸을 것이다. 머리를 돌려 친정집 마을을 내려다보니 흰 구름만이 유유히 흐르고 푸른 산만 보이며 날은 이미 저물어가고 있었다.

신사임당(申師任堂) 1504 –
1551, 조선의 여류문인. 서화
가. 호는 사임당. 율곡 이이
의 어머니. 효성이 지극하고
지조가 높았으며, 어려서부
터 경서經書를 익히고 문장.
침공針工. 자수刺繡에 이르기
까지 일가를 이루었다. 특히
시문과 그림에 뛰어난 재능
을 보였다.

신사임당(申師任堂)

신사임당(申師任堂)이 그린 초충도(草蟲圖).

100 贈, 醉客 ● 桂娘
증 취 객

歡子執羅衫하니 羅衫隨手裂이라.
환 자 집 나 삼   나 삼 수 수 열

不惜羅衫裂이나 但恐恩情絶이라.
불 석 나 삼 열   단 공 은 정 절

풀이 취객에게 ● 계량

나 좋아하신다고 옷을 잡고 당기시니

손을 따라 비단옷이 찢어지는구나.

비단옷 찢어진 건 아깝지 않지만

은정恩情이 끊어질까 두려울 뿐이어요.

어려운 낱말

• 羅衫(나삼) : 비단옷. • 裂(열) : 찢어지다. • 但恐(단공) : 다만 두려운 것은.

감상

술 취한 고객에게 주는 시다. 시재詩才가 철철 넘치는 시다. 술 취한 남
자가 자기 옷을 잡는 바람에 그 옷이 찢어지고 말았다. 옷 찢어진 것이야
하나도 아깝지 않지만 다만 저 남자의 나에 대한 애정이 끊어질까봐 두렵
다는 내용이다. 여자다운 작품이면서 명기名妓다운 작품으로 사나이들에
게 널리 애송되었던 시다.

계랑(桂娘) 조선 명종 때의 여류시인. 성은 이씨, 본명은 향금香今. 호는 매창梅窓, 계낭桂娘, 계생桂生. 부안의 명기로 시조, 가사, 한시를 비롯하여 가무, 현금玄琴에 이르기까지 다재다능多才多能한 여류 시인이었다. 작품으로는 가사와 한시 70여 수 외에 금석문까지 전해지고 있다. 유희경과의 사귐이 유명하다.

---

101 閨情 ● 許蘭雪軒
규 정

妾有黃金釵하니 嫁時爲首飾이라.
첩 유 황 금 채　　　가 시 위 수 식

今日贈君行하니 千里長相憶이라.
금 일 증 군 행　　　천 리 장 상 억

풀이 여자의 마음 ● 허난설헌

이 몸에 지녀온 황금 비녀 있었으니
시집올 때 머리에 꽂았던 것이에요.
오늘 그대 떠나시는 날 드리오니
머나 먼 천 리 길에 나를 생각하세요.

어려운 낱말

• 黃金釵(황금채) : 황금 비녀. • 首飾(수식) : 머리에 꽂다. • 長相憶(장상억) : 오래 서로 생각함.

'규정閨情', 이것이 '여자
의 마음'이다. 한 번 주면 변
치 않는 것도 여자의 마음이
다. 내가 가졌던 금비녀를
길 떠나는 그대에게 주니 이
것 가지고 오래도록 나를 기
억해 달라는 마음 역시 '여
자의 마음'이다. 이런 마음
이 우리나라 옛 여인들의 정
절이요 변함없는 수정여심
水晶女心이었다. '천리장상
억千里長相憶'이 한마디가
이 여인이 하고 싶은 마음일
것이다.

허난설헌(許蘭雪軒)

허난설헌(許蘭雪軒) 1563-1589, 조선의 여류시인. 본명은 초희楚姬, 난설헌은
호. 허균의 누이. 이달에게 시를 배워 천재적인 시재를 발휘, 섬세한 필치로 여
성 특유의 감성을 노래했다. 중국과 일본에서 '난설헌집'이 간행되어 애송되
었다.

102 夢魂 ● 李玉峰
몽 혼

近來安否問如何오? 月到紗窓妾恨多라.
근 래 안 부 문 여 하   월 도 사 창 첩 한 다

若使夢魂行有跡이면 門前石路半成沙라.
약 사 몽 혼 행 유 적   문 전 석 로 반 성 사

풀이 만약 꿈속에 ● 이옥봉

근래에 묻노니 그대 안부 어떠하오?

달 기우는 비단 창에 여인의 한이 많구나.

만약 꿈속에 다니는 길이 흔적이나 있다면

문 앞 돌길이 절반은 모래로 변했을 거예요.

어려운 낱말

• 月到紗窓(월도사창) : 달이 지는 창가에. • 夢魂(몽혼) : 꿈속에서도. • 半成沙(반
성사) : 절반은 모래로 변했을걸.

강상

꿈속에서 매일 임을 생각하고 꿈을 꾸고 있다. 밤마다 찾아오는 그 임을
위하여 꿈을 꾸면 매일처럼 다니는 그 집 방문 앞 돌이 절반은 모래가 되었
을 거다. 이것이 여인의 한 맺힌 그리움이다. 여자가 남자를 그리워하는
마음은 지금이나 옛날이나 다를 바가 없다. 이것이 여자의 한 맺힌 그리움
이기도 하다.

이옥봉(李玉峰) 조선 선조 때 여류시인. 의병장 이봉李逢의 서녀庶女로, 승지 벼슬을 지낸 운강雲江 조원趙瑗의 소실이다. 시 32편이 수록된 '옥봉집玉峰集' 1권만이 '가림세고嘉林世稿'에 부록으로 전하고 있다.

103 玉屛 ● 翠仙
옥 병

洞天如水月蒼蒼하고　樹葉蕭蕭夜有霜이라.
동 천 여 수 월 창 창　　수 엽 소 소 야 유 상

十二攟簾人獨宿하니　玉屛還羨繡鴛鴦이라.
십 이 확 렴 인 독 숙　　옥 병 환 선 수 원 앙

풀이 아름다운 병풍 ● 취선

푸른 하늘이 물빛 같이 달빛마저 창창한데
나뭇잎 소소하게 지는 밤에는 서리마저 내리네.
열두 폭 긴 주렴 드리우고 사람은 홀로 잠을 자는데
옥 병풍 속 원앙새 보니 내가 도로 부럽구나.

어려운 낱말

• 洞天(동천) : 하늘. • 蒼蒼(창창) : 푸르름. • 蕭蕭(소소) : 나뭇잎 지는 소리. • 十二攟簾(십이확렴) : 긴 발을 뜻함. • 繡鴛鴦(수원앙) : 수놓은 원앙새.

감상

하늘은 마치 물과 같이 높푸르고 달빛은 창창한데 서리 내리는 밤에는 나뭇잎만 쓸쓸하게 지고 있었다. 12폭 발을 드리고 방에서는 사람 홀로 잠을 자는데, 아름다운 운모 병풍에 그려진 원앙을 보니 그것이 오히려 부럽기까지 하다. 아름다운 여인의 심정을 잘 표현한 작품으로 병풍에 그려진 원앙새의 아름다움을 보고 그것을 부러워하며 어떤 한 남자를 그리워하고 있는지도 모른다.

│참고

취선(翠仙) 지은이의 생몰연대 미상으로, 호는 설죽雪竹이요, 김철손金哲孫의 소실이란 것으로만 되어있다.

104 春愁 ● 錦園
춘 수

池邊楊柳綠垂垂하니　蠟曙春愁若自知라.
지 변 양 류 록 수 수　　 납 서 춘 수 약 자 지

上有黃隱啼未己는　不堪趣君送人時라.
상 유 황 은 제 미 기　 불 감 취 군 송 인 시

(풀이) 봄날의 시름 ● 금원

시냇가에 실실이 실버들이 늘어져 있으니

촛불의 불빛처럼 봄시름을 혼자 아는 것 같구나.

숲 속 꾀꼬리가 아직 울음 그치지 않는 것은

그대 보내는 이별의 슬픔을 차마 이기지 못함일세.

• 蠟曙(납서) : 촛불 빛. • 黃隱(황은) : 숨어 우는 꾀꼬리. • 不堪(불감) : 이기지 못 함.

감상

어느 여인이 봄날의 시름을 노래한 시다. 봄은 와서 냇가의 버드나무는 실실이 늘어져 있고, 안방 속에 촛불처럼 봄 시름겨움을 느끼니 이때야말 로 봄의 수심이 짙어가고 방금 춘심春心을 느낄 정도인데, 꾀꼬리는 왜 이 렇게 울고 있는지. 이런 때에 떠나가는 정인情人이 있어 차마 이별을 견디 지 못 하겠다는 여인의 시름을 감탄조로 자아내고 있다.

참고

금원(錦園) 김시랑金侍郞 덕희德熙라는 사람의 소실이라고만 되어있다.

105 離別 ● 一枝紅
이 별

駐馬仙樓下하고 慇懃問後期라.
주 마 선 루 하   은 근 문 후 기

離筵樽酒盡하고 花落鳥啼時라.
이 연 준 주 진   화 락 조 제 시

풀이 이별 ● 일지홍

누樓 아래 가볍게 말을 매어 두고

이제 가면 언제 오세요, 은근히 묻는다.

그대와 이별하는 자리에 술이 떨어지고

꽃 지는 시절에 새가 슬피 우는구나!

감상

여인이 이별하는 장면을 나타낸 시이다. 물론 남녀 간의 이별일 것이다.
여인은 기생 신분이다. 사랑했던 사람과의 이별에서 언제 다시 볼 것인가
하고 묻는 것은 당연한 일이다. 위의 2구절은 떠나가는 마당에 말을 매어
놓고 이별하는 장면이요, 아래 두 구절은 술도 떨어지고 꽃이 지는 시절에
이별을 한다는 것이 더욱 그들을 슬프게 한다.

참고

일지홍(一枝紅) 성천成川의 기생이라는 것 외에는 별다른 기록이 없음.

106 秋雨 ● 慧定
추 우

九月金剛蕭瑟雨하고 雨中無葉不鳴秋라.
구 월 김 강 소 슬 우   우 중 무 엽 불 명 추

十年獨下無聲淚하니　淚濕袈衣空自愁라.
십 년 독 하 무 성 루　　　루 습 가 의 공 자 수

｜풀이｜ 가을비 ● 혜정

　　구월 금강산에 쓸쓸히 비는 내리고

　　비 내려도 나뭇잎 없어 가을을 울리지 않네.

　　십 년을 홀로 소리 없이 눈물을 흘렸으니

　　공연히 헛된 시름으로 가사자락만 적셨네.

어려운 낱말

　　•蕭瑟雨(소슬우) : 쓸쓸히 내리는 비. •無聲淚(무성루) : 소리 없는 눈물. •袈衣
(가의) : 가사. 스님이 입는 옷.

｜감상｜

　　어느 여승이 가을비 속에 자기의 심사를 토로하고 있다. 구월의 금강산
에는 가을비가 쓸쓸히 내리고 나뭇잎이 다 져버렸으니 비가 내려도 나뭇
잎이 울리지도 않는구나. 십 년 동안 수도생활을 하면서 남몰래 흘린 눈물
을 가사자락을 적시는 일이 한두 번이 아니었다는 수도자의 심적 고통이
잘 나타나 있다. 끝 연에 '空自愁공자수' 라는 구절이 자꾸 마음을 끌고 있
다.

참고

　　혜정(慧定) 어느 여승女僧으로 알려져 있을 뿐 누군지는 잘 모른다.

제6부

조선시대의 한시

1. 조선 전기의 한시

107 寧海 ● 卜仲良
영 해

二月江城霽景遲하여 芳洲散策動春思라.
이 월 강 성 제 경 지　　방 주 산 책 동 춘 사

少年流落傷豪氣하여 半日娛歡遇舊知라.
소 년 유 락 상 호 기　　반 일 오 환 우 구 지

梅柳開時難把酒하나 樓臺多處謾題詩하랴.
매 류 개 시 난 파 주　　누 대 다 처 만 제 시

京華北望幾千里요 每賦瓜亭獨自悲라.
경 화 북 망 기 천 리　　매 부 과 정 독 자 비

| 풀이 | 영해에서 ● 변중량

2월 강가에 비 그치고 원경이 아득하여

물가를 산책하니 봄 그리움이 일어나네.

젊어서 떠다니며 호기豪氣가 상하여서

반나절 친구 만나 즐거움도 나누었노라.

매화 버들 피어날 때 술 구하기 어렵다 하나

눈대樓臺 좋은 곳에 시 아니 읊을 소냐.

서울 북쪽 바라보니 몇천 리나 아득한지

늘 원두막에서 시 읊으니 나 혼자 슬프구나.

- 霽(제) : 비가 개다. • 芳洲(방주) : 방초가 우거진 삼각주. • 京華(경화) : 서울.
- 瓜亭(과정) : 원두막. 혹, 鄭瓜亭曲이 아닐까?

■ 감상

　영해는 지명인 것 같다. 동해 바닷가에 있는 경북 영해가 아닌가 한다.
여기서 놀며 글을 읽고 친구와 놀며 지내는 즐거움을 시화詩化한 것이다.
벼슬하던 사람이라 시골에 내려오니 슬픈 생각이 들곤 한다. 소박하고 늘
긍정적이며 원두막에 앉아 시를 읊는 모습이 보는 듯 다가온다.

■ 참고

　변중량(卞仲良) 본관은 밀양. 변계량
의 형. 고려 말에 문과에 급제, 조선
시대에는 우부승지(정3품)에 이르렀
으나 제1차 왕자의 난 때 정도전의
일파로 몰려 참살되었음. 시문에 능
했다.

변중량(卞仲良)

108 送僧之, 楓岳 ● 成石璘
송 승 지 풍 악

一萬二千峰이 高低自不同이라.
일 만 이 천 봉   고 저 자 부 동

君看日輪出하라 高處最先紅이라.
군 간 일 륜 출   고 처 최 선 홍

〔풀이〕 풍악으로 가는 스님께 ● 성석린

일만 이천 봉이

높낮이가 서로 다르구나.

그대여 보아라! 해 돋는 것을,

높은 곳이 가장 먼저 붉어 오네.

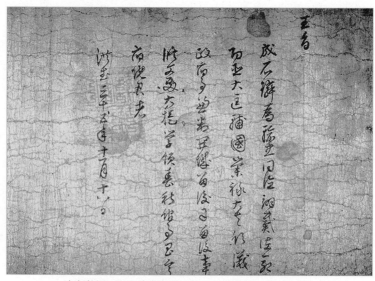

성석린(成石璘) 고신왕지(告身王旨). 성석린에게 내려진 왕지.

• 自不同(자부동) : 똑같지 않다. • 日輪(일륜) : 둥근 해. • 高處(고처) : 높은 곳.

(감상)

참 깨끗한 시적 이미지다. 모두 다 시각적 이미지가 동원되었다. 금강산의 일만 이천 봉이 하나같이 같지 않고 높낮이가 다르다는 것과 해 돋는 영상이 가장 높은 봉우리부터 밝아온다는 사실을 말하고 있다. 금강산의 해 돋이와 그 영상의 아름다움이 시적 감회로 다가오고 있다.

■ 참고

성석린(成石璘) 고려, 조선의 문신. 호는 독곡, 본관은 창녕. 문과에 급제 후 고려 때에는 문하찬성사, 조선에서는 영의정에 이르렀다. 시에 뛰어났고 초서를 잘 썼다고 한다.

109 金剛山 ● 權近
금 강 산

雪立亭亭千萬峰이　海雲開出玉芙蓉이라.
설 립 정 정 천 만 봉　　해 운 개 출 옥 부 용

神光蕩漾滄溟斤하고　淑氣蜿蜒造化鍾이라.
신 광 탕 양 창 명 근　　숙 기 완 연 조 화 종

突兀岡巒臨鳥道하고　清幽洞壑秘仙蹤이라.
돌 올 강 만 임 조 도　　청 유 동 학 비 선 종

東遊便欲陵高頂하여　俯視鴻濛一盪胸이라.
동 유 변 욕 능 고 정　　부 시 홍 몽 일 탕 흉

눈 속에 우뚝 솟은 천만 봉우리가

바다 구름 걷히자 모두 옥부용玉芙蓉이네.

신비한 빛 늠실늠실 창해를 닮은 듯

꿈틀 되는 맑은 기운 조화를 모은 듯하네.

우뚝 솟은 산봉우리는 험한 길을 굽어보고

맑고 깊은 골짝에는 신선의 자취 신비롭네.

동으로 문득 가고자 높은 정상에 올라서서

세상을 굽어보며 가슴 한 번 씻어 보리라.

| 어려운 낱말 |

• 雪立亭亭(설립정정) : 눈 속에 우뚝 솟음. • 玉芙蓉(옥부용) : 연꽃을 말함. • 蕩漾(탕양) : 파도가 넘실대는 모양. • 蜿蜒(완연) : 뱀 같은 것이 꾸물꾸물 기어 다니는 모양. 꾸불꾸불 길이 이어지는 모양. • 突兀(돌올) : 우뚝 솟아 있는 모양. • 鳥道(조도) : 험한 산길. 새가 아니면 갈 수 없는 험한 길. • 盪胸(탕흉) : 가슴을 씻어 내다.

| 감상 |

금강산에 가서 바라보는 정경을 시적으로 표현하고 있다. 금강산 봉우리에 구름이 걷히면 봉우리마다 부용을 꽂아놓은 듯, 멀리 바다의 넘실대는 파도를 닮은 듯, 봉우리마다 험한 길은 신선의 자취 숨은 듯, 그곳에 가서 세상을 굽어보며 내 가슴을 한 번 씻어내고 싶다는 충동을 나타내고 있다. 이 시는 금강산에 올라가지 않고 멀리서 바라보는 느낌을 적고 있다.

권근(權近) 고려, 조선시대의 문신. 학자. 호
는 양촌, 본관은 안동. 문과에 급제 후 고려
때는 성균 대사성 등을 역임하고, 조선조에
는 예문관 대제학에 이르렀음. 성리학자이
면서 문학을 존중하여 시詩·부賦·사詞·
장章의 학문을 중시했다.

권근(權近)

110 宿, 復興寺 ● 卞季良
숙　　부흥사

失路投山寺하니　人傳是復興이라.
실 로 투 산 사　　　　인 전 시 부 흥

靑松唯見鶴이요　白日不逢僧이라.
청 송 유 견 학　　　　백 일 불 봉 승

古壁留金像하고　空梁耽玉燈이라.
고 벽 유 금 상　　　　공 량 탐 옥 등

前軒頗淸切하여　過客獨來憑이라.
전 헌 파 청 절　　　　과 객 독 래 빙

풀이 부흥사에서 하룻밤을… ● 변계량

길을 잃고 어느 산사에 들어오니

사람들이 이것을 부흥사復興寺라 이른다.

푸른 소나무에 오직 학 한 마리 앉아있을 뿐

한낮인데도 스님은 만나지 못했구나.

낡은 벽 가엔 금불상이 머물러 앉아 있고

빈 들보엔 등불 하나만 깜박이고 있네.

앞 헌함이 자못 깨끗하게 보여서

지나가는 나그네 홀로 기대고 있네.

어려운 낱말

• 復興寺(부흥사) : 절 이름. • 白日(백일) : 대낮에. • 空梁(공량) : 빈 대들보.

감상

부흥사는 강원도 원성군 본부
면 부흥동 동쪽에 있었던 절 이름
이다. 길을 잃어 산사에 들리니 거
기가 '부흥사' 라는 절이 있었다라
고 했다. 좀 능청스러운 표현의 구
절이다. 스님은 어디 갔는지 없고,
소나무에는 학 한 마리가 있었다
니 매우 조용한 절인 것 같다. 절
의 앞 난간이 너무도 깨끗하여 지
나가는 과객이 낮잠 한숨 자고 가
기 적당하다고 했으니 변계량 시
인은 매우 낙천적인 성격인 모양
이다.

변계량(卞季良)

참고

변계량(卞季良) 고려, 조선의 문신. 본관은 밀양. 이색, 정몽주의 문인이며, 14세로 진사, 17세로 문과에 급제했다. 조선조에 대제학을 20여 년 지내는 동안 명문장가로 유명했으며, 시에도 뛰어났다고 했다.

111 松京懷古 ● 李孟昀
송 경 회 고

五百年來王氣終하니　操鷄搏鴨竟何功고.
오 백 년 래 왕 기 종　　　조 계 박 압 경 하 공

英雄一去豪華盡이요　人物南遷市井空이라.
영 웅 일 거 호 화 진　　　인 물 남 천 시 정 공

上苑煙霞微雨後하고　諸陵草樹夕陽中이라.
상 원 연 하 미 우 후　　　제 릉 초 수 석 양 중

秋風客恨知多少요?　往事悠悠水自東이라.
추 풍 객 한 지 다 소　　　왕 사 유 유 수 자 동

풀이 송도松都를 회고함 ● 이맹균

오백 년 내려오던 왕기王氣가 다 끝났으니

닭 잡고 오리 친다는 일 마침내 어찌 되었는가.

영웅들 한 번 가면 호화로움도 끝이 나고

인물이 남으로 옮기니 시정市井 또한 비었구나.

상원上苑의 연하도 비온 뒤엔 보잘 것 없고

능묘의 초목들은 저녁놀 속에 잠겼구나.

가을바람 나그네의 한을 그 얼마나 알아줄까?

지나간 일 까마득히 강물만 동으로 흐르네.

▌어려운 낱말

• 松京(송경) : 송도. 개성의 도읍지. • 操鷄搏鴨(조계박압) : 닭 잡고 오리 친다. 즉 계림이 망하면 압록강을 정벌한다는 도참설. • 英雄(영웅) : 고려 왕조를 비유. • 諸陵(제릉) : 고려의 왕릉. • 悠悠(유유) : 흘러가는 모양.

〔강상〕

송도 회고의 시다. 오백 년 왕업이 이렇게 끝나다니. 영웅이 한 번 가면 호화로움도 끝이 나고 나라가 기우니 상원上苑도 보잘것없는 곳이 되고 말았구나. 조계박압操鷄搏鴨(닭 잡고 오리 친다) 이란 말은 고려 태조 왕건이 계림을 정복하고 뒤에 압록강까지 치게 된다는 예언이 마침내 어디 가고 고려는 망했는가? 하고 한탄을 한다. 가을바람 소슬한데 나그네 이 마음 가눌 길 없고 까마득히 강물만 동으로 흘러간다는 회포를 토로하고 있다.

▌참고

이맹균(李孟畇) 고려, 조선의 문신. 본관은 한산. 이색의 손자. 15세 때, 문과에 급제하여 벼슬을 하다가 조선조에는 이조, 병조판서, 예문관 대제학 등을 거쳐 좌찬성에 이르렀음. 글씨와 시문에 뛰어났다.

112 謝人贈, 蓑衣 ● 河緯地
사 인 증   사 의

男兒得失古猶今하니 頭上分明白日臨이라.
남 아 득 실 고 유 금　　　두 상 분 명 백 일 림

持贈蓑衣應有意하니 五湖煙雨好相尋이라.
지 증 사 의 응 유 의　　　오 호 연 우 호 상 심

풀이 도롱이 보내온 뜻은 ● 하위지

남아의 얻고 잃음 예나 지금 다 같은데

머리 위에 붉은 해가 뚜렷이 걸려있네.

도롱이 보내온 뜻 내 응당 알고 있으니

호숫가 비 내리는 날 낚시 하자는 뜻일세.

하위지(河緯地)의 묘. 경상북도 구미시 선산읍에 위치.

• 古猶今(고유금) : 예나 지금이나 같음. • 蓑衣(사의) : 도롱이와 우의. • 煙雨(연우) :비가 내리거든.

■ 감상

어느 친구가 하위지에게 도롱이를 보낸 것은 험난한 세상에 맞서지 말고 조용히 강호에서 낚시질이나 하며 같이 놀자는 뜻인데, 하위지는 자기가 할 일이 있음을 뚜렷이 밝힌 시다. 위의 두 구절이 바로 하위지가 해야 할 일을 밝힌 것이다. 남아가 해야 할 일이 예나 지금이나 있기 마련, 지금 나의 머리 위에는 밝은 태양이 빛나고 있다고 밝혔다.

■ 참고

하위지(河緯地) 조선의 문신이며, 사육신의 한 사람이다. 호는 단계, 본관은 진주. 생원으로 식년 문과에 장원, 벼슬이 예조판서에 이르렀다. 성삼문 등과 단종 복위를 꾀하다가 체포되어 처형당했으며 문장가로도 이름이 높았다.

---

113 **遇題** ● 柳方善
　　우　제

結茅仍補屋하고　種竹故爲籬라.
결 모 잉 보 옥　　　종 죽 고 위 리

多少山中味가　年年獨自知라.
다 소 산 중 미　　　년 년 독 자 지

『 풀이 』 우연히 얻은 시 ● 유방선

띠를 얽어 지붕을 덮고

대 심어 울타리를 했네.

산중 사는 참맛을 조금은 알아

해마다 홀로 스스로 알게 되었노라.

어려운 낱말

• 補屋(보옥) : 집을 수리함. 지붕을 덮다. • 種竹(종죽) : 대를 심어서. • 多少(다소) : 조금은. • 獨自知(독자지) : 스스로 알게 됨.

『 감상 』

제목이 '우연' 이라고 했으나 결코 우연히 얻은 시 제목은 아니다. 삶의 지혜가 뚜렷이 나타난 작품이다. 그리고 삶의 인생관이 있는 시인이다. 띠를 베어 지붕을 덮고 대를 심어 울타리를 한다는 것은 옛 은사들이 해온 일들이며 선비들이 어떤 목적을 가지고 때를 기다리는 일로 보인다. 산중에 사는 취미를 알아 인생을 스스로 깨달아 알게 되었다는 것이 이 시인의 인생관이다.

참고

유방선(柳方善) 조선의 학자. 본관은 서산. 권근, 변계량 등에게 배워 문명을 떨쳤고, 산수화를 잘 그렸음. 그의 문하에 서거정, 이보흠 등의 학자가 배출되었다.

114 次, 天壽寺韻, 二首 ● 金守溫
차 천 수 사 운 이 수

頹垣破礎暗螢飛하니　贏得都人指點歸라.
퇴 원 파 초 암 형 비　　영 득 도 인 지 점 귀

却似千年遼鶴唳하니　山川如舊昔人非라.
각 사 천 년 요 학 려　　산 천 여 구 석 인 비

春風處處百花飛하니　擬向松都匹馬歸라.
춘 풍 처 처 백 화 비　　의 향 송 도 필 마 귀

五百年間人物論하면　迷君誤國定誰非요?
오 백 년 간 인 물 론　　미 군 오 국 정 수 비

【풀이】 천수사 2수 ● 김수온

무너진 담, 깨진 주춧돌에 반딧불 날고 있으니
도무지 사람에게 얻은 것은 마음 변하는 일뿐.
문득 천년 세월 아득한 학 울음 듣는 것 같으니
산천은 의구하되 사람만이 그 옛사람 아니었네.

춘풍은 곳곳에서 백화를 흩날리니
이건 마치 송도에 필마로 돌아온 듯.
오백 년 인물들을 논하여 말하자면
나라를 그르친 것, 곧 그 누구의 잘못인가?

어려운 낱말

• 頹垣(퇴원) : 무너진 담장. • 贏得(영득) : 남겨서 얻음. '결국 얻은 것은' 이란 뜻.
• 指點(지점) : 마음이 지워짐. 마음이 변함. 指는 마음이나 뜻. • 鶴唳(학려) : 학
울음소리. • 如舊(여구) : 의구와 같음. • 擬向(의향) : 향하다. 마치~돌아오는 듯.

감상

　천수사는 경기도 개성에 있었던 절이다. 천수사를 찾아와서 칠언절구 2
수를 남겼다. 송도에 다시 돌아와서 고려 왕도를 회고하고 있다. 옛 도성
의 무너진 돌담은 그대로인데 그때의 인물은 간곳이 없다. 마치 필마를 타
고 여기를 찾아온 듯, 나라를 그르친 인물을 생각해보면 그 누구누구인가?
첫 수에서는 회고시이고, 둘째 수는 필마로 온 여기서 과연 고려를 망친 자
는 누구누구인가 하고 되뇌어본다.

참고

　김수온(金守溫) 조선의 문신, 학자. 본관은 영동永同. 식년 문과 중시에 급제, 발
　영시拔英試에 장원, 다시 등준시登俊試에 급제. 벼슬이 영중추부사에 이르렀다.
　학문과 문장에 뛰어나 서거정, 강희맹 등과 문명을 다투었다.

115 善竹橋 ● 李塏
　　　선 죽 교

繁華往事已成空하고　舞館歌臺野草中이라.
번 화 왕 사 이 성 공　　무 관 가 대 야 초 중

惟有斷橋名善竹하여　半千王業一文忠이라.
유 유 단 교 명 선 죽　　반 천 왕 업 일 문 충

선죽교(善竹橋). 개성시 선죽동에 위치.

풀이 　선죽교善竹橋　● 이개

번화했던 지난 일은 이미 헛된 일이요

춤추고 즐겼던 놀이터도 들풀 속에 묻혔어라.

오직 끊긴 다리 그 이름 선죽교만 남아서

반 천년 왕업에 그 한 사람 문충공文忠公일세.

어려운 낱말

• 已成空(이성공) : 이미 헛된 것. • 舞館(무관) : 춤추며 놀던 집. • 文忠(문충) : 문충공 정몽주.

문충공은 정몽주의 시호이다. 이성계의 반정에 반대하다가 선죽교에서
철퇴를 맞고 쓰러졌다. 그래서 그 이름은 충절로 영원히 여기 남아있다.
고려의 멸망과 정포은의 죽음과 이성계의 건국이 한데 어울려 역사적 사
건으로 이 선죽교에 남아있다. 작자 이개도 충절을 지키는 사육신의 한 사
람으로 정몽주의 충절을 길이 추모하고 있었다.

참고

이개(李塏) 조선의 충신이며, 사육신의 한 사람. 본관은 한산. 이색의 증손이다.
20세에 문과에 급제하여 훈민정음 창제에 참여하였고 벼슬이 직제학에 이르렀
다. 단종복위를 꾀하다가 처형되었으며, 시문에 능하고 글씨도 잘 썼다.

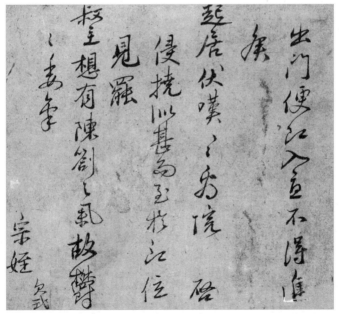

이개(李塏) 편지. 이개가 조정의 소식을 전하며 보낸 편지. 성균관대학교박물관 소장.

116 詠梅題, 徐剛中, 四佳亭 ● 姜希顏
영 매 제 서 강 중 사 가 정

白放天寒暮터니　黃肥雨細時라.
백 방 천 한 모　　황 비 우 세 시

看兄一生事하니　太早亦遲遲라.
간 형 일 생 사　　태 조 역 지 지

풀이 매화를 읊음 ● 강희안

　－사가정에게

추운 날 저물녘에 매화꽃이 피더니

가랑비 내릴 때 노란 열매 살지네.

그대의 일생 일을 내가 한 번 보니

너무나 이르고 너무나 더디구나.

어려운 낱말

• 白放(백방) : 무죄로 방면됨. 여기서는 매화꽃이 피는 것을 가리킴. • 黃肥(황비) : 노란 열매가 굵어진다. • 看兄(간형) : 그대를 보니. 여기서는 매화를 가리킴. * 사 가정은 서거정의 호이며, 강중(剛中)은 그의 자다.

감상

　강희안이 사가정四佳亭 서거정의 매화 시에 화답한 내용의 시다. 매화는 추위를 이기는 강인한 선비의 상징이기에 모두에게 추앙받는 꽃이다. 바 로 선비의 상징이기 때문이다. 백방白放은 흰 꽃이 핀다는 것으로 눈 속에 피는 매화를 의미하는 것이다. 매화의 일생이 더디다고 한 것은 강인한 선비정신을 토로한 것이기 때문이다.

참고

강희안(姜希顔) 조선의 문신이며, 호는 인재, 본관은 진주. 세종 때 식년 문과에
급제하여 벼슬은 호조참의(정3품)에 이르렀음. 시詩·서書·화畵에 모두 능하여
삼절三絶이라 일컬어졌다.

117 寧越, 子規樓作 ● 端宗
영월 자규루작

一自冤禽出帝宮으로 孤臣隻影碧山中이라.
일 자 원 금 출 제 궁   고 신 척 영 벽 산 중

假眼夜夜眼無假하고 窮恨年年恨不窮이라.
가 안 야 야 안 무 가   궁 한 연 년 한 불 궁

聲斷曉岑殘月白하고 血流春谷落花紅이라.
성 단 효 잠 잔 월 백   혈 류 춘 곡 낙 화 홍

天聾尙未聞哀訴하니 何奈愁人耳獨聰고?
천 농 상 미 문 애 소   하 내 수 인 이 독 총

풀이 영월 자규루子規樓에서 ● 단종

원통한 새가 왕궁을 한 번 나온 뒤로

외로운 몸이 혼자서 산속에서 사네.

밤마다 잠을 자려 해도 잠은 오지 않고

끝없는 원한은 해마다 다함이 없구나.

울음소리 끊어진 새벽 잔월殘月은 훤하고

자규루(子規樓). 강원 영월군 영월읍에 위치.

두견 피 흘린 봄 골짝엔 낙화가 붉구나.

하늘은 귀먹어 애절한 호소를 듣지 못하니

어찌하여 근심스레 내 귀만이 홀로 밝은가?

어려운 낱말

• 冤禽(원금) : 원통한 새. 바로 단종 자신을 말함. • 帝宮(제궁) : 궁궐. • 隻影(척영) : 외로운 그림자, 곧 혼자라는 뜻. • 假眼(가안) : 눈이 쉰다는 뜻으로, 잠을 잔다는 말. • 曉岑(효잠) : 새벽의 산. 岑은 고개라는 뜻.

감상

처음에는 영월군루寧越郡樓라 불렀다. 매죽루梅竹樓라고도 불리던 이 군루郡樓는 나중에는 자규루子規樓라 고쳐 부르게 되었는데, 지금도 사적으

로 남아있다. 단종은 자기를 원통
한 자규子規에 비유하여 밤마다 울
고 또 울어 피를 토하는 두견새로
불리게 되었다. 끝 구절에 '하늘은
귀먹어 애절한 하소를 듣지 못하
는데, 어찌하여 근심스런 내 귀만
이 홀로 밝은가.' 에서 자기를 한없
이 원망함으로 독자의 가슴에 아
픔으로 다가오고 있다.

단종(端宗)

참고

단종(端宗) 1441–1457, 조선 제6대 임금. 12세에 왕위에 올랐으나 1455년 숙
부인 수양대군에게 왕위를 물려주고 상왕上王이 되었다. 사육신 등이 그의 복
위를 꾀하다가 발각되어 죽음을 당한 후, 영월에 유배되어 17세의 어린 나이에
사사賜死되었다. 여기서 금부도사 왕방연의 시조 한 수를 소개한다. 〈천만리
머나먼 길에 고운님 여의옵고 / 내 마음 둘 곳 없어 냇가에 앉았으니 / 저 물도
내 안 같아야 울어 밤길 예놋다.〉 금부도사로 갔던 왕방연이 돌아오면서 불렀
다는 시조이다.

118 佛智庵 ● 成任
   불 지 암

有客來投宿하니 無人解出迎이라.
유 객 래 투 숙   무 인 해 출 영

山圍最上地하고 僧誦大乘經이라.
산 위 최 상 지   승 송 대 승 경

澗水何時歇고 篝燈徹夜明을-.
간 수 하 시 헐   구 둥 철 야 명

塵中泡幻夢하니 還向此中醒이라.
진 중 포 환 몽   환 향 차 중 성

풀이 ● 불지암 ● 성임

이 나그네 하룻밤 자려 했는데

아무도 맞으러 나오는 이 없네.

산들은 최상의 땅을 에워싸 있고

스님은 대승경을 외고 있었구나.

산 개울물은 언제 그칠 것인고?

등불만이 밤새도록 환히 밝구나.

이 세상은 물거품이요 환몽幻夢이니

여기 와서 비로소 이것 하나 깨달았네.

어려운 낱말

• 大乘經(대승경) : 불경의 하나. • 澗水(간수) : 산속에 흐르는 시냇물. • 篝燈(구등) : 불 우리를 씌워 바람을 막는 등. • 泡幻夢(포환몽) : 헛된 환상과 헛된 꿈.

감상

불지암은 강원도 회양군 내금강면 장연리 마하연 동쪽에 있는 절이다. 시인 성임이 불지암에 와서 하룻밤 자면서 느낀 것, 본 것을 시화詩化한 작품이다. 이 나그네를 아무도 맞이하는 사람도 없고 스님은 대승경만 읽고 있었다는 것은 이 암자의 분위기를 잘 나타내고 있다. 인간 세상에서 깨달

지 못한 것을 이 암자에 와서 비로소 깨달았다는 사실이 중요하다.

참고

성임(成任) 조선 성종 때의 문신. 호는 일재, 본관은 창녕. 식년문과, 문과중시
에 급제, 拔英試발영시에 장원하였다. 그동안 여러 벼슬을 거쳐 좌참찬, 지중추
부사를 역임했으며 시문 중에서도 특히 율시에 뛰어났고 글씨를 잘 썼다고 하
였다.

119 垂釣 ● 成聃壽
수 조

持竿鎭日釣江邊하고　垂脚淸波困一眠이라.
지 간 진 일 조 강 변　　수 각 청 파 곤 일 면

夢與白鷗遊萬里타가　覺來身在夕陽天이라.
몽 여 백 구 유 만 리　　각 래 신 재 석 양 천

풀이 낚시를 드리고 ● 성담수

종일을 강가에서 낚싯대 드리우고

맑은 물에 발 담그고 낮잠 한 번 자보세.

꿈속에서 갈매기와 만 리 밖에 노닐다가

깨어보니 하늘엔 어느덧 노을이 지고 있네.

어려운 낱말

• 持竿(지간) : 낚싯대를 가지고. • 鎭日(진일) : 온종일. • 垂脚(수각) : 다리를 드리
우고. • 覺來(각래) : 깨달으니. 잠을 깨니. '來' 는 허사.

｢감상｣

　낚시하러 강변에 나와서 낚싯대를 드리우고 앉아 여러 가지 잡념을 하다가 그만 잠이 들었다. 있을 법한 일이다. 낚시는 꼭 고기를 낚기 위한 행위만은 아니다. 낚싯대를 드리우고 앉아 온갖 잡념과 상상과 공상, 이런 저런 생각을 하다가 고기도 낚고, 놀기도 하고, 세월을 낚는 것이다. 강태공이 여기에 해당되는 인물이다. 꿈속에 갈매기와 노닐다가 깨어보니 어느덧 석양 무렵이라는 사실이 이 시의 주제다.

｜참고

　성담수(成聃壽) 생육신의 한 사람. 호는 인재, 본관은 창녕. 세종 32 진사가 되고, 승문원 교리 등을 역임했다. 단종 복위 사건에 연좌되어 김해로 유배되었다가 3년 후 풀려 나와 선영이 있는 파주에 은거했다.

---

120 松都三首 ● 李承召
송 도 삼 수

洞府深深鎖紫霞하니　樓臺何處侍中家오?
동 부 심 심 쇄 자 하　　　루 대 하 처 시 중 가

仙妹一去無消息하니　樂府空轉進酒歌라.
선 매 일 거 무 소 식　　　악 부 공 전 진 주 가

五冠山與白雲齊하고　老樹參天杜宇啼라.
오 관 산 여 백 운 제　　　노 수 참 천 두 우 제

孝子淸風吹萬古하고　行人猶唱小唐鷄라.
효 자 청 풍 취 만 고　　　행 인 유 창 소 당 계

土峴晴雲披素練하고　朴淵飛瀑倒銀潢이라.
토 현 청 운 피 소 련　　　박 연 비 폭 도 은 황

堅鞭看到斜陽暮한데　更拂蒼苔案短章이라.
견 편 간 도 사 양 모　　　갱 불 창 태 안 단 장

풀이 송도시 3수 ● 이승소

골짜기 깊고 깊어 자하동紫霞洞 닫았는데
누대樓臺 어느 곳이 시중侍中의 집이던가.
선녀仙女는 한 번 가서 소식 없는데
악부는 부질없어 진주가進酒歌만 전하네.

오관산五冠山은 흰 구름과 가지런한데
하늘 솟은 노거수에 두견이 슬피 운다.
효자청풍孝子淸風은 만고에 바람 불어
행인은 아직도 소당계小唐鷄를 노래하네.

토현土峴산 맑은 구름 흰 비단이 펼쳐있고
시원한 박연폭포 은하수를 내리쏟네.
말채찍 멈추고 보니 저녁 해는 저무는데
푸른 이끼 다시 쓸고 시 한수 지어본다.

어려운 낱말

• 鎖紫霞(쇄자하) : 자하동을 잠그다. 鎖는 잠글 쇄. • 仙妹(선매) : 여자 신선, 곧
선녀. • 杜宇啼(두우제) : 두견의 울음소리. • 小唐鷄(소당계) : 악곡의 이름. • 朴

淵飛瀑(박연비폭) : 박연폭포가 날아 내리다. ·堅鞭(견편) : 말채찍을 멈추고. ·土
峴(토현) : 토현산으로 송도에 있는 산 이름.

┃ 감상 ┃

이승소가 송도를 탐방하여 자하동, 오관산, 박연폭포 등을 노래하고 그
옛날 고려를 회고하며 지은 시다. 송도 3수라 하여 3수의 송도시를 쓰고
운자도 각기 선정하여 시작詩作하였다. 여기에 선매仙妹는 선녀, 혹은 아름
다운 여인을 말하고 '소당계'는 그 당시에 있었던 악곡의 이름이다.

┃ 참고 ┃

이승소(李承召) 조선 성종 때의 문신. 호는 삼탄, 본관은 양성. 식년 문과에 장
원, 문과중시에 급제, 벼슬이 좌찬성에 이르렀음. 당대의 문장가로 이름이 높
았으며, 예악 · 음양 · 의약 · 지리 등 여러 방면에 조예가 깊었다.

---

121 渡, 臨津 ● 姜希孟
도   임 진

一舸渡淸津하니 江花欲暮春이라.
일 가 도 청 진   강 화 욕 모 춘

潮回沙有迹이요 風細水生鱗이라.
조 회 사 유 적   풍 세 수 생 린

地僻帆檣少하고 人稀鷗鷺馴이라.
지 벽 범 장 소   인 희 구 로 순

經行曾幾日고? 不覺鬢絲新이라.
경 행 증 기 일   불 각 빈 사 신

한 척의 배를 타고 맑은 나루 건너가니

강가의 꽃을 보니 봄도 이미 저물었네.

물결 휘돌아 흘러 모래밭에 흔적이 지고

바람 가늘게 부니 물 위에 비늘 파도 생겨나네.

궁벽한 곳이라 오가는 돛단배 한적하고

사람이 드물게 오니 백로들도 피하지 않네.

이곳 지나간 것이 일찍 몇 번이던가?

귀밑머리 새롭게 희어짐을 깨닫지 못하였네.

어려운 낱말

• 一舸(일가) : 한 척의 배로. • 帆檣(범장) : 범선. 목선. • 鷗鷺(구로) : 갈매기. • 鬢絲(빈사) : 귀밑머리. 흰 머리카락.

강희맹(姜希孟)의 묘. 경기도 시흥시 하상동에 위치.

강희맹이 임진강에 대해 쓴 시다. 임진강의 전경을 그린 듯이 묘사하고 있다. 배를 타고 가는 일로부터 맑은 나루와 강가의 봄꽃도 이미 저물어가는 모습까지 이 시의 정서에 담았다. 삼각주의 모래 흔적이며 바람이 가늘게 부니 물 위에 파르르 지는 파도까지 아주 세밀하게 그리고 있다. 이 임진강을 몇 번이나 건넜더냐? 내 귀밑머리가 희어진 것을 새롭게 깨닫게 되었다는 대목에서 그의 삶을 짐작할 수 있다.

참고

강희맹(姜希孟) 조선 성종 때의 문신. 호는 운송거사, 본관은 진주. 강희안의 아우다. 별시 문과에 급제, 벼슬은 좌찬성(정2품)에 이르렀다. 문장이 당대에 으뜸이었고, 서화에도 뛰어난 재능을 나타냈다.

임진강(臨津江). 경기도 파주군 파평면 율곡리에 위치.

122 怨詩 ● 成侃
원 시

蓐食向東阡이라가 暮返荒村哭이라.
욕 식 향 동 천   모 반 황 촌 곡

衣裂露兩肘하고 缾空無儲粟이라.
의 렬 로 양 주   병 공 무 저 속

稚子牽衣啼하니 安得饘與粥이리오.
치 자 견 의 제   안 득 전 여 죽

里胥來索錢하고 老妻遭縛束이라.
이 서 래 색 전   노 처 조 박 속

踰墻陟崢嶸하고 十日鼠荊棘라.
유 장 척 쟁 영   십 일 서 형 극

潛身草間行하니 日落山谷黑이라.
잠 신 초 간 행   일 락 산 곡 흑

魑魅憑岸嘯하고 凄風振林木이라.
이 매 빙 안 소   처 풍 진 림 목

凜然魂魄褫하고 一步三四息이라.
늠 연 혼 백 치   일 보 삼 사 식

嗟嗟詰吏徒여 誅求一何速가?
차 차 힐 이 도   주 구 일 하 속

公門非不仁이나 汝輩心甚毒이라.
공 문 비 불 인   여 배 심 심 독

풀이 원망의 시 ● 성간

새벽밥 지어 먹고 동쪽 언덕에 갔다가

저물어 쓸쓸한 마을에 돌아와 통곡하네.

옷은 찢어져 두 팔꿈치 다 드러나고

쌀독은 비어서 남은 곡식 하나도 없구나.

어린 자식들 옷깃을 당기며 우는데

어찌해야 밥과 죽을 얻을 수 있으리오.

아전들이 와서 돈을 찾아내려고

늙은 아내를 묶기까지 하였다네.

담을 넘어 험준한 곳을 찾아가서

열흘 동안 가시밭에 쥐처럼 숨어 있었다네.

몸을 숨겨 풀 속으로만 다니다 보니

해가 져서 산골짜기는 어두컴컴하여라.

도깨비는 언덕에서 휘파람 불고

처량한 바람은 숲을 흔들어대네.

벌벌 떨며 혼백마저 빼앗아 가니

한 걸음에 서너 번씩 숨을 쉰다네.

아아, 교활한 아전들이여!

어찌하여 토색질을 그리 잘하는가.

관청이 어질지 않은 것은 아니지만

너희들의 마음이 너무도 지독하구나.

어려운 낱말

• 蓐食(욕식) : 아침 일찍 하는 아침식사. • 兩肘(양주) : 두 팔꿈치. • 缾空(병공) :
쌀 단지가 비다. • 饘與粥(전여죽) : 죽과 죽. 饘은 된죽. 粥은 묽은 죽. 혹은 밥과

죽. •踰墻(유장) : 담장을 넘다. •鼠荊棘(서형극) : 가시밭에 쥐처럼 숨다. •魑魅
(이매) : 도깨비. •凄風(처풍) : 처량한 바람. •褫(치) : 빼앗을 치. •嗟嗟(차차) : 아,
감탄사. •誅求(주구) : 토색질. 가렴주구. •汝輩(여배) : 너희 무리들.

가난한 선비의 어렵고 고통스러운 한탄을 들려주고 있다. 예부터 시인
은 가난하다고 했지만 성간의 경우는 그렇지가 않았다. 청빈을 으뜸으로
하다 보니 어렵게 살아가는 모습을 시를 통해 나타내고 있다. 여기에 관청
의 관리들이 토색질을 하는 내용이 나온다. 당시의 현실을 표현하고 있을
뿐이다. 시인은 당시의 현실을 표현해서 그 시대상을 밝혀야 한다. 그것을
요즈음은 참여시라고 한다.

참고

성간(成侃) 조선의 문신. 문인. 본관은 창녕. 유방선의 문하생. 진사를 거쳐 문
과에 급제, 수찬修撰을 지내고 집현전 박사로 문명을 떨쳤으나 요절했음. 시詩,
부賦에 능했고 글씨도 잘 썼다.

123 開樽愛月 ● 孫舜孝
개 준 애 월

月白東巒便照堂하니 一樽函得幾多光고?
월 백 동 만 변 조 당   일 준 함 득 기 다 광

只憐些子淸輝發하여 不許庸人取次嘗이라.
지 련 사 자 청 휘 발   불 허 용 인 취 차 상

－달빛을 사랑하여

동산에 달이 밝아 마루를 비추니

저 단지 얼마나 많은 달빛 담을 수 있을까?

다만 작은 것이 발하는 맑은 빛을 사랑하여

용렬한 사람이 맛보는 걸 허락하지 않겠네.

어려운 낱말

• 東巒(동만) : 동쪽에 있는 산. • 巒(만) : 꼭대기가 뾰족한 산. • 一樽(일준) : 하나
의 술 단지. • 憐(련) : 사랑하여. • 庸人(용인) : 용렬한 사람.

감상

술 항아리에 비치는 달빛을 노래하고 있다. '樽'은 술 항아리를 의미한
다. 술 항아리에 비치는 달빛을 얼마나 많이 담을 수 있을까 하는 시적인
상상력이 대단하다. 달빛과 술과 술 항아리, 이런 요소들이 한데 어울려 한
편의 시를 만들어내고 있다. 제일 끝 구절에 술은 용렬한 사람은 맛볼 수
없다는 규정을 말하고 있다.

참고

손순효(孫舜孝) 조선의 문신. 호는 물재勿齋, 본관은 평해平海. 생원으로 증광 문
과, 문과 중시에 각각 급제. 벼슬이 판중추부사에 이르렀음. 성리학을 깊이 연
구했으며, 문장이 뛰어나고 그림에 능했다.

124 坡州途中 ● 崔淑精
파 주 도 중

故國春方好하니 時子西去時라.
고 국 춘 방 호　　시 자 서 거 시

東歸春亦老하니 添我鬢邊絲라.
동 귀 춘 역 로　　첨 아 빈 변 사

풀이 파주 길을 가며 ● 최숙정

고향의 봄이 바야흐로 무르익는데
이맘때면 서쪽으로 떠나갈 때로다.
동쪽으로 돌아올 땐 봄 또한 다 가리니
내 귀밑머리에 센 털만을 더하여 주리라.

어려운 낱말

• 故國(고국) : 여기서는 고향을 말함. • 時子(시자) : 이때에. 子는 허사임. • 鬢邊
(빈변) : 흰 귀밑머리.

감상

　파주 길 가는 도중에 지은 시다. 고향의 봄은 한창 무르익고 있는데, 나
는 서쪽으로 떠난다고 하니 고향을 떠나고 있는 것이다. 내 돌아올 때는
봄도 이미 지나가고 내 나이만 한 살 더 먹어 귀밑에는 흰머리만 더해지겠
구나 하고 한탄한다.

참고

최숙정(崔淑精) 조선시대의 문신. 본관은 양천. 진사로 식년 문과에 급제, 문과 중시에 3등, 발영시拔英試에 2등으로 각각 급제, 벼슬이 부제학에 이르렀다. 시문에 뛰어났으나 지나친 술로 병사하였다.

125 夜坐卽事 ● 許琮
야 좌 즉 사

滿庭花月寫窓紗하니 花易隨風月易斜라.
만 정 화 월 사 창 사　　　　화 이 수 풍 월 이 사

明月固應明夜又리니 十分愁思屬殘花라.
명 월 고 응 명 야 우　　　　십 분 수 사 속 잔 화

풀이 밤에 앉아 즉흥시를 짓다 ● 허종

뜰에 가득 꽃과 달빛 영창에 비추오니
꽃은 쉬이 바람 따르고 달은 쉬 기울었네.
밝은 달은 진실로 내일 밤에 다시 뜨려니
십분 수심 자아내어 남은 꽃은 시름겨워라.

어려운 낱말

• 滿庭(만정) : 뜰에 가득함. • 固應(고응) : 마땅히, 진실로, 응당. • 愁思(수사) : 시름. 근심. 걱정.

감상

밤에 방에 앉아서 즉흥시를 읊었다. 뜰에 가득한 달과 창문에 비치는 달

빛, 꽃은 바람 따라 쉬이 지고 달도 기우는데, 달은 내일 밤도 다시 뜨겠다는 마음을 꽃과 달을 대비시키고 있다. 그러니 꽃은 수심에 잠기고 있어 내 마음을 대변하고 있다고 시인은 말하고 있다. 옛날에는 즉흥시를 잘하여 그때그때의 감정을 시로 표현하기도 했다. 현대 시인들은 즉흥시를 못하니 안타깝다.

허종(許琮)

허종(許琮) 조선시대의 문신. 본관은 양천. 생원으로 별시 문과에 급제, 여러 문관과 무관을 거쳐 우의정에 이르렀음. 문과, 무과에 이름이 높아 문무를 겸비한 명신으로 여러 차례 북방에 파견되어 침입하는 여진족을 무찔렀다.

126 谷口驛 ● 洪貴達
곡 구 역

長途綠海岸하고 小驛傍山根이라.
장 도 녹 해 안　　소 역 방 산 근

鳥道縈雲廻하고 鯨波盪日飜이라.
조 도 영 운 회　　경 파 탕 일 번

居人多厚意하니 謫客自傷魂이라.
거 인 다 후 의　　적 객 자 상 혼

大嶺明朝過하리니 無因望故園이라.
대 령 명 조 과   무 인 망 고 원

풀이 곡구역에서 ● 홍귀달

먼 길은 푸른 해안으로 쭉 나있고

조그만 역은 산기슭 곁에 있구나.

좁다란 산길 구름에 가려 멀고

거센 파도는 해를 씻어 뒤집는다.

여기 사는 사람들 인정도 후하건만

귀양 가는 이 사람 마음은 아프구나.

내일 아침이면 큰 재를 넘어가리니

다시는 고향 동산 바라볼 수 없으리라.

洪貴達(홍귀달) 神道碑(신도비). 경상북도 문경시 영순면에 위치.

- 谷口驛(곡구역) : 역 이름. • 長途(장도) : 먼 길. • 小驛(소역) : 곡구역을 말함.
- 山根(산근) : 산기슭. • 鯨波(경파) : 큰 파도. 鯨은 고래. • 盪日(탕일) : 해를 씻다.
- 謫客(적객) : 귀양 가는 사람. • 大嶺(대령) : 큰 고개. • 望故園(망고원) : 고향 동
산을 바라보다.

감상

이 시는 1504년 연산군의 명을 거역하여 함경도로 귀양갈 때 지은 시
다. 길 떠나면서 주위 환경과 착잡한 자기의 심정을 노래한 시이다. 먼 길
을 돌아 조그만 바닷길을 따라서 좁은 산길과 구름을 따라가는 심정을 잘
표현하고 있다. 참 인심도 좋아 보이는데 귀양 가는 사람의 마음은 아프기
만 하다고 노래하고 있다. 여기서 다시 고향을 바라볼 수 없으리라 하고
안타까운 심정을 읊었다.

참고

홍귀달(洪貴達) 조선 연산군 때의 문신. 본관은 부계. 문과에 급제, 벼슬이 좌참
찬에 이르렀음. 그의 손녀를 궁중에 들이라는 연산군의 명을 어겨 장형을 받고
유배 도중 죽음. 문장이 뛰어나고 글씨도 잘 썼으며, 성격이 강직하여 부정과
는 끝까지 항거하였다.

127 冷泉亭 ● 成俔
냉 천 정

一派飛泉脈이 來從翠竇審이라.
일 파 비 천 맥   래 종 취 두 심

涓涓初落澗터니 瀧瀧細通林이라.
연 연 초 락 간   곡 곡 세 통 림

淨瀉巖頭練이요 寒鳴石上琴이라.
정 사 암 두 련   한 명 석 상 금

炎時來憩此하면 涼氣滌塵襟이라.
염 시 래 게 차   양 기 척 진 금

풀이 냉천정 ● 성현

한 줄기 솟아오르는 물줄기가

수풀 속 물구멍 깊은 데서 뿜어 나오네.

처음엔 조금씩 개울에 떨어지더니

콸콸거리며 가늘게 숲 속으로 흘러가네.

맑은 물이 바위로 쏟아지니 흰 비단 같고

돌 위에 차게 울리니 거문고 소리 같아라.

더울 때 여기 와서 쉬고 있으면

서늘한 기운이 옷깃의 먼지를 씻어내네.

어려운 낱말

• 一派(일파) : 한 줄기. • 翠竇(취두) : 숲 속의 물구멍. • 竇(두) : 물구멍 두. • 審
(심) : 돌다. 涓涓(연연) : 작은 물이 졸졸 흐르는 모양. • 瀧瀧(곡곡) : 물이 흐르
는 소리. 콸콸거리는 소리. • 寒鳴(한명) : 차갑게 울리다. • 炎時(염시) : 더울 때.

감상

냉천정이란 정자에서 자연을 바라보고 쓴 시다. 샘물이 샘 통에서 흘러
나와 조금씩 개울물로 떨어지더니 나중에는 콸콸거리는 소리를 내며 흘러

가는 모양이 아주 시원스럽다. 나중에는 바위 위로 쏟아지는 모양이 마치 비단을 펼쳐놓은 듯 시원스럽게 흐른다. 날씨 더울 때 여기 와서 쉬고 있으면 속세의 모든 티끌을 한꺼번에 씻어 내리는 기분이다.

참고

성현(成俔) 조선의 명신. 학자. 호는 용재, 본관은 창녕. 식년시문과, 발영시拔英試에 각각 3등으로 급제. 문과 중시에 급제, 벼슬이 대제학에 이르렀음. 평안도 관찰사로 있을 때 명나라 사신의 접대연接待宴에서 시를 주고받음으로써 그들을 탄복하게 했다. 저서에 '용재총화' 가 있다.

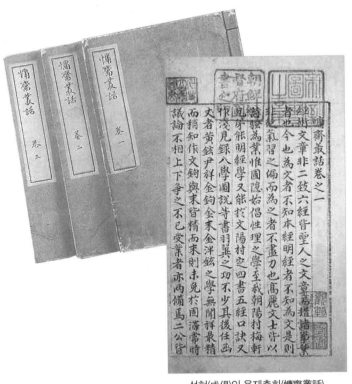

성현(成俔)의 용재총화(慵齋叢話).

128 風月樓 ● 盧公弼
풍 월 루

薔薇花發續殘春이요 風月樓高絶點塵이라.
장 미 화 발 속 잔 춘   풍 월 루 고 절 점 진

爛醉欲歸歸不得하고 滿池明月更留人이라.
난 취 욕 귀 귀 부 득   만 지 명 월 갱 류 인

풀이 풍월루 ● 노공필

장미꽃 피어나서 가는 봄을 이어 주고

풍월루風月樓 높아서 티끌 한 점 없구나.

취하여 돌아가려 해도 돌아가지 못 하고

밝은 달이 못에 가득 나를 다시 머물게 하네.

어려운 낱말

• 爛醉(난취) : 무르익게 취함. • 滿池明月(만지명월) : 못에 가득 비치는 달.

감상

　풍월루에서 정경情景을 즐기면서 술을 마시고 취하여 노는 광경이다.
이름이 '풍월루'라, 여기서 풍월을 즐기는 장소이기도 하다. 정자와 달과
천천히 불어오는 바람이 여기서 술을 마시게 한다. 여기 정자가 높아서 세
상 티끌이 침입 못한다는 말이 재미있다. 또 취하여 돌아가려 하니 너무
취하여 돌아가지 못하고 밝은 달이 못에 가득 비치니 나를 다시 여기 머물
게 한다고 했다.

노공필(盧公弼) 조선 중종 때의 문신. 본관은 교하交河. 노사신의 아들. 사마시司馬試를 거쳐 알성 문과에 급제, 여러 요직을 거쳐 영중추부사에 이르렀다.

129 西江寒食 ● 南孝溫
서 강 한 식

天陰籬外夕寒生하니　寒食東風野水明이라.
천 음 리 외 석 한 생　　　한 식 동 풍 야 수 명

無限滿船商客語는　柳花時節故鄕情이라.
무 한 만 선 상 객 어　　유 화 시 절 고 향 정

풀이 ▶ 서강에의 한식 ● 남효온

흐린 하늘 울타리 밖 저녁은 냉랭한데
한식날 봄바람에 들판의 물은 맑기도 해라.
무한히 한 배 가득 장사꾼들 오가는 이야기는
버들꽃 피는 시절은 고향 정이 그립다고 하네.

어려운 낱말

• 天陰(천음) : 흐린 하늘. • 野水明(야수명) : 들판의 물이 맑아있다.

감상

한식날 서쪽 강을 노래한 시다. 아직은 쌀쌀한 한식날에 날씨는 흐리고 동풍이 부는 강가의 흐르는 물은 깨끗하고 맑다. 서강을 건너가는 장사꾼들이 지껄이는 말소리를 들으니 모두 다 버들꽃 피는 이 시절에는 고향이 그립다고 한다. 한식날 강가의 여러 사람들의 생활상이나 정서를 계절에 따라 잘 표현하고 있다.

참고

남효온(南孝溫) 조선의 학자. 생육신의 한 사람. 호는 추강秋江, 본관은 의령. 헌덕왕후(단종의 어머니)의 소릉이 세조에 의해 물가에 이장되었는데, 이의 복위를 상소했으나 상달되지 못하자 이로부터 세상에 흥미를 잃고 유랑생활로서 생애를 마침. 1504년(연산군 10) 갑자사화 때 부관참시 되었다. 만년에 '육신전六臣傳'을 저술했음.

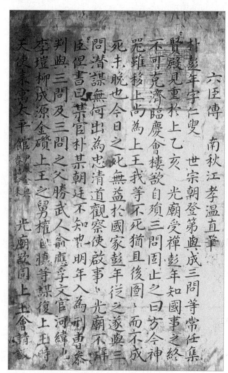

육신전(六臣傳). 국립중앙도서관 소장.

130 寄, 君實
기 군 실 ● 月山大君

旅館殘燈曉에 孤城細雨秋라.
여 관 잔 등 효   고 성 세 우 추

思君意不盡하니 千里大江流라ㅡ.
사 군 의 부 진   천 리 대 강 류

풀이 군실에게 주는 글 ● 월산대군

여관 깜박이는 등불이 희미한 새벽에

외롭게도 성터의 가을엔 비가 내리는구나.

그대 생각하는 마음 이루 다 끝이 없으니

마치, 천리를 흘러가는 큰 강물 같은 것을ㅡ.

어려운 낱말

• 殘燈(잔등) : 깜박이는 등불. • 孤城(고성) : 외로운 성터. • 大江流(대강류) : 흐르
는 큰 강물.

감상

제목이 '寄,君實기군실'로 되어있다. '군실에게 이 글을 준다.'고 했으
나 군실이 누군지는 잘 모르지만, 지은이는 그를 무척 생각했던 모양이다.
가을비 내리는 밤 여관에서 깜박이는 등잔불을 짝하여 있으니 그가 생각
났던 모양이다. 거기에다가 가을비마저 내리니 더욱 그가 그립다. 그대 생
각하는 마음 끝이 없으니 마치 천리를 흘러가는 큰 강물과 같다고 했다.

월산대군(月山大君) 조선의 왕족. 성종의 형으로, 조부 세조의 사랑을 받고 궁중에서 자랐다. 문장이 뛰어나 그의 시가 중국에까지 널리 애송되었다고 한다. 고양의 북촌에 별장을 두고 자연에 묻혀 일생을 마쳤다.

131 聖心泉 ● 崔淑生
성 심 천

何以醒我心고? 澄泉皎如玉이라.
하 이 성 아 심　　징 천 교 여 옥

坐石風動裙하고 挹流月盈匊이라.
좌 석 풍 동 군　　읍 류 월 영 국

풀이 성심천聖心泉 ● 최숙생

무엇으로 내 마음 깨울 수 있을까,

맑은 샘물이 희기가 옥과 같구나.

돌에 앉으니 바람은 옷자락을 날리고

물을 움키니 달이 손바닥에 가득 들어오네.

어려운 낱말

• 澄泉(징천) : 맑은 샘물.　• 挹流(읍류) : 물을 움키다.　• 匊(국) : 손바닥 국.　• 盈匊
(영국) : 손바닥에 달이 가득하다.

감상

맑은 샘물로 마음을 씻는다면 내 마음은 옥처럼 깨끗해지겠다. 바위 위에 앉으니 바람이 내 옷깃을 날리고 샘물을 움켜 마시려니 달이 손바닥에 가득 찬다는 표현은 그대로 그의 마음이 한없이 깨끗하다는 증거다. 마음이 깨끗한 사람이 깨끗한 시를 쓸 수 있다. 시는 바로 그 사람의 마음을 표현하기 때문이다. 그래서 샘의 이름이 '성심천' 인지도 모른다.

▌참고

최숙생(崔淑生) 조선의 문신. 본관은 경주. 식년 문과에 급제, 문신정시文臣庭試에 장원, 벼슬은 판중추부사(종1품)에 이르렀음. 죽은 후 영의정에 추증되었다.

132 初到, 平海● 權柱
초 도 평 해

瘴雲篩雨濕柴荊하니 十日何曾見一晴고.
장 운 사 우 습 시 형　　십 일 하 증 견 일 청

欹枕不堪群蚤集하고 臨飧還苦亂蠅鳴이라.
의 침 불 감 군 조 집　　임 손 환 고 난 승 명

獰蛇鬱屈椽間動하고 紫蟻縱橫席上行이라.
영 사 울 굴 연 간 동　　자 의 종 횡 석 상 행

何處堂高塵不到요? 捲簾高臥夢蓬瀛이라.
하 처 당 고 진 부 도　　권 렴 고 와 몽 봉 영

◀풀이▶ 평해에 처음 와서 ● 권주

먹구름이 비를 뿌려서 가시 사립 적시는데

어찌하여 열흘 동안 하루도 개는 날이 없는가.

잠자리에 누우면 못 견디게 벼룩 떼들 모여들고

밥상을 대하면 괴롭게 달려드는 요란한 파리 소리.

사나운 뱀은 서까래 사이 휘감아 꿈틀거리고

불개미는 자리 위로 이리 저리 쏘다니네.

어느 곳인들 집이 높다고 먼지 없겠느냐?

주렴 걷고 높이 누워 신선의 경지 꿈꿔보자.

▌어려운 낱말

• 瘴雲(장운) : 독기를 품은 구름. 시커먼 구름. •柴荊(시형) : 가시. •欹枕(의침) :
잠자리에 눕다. •群蚤集(군조집) : 벼룩 떼가 모여들다. •臨飱(임손) : 밥 먹을 때.
•獰蛇(영사) : 흉악한 뱀. 紫蟻(자의) : 불개미. •捲簾(권렴) : 주렴을 걷고. •蓬
瀛(봉영) : 봉래와 영주. 둘 다 신선이 산다는 곳.

▌강상▌

　　1504년(연산군 10) 갑자사화에 앞서 성종이 윤비를 폐위시키고 사사할 때
권주가 사약을 가지고 갔다 하여 평해로 유배시켰는데, 그때에 쓴 칠언율
시라고 한다. 권주는 그 다음 해에 교살되었다. 평해에 유배 가서 어려운
고통을 하소연하는 시다. 여기에 나오는 먹구름은 당시 현실을 상징하고,
모기떼며 들끓는 파리들, 뱀, 불개미 등도 당시의 어려운 현실을 피력하고
있다.

▌참고

　　권주(權柱) 조선 연산군 때의 문신. 호는 화산, 본관은 안동. 10세 때 이미 경사
經史에 통했음. 진사를 거쳐 문과에 급제, 벼슬이 동지중추부사에 이르렀다. 중

국어에 능하여 두 차례나 중국에 사신으로 다녀왔다.

133 賞春二首 ● 申從濩
상 춘 이 수

茶甌飮罷睡初輕하니 隔屋聞吹紫玉笙이라.
다 구 음 파 수 초 경   격 옥 문 취 자 옥 생

燕子不來鶯又去하고 滿庭紅雨落無聲을－.
연 자 불 래 앵 우 거   만 정 홍 우 낙 무 성

粉墻西面夕陽紅하고 飛絮紛紛搏馬鬃이라.
분 장 서 면 석 양 홍   비 서 분 분 박 마 종

夢裏韶華愁裏過하고 一年春事棟花風이라.
몽 리 소 화 수 리 과   일 년 춘 사 동 화 풍

풀이 상춘 2수 ● 신종호

차 끓여 마신 후에 졸음이 가벼운데

지붕 너머에서 옥피리 소리 들려오네.

제비는 오지 않고 꾀꼬리도 가버리고

꽃비가 뜰에 가득 소리 없이 내리는 것을…

하얀 담 서쪽 편에 저녁놀 붉게 피고

버들꽃 어지러이 말갈기를 치는구나!

꿈속의 화려함은 시름 속에 지나가고

한 해 봄 일은 집안에 꽃바람 부는 일일세.

어려운 낱말

- 茶甌(다구) : 차 사발. •睡初輕(수초경) : 가벼운 졸음. •隔屋(격옥) : 집 너머.
- 紫玉笙(자옥생) : 옥피리 소리. •燕子(연자) : 제비. •紅雨(홍우) : 꽃비. •粉墻
(분장) : 하얀 담. •夕陽紅(석양홍) : 저녁놀. •飛絮(비서) : 날리는 버들꽃. •馬鬃
(마종) : 말갈기. •花風(화풍) : 꽃바람.

감상

제1수에서는 차를 마신 후에 잠을 청하니 지붕 너머에서 옥피리 소리가
들려온다는 이야기로 꽃비만 소리 없이 내린다는 것으로 봄은 봄인데 이
런 봄을 맞이한 기분이요, 제2수는 석양이 붉고 버들꽃이 피고 개나리도
피는 봄이라는 것을 말하고 있는데, 한때의 화려한 꿈도 시름 속에 지나간
다는 말은 시인 자신의 실의失意에 찬 현실을 단적으로 말하고 있다.

참고

신종호(申從濩) 조선의 문신. 신숙주의 손자. 본관은 고령. 진사시와 식년 문과,
문과 중시에 각각 장원, 과거가 생긴 이래 세 번 장원은 처음이라 하여 칭송을
받았음. 경기도 관찰사 등을 지냈음.

134 謫居思家 ● 權健
적 거 사 가

擧案當日敬如賓하니 黔婁自合忘其貧이라.
거 안 당 일 경 여 빈   검 루 자 합 망 기 빈

悔殺伯宗昧所戒하여 不把牛衣藏一身이라.
회 쇄 백 종 매 소 계　　불 파 우 의 장 일 신

遙隣驥子學語時에 懷祖膝上成短詩라.
요 린 기 자 학 어 시　　회 조 슬 상 성 단 시

只應今夜長安月이 獨向閨中空自悲라.
지 응 금 야 장 안 월　　독 향 규 중 공 자 비

풀이 귀양살이하면서 아내를 생각함 ● 권건

밥상 들어 당일에도 손님처럼 공경했으니

검루黔婁가 절로 되어 그 가난도 잊었겠다.

백종伯宗처럼 그대 말을 듣지 않아 후회하여

거적으로도 한 몸을 다 가리지를 못하였네.

가엽구나! 우리 손자 말 겨우 배울 적에

할아비 무릎 위에서 짧은 시 지었것다.

응당 오늘밤도 장안에는 달이 뜨려니

규중을 비추어 홀로 공연히 슬픔만 더하겠구나.

어려운 낱말

• 擧案(거안) : 아내가 밥상 드는 일. 거안제미(擧案齊眉)의 준말. • 검루(黔婁), 백종 (伯宗) : 사람의 이름. 아래 감상에 나옴. • 牛衣(우의) : 거적. (소의 등에 씌우는 거 적). • 驥子(기자) : 여기서는 자기 손자를 미화한 말. • 只應(지응) : 응당. 거기에 도 꼭. • 閨中(규중) : 규방.

감상

적소에서 아내를 생각하는 시다. 본시에 나오는 검루黔婁는 춘추시대

제齊나라의 선비다. 가난했으나 고결함을
지켰으며, 백종伯宗은 춘추시대 진나라의
대부로서 직언을 잘하여 아내가 매일 아
침 경계하도록 하였으나 말을 듣지 않아
난불기의 난 때 죽음을 당했다. 이런 고사
를 인용하여 적소에서 아내의 고마운 정
을 노래하고 있다. 오늘 밤 뜨는 달이 응
당 거기에도 뜨려니 공연히 아내에게 슬
픔만 더해주게 되었다고 했다.

백종(伯宗).

▌참고

권건(權健) 조선 연산군조의 문신. 본관은 안동. 15세에 진사시를 거쳐 그 후 별
지 문과에 급제, 벼슬이 지중추부사에 이르렀음. 문명이 높았으며 글씨에도 일
가를 이루었음. 성현과 함께 '역대명감'을 지어 바쳤다.

135 病中書懷 ● 鄭希良
　　　병 중 서 회

落日關山瘴霧橫하고　角聲凄冷動邊城이라.
낙 일 관 산 장 무 횡　　각 성 처 냉 동 변 성

將軍翠幕開淸宴하고　羈客西風對短檠이라.
장 군 취 막 개 청 연　　기 객 서 풍 대 단 경

詩句却因愁裏得하니　旅情多是病中生이라.
시 구 각 인 수 리 득　　여 정 다 시 병 중 생

明時魑魅憎相伴하니 悶默空齋獨自驚이라.
명 시 이 매 증 상 반　　　민 묵 공 재 독 자 경

풀이 병중의 회포 ● 정희량

날 저무는 관산關山엔 비안개 내리고

변성을 뒤흔드는 나팔소리 처량히 울린다.

장군은 푸른 장막에서 즐거운 잔치를 베풀고

기병은 서풍에 등불만을 바라보네.

시구를 문득 향수 속에 얻어내니

여정은 많이도 이 병중에서 생겨나네.

도깨비는 밝은 때를 서로 싫어하나니

빈 서재에 홀로 앉으니 스스로 놀라게 되네.

어려운 낱말

• 瘴霧(장무) : 우중충한 안개. 독기 서린 안개. • 角聲(각성) : 나팔소리. • 淸宴(청연) : 풍성한 연회. • 覊客(기객) : 기마병. • 魑魅(이매) : 도깨비. • 空齋(공재) : 빈 서재.

감상

이 시는 정희량이 1498년(연산군 4) 무오사화로 평안도 의주에 유배되었을 때 지은 시라고 한다. 의주는 북방지대라 군인들의 요새지로서 날이 저문 변방의 상황을 시로 그리고 있다. 장군들은 막사에서 연회를 베풀고 나팔소리는 처량히 들려온다. 이런 상황에서 시인은 이 시를 쓰면서 홀로 그 상황에 놀라게 된다.

정희량(鄭希良) 조선의 문신. 본관은 해주. 김종직의 문인. 증광 문과에 병과로 급제, 검열. 대교(정8품) 벼슬에 그쳤음. 1502년(연산군 8)에 행방불명이 되었다. 시문에 능하였고 음양학에 밝았으며, 갑자년에는 큰 사화가 일어날 것을 예언하기도 했다.

136 幽谷驛關 ● 洪彦忠
유 곡 역 관

一枕淸風孤館邨에　三杯薄酒老槐邊이라.
일 침 청 풍 고 관 촌　　삼 배 박 주 노 괴 변

此行不料生還日하니　萬事悠悠只付天이라.
차 행 불 료 생 환 일　　만 사 유 유 지 부 천

풀이 유곡 역관에서 ● 홍언충

침상의 맑은 바람, 외로운 역촌에서
노거수 그늘 아래서 막걸리 석 잔 마셨네.
이번 행차에 살아올 날 헤아리지 못하니
유유한 만사를 다만 하늘에 맡길 뿐이라네.

어려운 낱말

• 館邨(관촌) : 역관의 마을. • 邨(촌) : 村과 같음. • 老槐邊(노괴변) : 늙은 느티나무 가에서. 노거수 아래서. • 此行(차행) : 이번 행차.

1504년(연산군 10)에 갑자사화로 전라도 진안에 유배되는 도중, 유곡 역
관에서 쓴 시다. 유곡은 지금 경북 점촌에 속했으며, 조선조 역참驛站이 있
었다. 이번 행차를 운명에 맡긴다는 작자의 쓸쓸한 마음과 각오가 잘 드러
나 있다. 그때엔 한 번 유배되면 좀처럼 풀려나오기 힘든 때이므로 마음이
착잡했을 것이다.

홍언충(洪彦忠) 조선의 문신. 본관은 부계. 홍귀달의 아들. 사마시를 거쳐 증광
문과에 급제, 벼슬이 예조정랑에 이르렀음. 갑자사화로 진안에 유배, 중종반정
으로 풀려났음. 서예에 뛰어났으며, 문장으로 이름을 날려 정순부, 이택지, 박
중열과 함께 당시 4걸로 일컬어졌다.

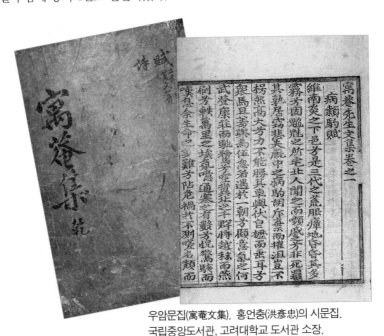

우암문집(寓菴文集). 홍언충(洪彦忠)의 시문집.
국립중앙도서관, 고려대학교 도서관 소장.

137 麟山 ● 成重淹
인 산

寂寞麟山鎭이여 酸寒竄逐身이라.
적 막 인 산 진　　산 한 찬 수 신

丹心空戀闕타가 白首更思親이라.
단 심 공 연 궐　　백 수 갱 사 친

禍福非天意라 窮通問我辰하리.
화 복 비 천 의　　궁 통 문 아 진

一觴還得興이면 不復枉傷神이라.
일 상 환 득 흥　　불 부 왕 상 신

풀이 인산에서 ● 성중엄

적막한 인산麟山의 진鎭이여!

나는 신산辛酸한 귀양살이 신세로세.

단심은 허무하게 궁궐을 생각하다가

흰머리 되어서는 다시 어버이를 생각하네.

화와 복은 하늘의 뜻이 아니라 했거늘

궁과 통은 내 자신에게 물어나 보리라.

한 잔 술로 도리어 흥취를 얻는다면

다시는 헛되이 내 마음 상하지 않으리라.

어려운 낱말

• 麟山鎭(인산진) : 인산은 지명이요, 鎭은 군 주둔지. • 竄逐身(찬수신) : 귀양살이
신세. • 一觴(일상) : 한 잔의 술.

감상

성중엄이 1498년 무오사화 때, 경연관으로서 명현들의 무고한 화를 변호하다가 유배되었을 때 지은 시라고 한다. 지금까지 임금을 위해 몸 바치다가 귀양살이를 하려고 하니 구슬픈 신세가 되었음을 깨닫게 된다. 늦게나마 부모님 생각, 화와 복은 하늘의 뜻이 아니라 '현실'이라는 사실이 그의 시에 나타나 있다.

참고

성중엄(成重淹) 조선 연산군조의 문신. 본관은 창녕. 어려서부터 시문에 뛰어났고 생원. 진사가 되어 성균관에 들어가 공부할 때에는 하루에 시 30편을 지어 함께 공부하던 김일손, 조위 등을 놀라게 했다. 별시 문과에 급제하여 홍문관 박사 벼슬을 지냈으나 갑자사화 때 처형되었다.

---

138 七夕 ● 金安國
칠 석

鵲散烏飛事已休하니　一宵歡會一年愁라.
작 산 오 비 사 이 휴　　일 소 환 회 일 년 수

淚傾銀漢秋波濶하고　腸斷瓊樓夜色幽라.
누 경 은 한 추 파 활　　장 단 경 루 야 색 유

錦帳有心邀素月하고　翠簾無意上金鉤라.
금 장 유 심 요 소 월　　취 렴 무 의 상 금 구

只應萬劫空成怨하여　南北迢迢不自由라.
지 응 만 겁 공 성 원　　남 북 초 초 부 자 유

까막까치 흩어지면 일은 이미 끝났는데

한 해의 근심 속에 하룻밤의 기쁨이라.

눈물 흘러 은하수는 파도처럼 출렁거리고

애끊는 경루瓊樓에는 그윽한 어둠이 내리네.

비단 휘장 안에는 유심하게 흰 달을 맞이하고

푸른 주렴에는 뜻밖에도 초승달이 놓였구나.

다만 오랜 세월 부질없이 한만 쌓여서

남과 북 사이 두고 멀리 애만 태울 뿐이네.

│ 어려운 낱말

• 鵲散(작산) : 까치가 날아가 버리다. • 一宵(일소) : 하룻밤. • 瓊樓(경루) : 하늘의 달 속에 있다는 상상의 누각. 錦帳(금장) : 비단 휘장. • 翠簾(취렴) : 푸른 발. • 金鉤(금구) : 초승달. • 只應(지응) : 다만. • 迢迢(초초) : 멀리 있는 모양.

│ 감상

칠석은 까막까치가 은하수를 건너서 일 년에 한 번씩 견우와 직녀가 만난다는 전설적인 이야기다. 여기에 나오는 경루瓊樓는 달 속에 있다는 붉은 옥으로 장식한 궁전이다. 칠석날 하룻밤의 만남이 있을 뿐, 1년 내내 근심 속에 지내야 하는 견우직녀의 전설을 통해 인간사를 노래한 시.

│ 참고

김안국(金安國) 조선의 문신. 학자. 호는 모재慕齋, 본관은 의성. 김굉필의 문인이다. 생원시 및 진사시에 합격, 별시 문과에 급제, 벼슬이 판중추부사에 이르렀음. 성리학 외에 천문, 주역, 농사 등에도 조예가 깊었다고 한다.

139 彈琴臺 ● 朴祥
탄 금 대

湛湛長江上有楓하여　仙臺孤截白雲叢이라.
담 담 장 강 상 유 풍　　　선 대 고 절 백 운 총

彈琴人去鶴邊月하고　吹笛客來松下風이라.
탄 금 인 거 학 변 월　　　취 적 객 래 송 하 풍

萬事一回悲逝水하고　浮生三歎撫飛蓬이라.
만 사 일 회 비 서 수　　　부 생 삼 탄 무 비 봉

誰能寫出湖州牧고?　散步狂吟夕陽中이라.
수 능 사 출 호 주 목　　　산 보 광 음 석 양 중

풀이 탄금대 ● 박상

흘러가는 긴 강 위에 단풍이 들어있고
신선대만 외롭게 구름 속에 남았네.
가야금 타던 사람 학을 타고 달에 가고
피리 부는 나그네만 솔바람 속에 와있구나.
만사는 한 번 흐르는 물과 같이 슬프다고
부생은 탄식하며 세 번을 쑥대머리 어루만지네.
뉘라서 호주목湖州牧을 그려낼 건가?
석양 중에 거닐면서 미친 듯 시만 읊조린다.

탄금대(彈琴臺). 충청북도 충주시 칠금동에 위치.

┃ 어려운 낱말

• 湛湛(담담) : 물이 가득 차 있는 모양. • 孤截(고절) : 외롭게. • 彈琴人(탄금인) :
거문고 타던 사람. • 吹笛(취적) : 피리를 불다. • 浮生(부생) : 덧없이 사는 인생.
• 湖州牧(호주목) : 호주는 吳興(오흥)을 말하며 중국 절강성, 지금의 소주. 이 탄
금대의 호수를 그것에 비유 인용함.

┃ 감상 ┃

'신선대神仙臺'는 탄금대이며, 충주 대문산大門山 기슭의 탄휴포琴休浦
와 그 위의 탄금대는 우륵이 가야금을 타던 곳인데, 그를 신선에 비유하여
'신선대'라 하였다. 박상이 이 탄금대에 와서 탄금대에 얽힌 이야기와 그
의 회포를 노래하고 있다. 매우 찬찬한 설명적 시어로 찬술하고 있다.

박상(朴祥) 조선의 문신. 호는 눌재訥齋, 본
관은 충주. 진사를 거쳐 식년문과에 급제,
문과 중시에 장원, 주로 지방관인 충주, 나
주 등의 목사를 역임했음. 청백리로 꼽히
고, 문장가로 이름이 높았으며, 성현, 신광
한, 황정옥과 함께 서거정 이후의 4가로 칭
송되었다.

박상(朴祥)

140 八月十五夜 ● 李荇
팔 월 십 오 야

平生交舊盡凋零하고　白首相看影與形이라.
평 생 교 구 진 조 영　　백 수 상 간 영 여 형

正是高樓明月夜에　笛聲凄斷不堪聽이라.
정 시 고 루 명 월 야　　적 성 처 단 불 감 청

풀이 추석날 밤 ● 이행

평생 사귀던 친구들 이젠 다 시들해버리고

흰머리 서로 바라보니 그림자와 형체뿐이다.

정말이지, 높은 누에 달 밝은 밤이 오면은

피리 소리 너무 처량하여 차마 이 듣지 못하겠네.

- 交舊(교구) : 사귀던 옛 친구. • 凋零(조영) : 말라 떨어짐. • 正是(정시) : 정말로.
- 凄斷(처단) : 처량하여.

감상

팔월 한가위를 노래한 시다. 세월이 흘렀다. 평소에 함께 놀던 친구들은 다 떠나고 나 혼자 흰머리가 되어 나의 그림자를 보니 슬프기 그지없다. 이 같은 보름날 높은 누각에 올라 달을 쳐다보니 멀리서 들리는 처량한 피리 소리를 차마 듣지 못하게 슬프구나.

참고

이행(李荇) 조선의 문신. 자는 택지, 호는 용재, 본관은 덕수. 이의무의 아들. 증광 문과에 급제, 벼슬이 좌의정에 이르렀음. 문장에 뛰어나고 글씨와 그림에도 능했으며 '신증동국여지승람'을 편찬했다.

신증동국여지승람(新增東國輿地勝覧)
규장각 도서 소장.

141 萬里 ● 朴誾
만 리

雪添春澗水하고　鳥趁暮山雲이라.
설 첨 춘 간 수　　　　조 진 모 산 운

清境渾醒醉하고　新詩更憶君이라.
청 경 혼 성 취　　　　신 시 갱 억 군

[풀이] 만리 밖에서 ● 박은

봄 여울에 눈 녹은 물 더해 흐르고

새는 저문 산 구름을 좇아 날아가네.

너무나 깨끗한 경지, 취한 술이 깨어나고

새롭게 시를 읊으니 또다시 그대 생각뿐.

어려운 낱말

• 鳥趁(조진) : 새는 ~를 쫓아가다. • 醒醉(성취) : 취한 술이 깨다.

감상

　만리 밖에서 그대를 생각하는 마음을 피력하고 있다. 계절은 이른 봄날, 눈은 녹아 개울에 흘러넘치고 산은 어둑어둑 저물어 가는데 취한 술이 깨어나니 다시금 그대 생각이 나는구려. 거기에다가 시를 읊으니 그대 생각 더욱 간절하여 만리 밖에서 봄 여울물처럼 흘러서 그대에게 달려가고 싶은 생각이다.

박은(朴誾) 조선의 명신. 학자. 호는 읍취
헌, 본관은 고령. 15세 때 이미 문장에
능하여 대제학 신용개의 눈에 들어 그의
사위가 되었음. 진사를 거쳐 18세로 식
년 문과에 급제, 경연관으로 있을 때 유
자광, 성준 등의 죄상을 연산에게 극간
했다가 그들의 모함으로 파직 당했음.
이때부터 산수를 주유周遊하면서 문주文
酒로 소일, 갑자사화 때 26세로 사형 당
했음. 조선 오백 년의 으뜸가는 시인으
로 일컫기도 한다.

신용개(申用漑)

142 阻雨宿, 神勒寺 ● 申光漢
조 우 숙 신 륵 사

好雨留人故不晴하니　隔窓終日聽江聲이라.
호 우 류 인 고 불 청　　격 창 종 일 청 강 성

班鳩又報春消息하니　山杏花邊欸欸鳴이라.
반 구 우 보 춘 소 식　　산 행 화 변 애 애 명

(풀이) 비에 막혀 신륵사에서 하룻밤 ● 신광한

단비가 사람을 머물게 하여 개지 않으니

창 너머엔 종일토록 강물 소리만 들리네.

산비둘기들이 또 봄소식을 전하여 오니

산 살구꽃 근처에서 구구구 우는구나.

• 隔窓(격창) : 창밖에는. • 班鳩(반구) : 산비둘기 떼. • 欸欸(애애) : 비둘기 우는
소리.

감상

비에 막혀 할 수없이 신륵사에 머물게 되었는데 오히려 그게 더 좋았다.
내리는 단비가 나를 머물게 하니 종일토록 비가 오고 강물 소리 듣기가 참
좋았다. 어디선가 구구구 비둘기 소리 들려오고 그 소리가 마치 봄이 온다
는 소식처럼 반갑게 들려서 한층 즐거움을 더한다. 신륵사 주변 환경을 보
는 듯이 묘사하고 있다.

참고

신광한(申光漢) 조선의 문신. 호는 기재, 본관은 고령. 신숙주의 손자. 사마시를
거쳐 식년 문과에 급제. 벼슬이 좌찬성(종1품)에 이르렀음. 조광조 등과 함께 신
진 사류로서 문장에 능하였다고 한다.

143 遣懷 ● 金淨
견 회

海曲恒陰翳하고 荒村盡日風이라.
해 곡 항 음 예   황 촌 진 일 풍

知春花自發하고 入夜月臨空이라.
지 춘 화 자 발   입 야 월 임 공

鄉思千山外요 殘生絶島中이라.
향 사 천 산 외   잔 생 절 도 중

蒼天應有定하니 何用谷途窮고?
창 천 응 유 정　　　하 용 곡 도 궁

바다 굽은 곳엔 언제나 구름이 덮이고

거친 마을엔 하루 종일 바람만 부네.

봄을 알리는 꽃들은 스스로 알아 피어나고

밤이 되니 공중에 달이 떠오른다.

고향 생각은 아득한 천리 산 너머에 있고

남은 목숨은 절해고도 안에 있다네.

창천蒼天이 정해준 운명도 있다고는 하지만

궁벽한 길 막혔는데 무슨 소용 있다 말인고?

▌ 어려운 낱말

• 海曲(해곡) : 바다의 모퉁이. • 翳(예) : 가리다. 덮다. • 殘生(잔생) : 남은 목숨.
• 蒼天(창천) : 푸른 하늘. • 谷途(곡도) : 골짝 길. 막다른 길.

【 감상 】

　　이 시는 1519년(중종 14) 기묘사화 때 제주도에 귀양 가서 사사되기 전에 쓴 것이라 한다. 죽음에 임해서 쓴 작품이기 때문에 그의 심회를 그대로 적은 것이다. 자연과 인간의 순리에 따라 피고 지고 죽고 하는 운명적 숙명론을 말하고 있는듯하다. 운명은 하늘이 정해준 것인데 이 궁벽한 길이 우리 인생에 무슨 소용이 있느냐 하는 것으로 이 시는 끝을 맺는다. 절박한 심정마저 든다.

김정(金淨) 조선조의 유학자. 문신. 호는 충암, 본관은 경주. 사마시를 거쳐 증광 문과에 장원. 벼슬이 형조판서에 이르렀다. 조광조와 함께 지치주의至治主義의 실현을 위하여 미신 타파, 향약의 시행 등 많은 업적을 남겼음. 시문은 물론 그림에도 능했다고 한다.

144 寄, 巴山兄 ● 蘇世讓
기 파산 형

忽報平安字하니 聊寬夢想懸이라.
홀 보 평 안 자   료 관 몽 상 현

孤雲飛嶺嶠하고 片月照湖天이라.
고 운 비 령 교   편 월 조 호 천

兩地無千里에 相望近六年이라.
양 지 무 천 리   상 망 근 육 년

茅簷雨聲夜에는 長憶對床眠이라.
모 첨 우 성 야   장 억 대 상 면

풀이 파산형에게 보내다 ● 소세양

갑자기 편지로 안부를 묻고 나니

꿈속에 그리던 마음 너그러워지는군.

외로운 구름 높은 고개를 날아 넘고

조각달은 호수와 하늘을 비추고 있어라.

너와 나 사는 거리 천리도 안 되는데

서로 바라고 그리워한지 육 년이 가깝구나.

처마 끝에 빗소리가 들리는 밤에는

멀리 그대를 생각다가 책상에서 잠들곤 한다네.

어려운 낱말

• 忽報(홀보) : 갑자기 전하다. • 聊寬(료관) : 늘 너그러워지다. • 兩地(양지) : 두
쪽 형편. 너와 나. • 相望(상망) : 서로 바라봄. • 茅簷(모첨) : 초가집 처마. • 長憶
(장억) : 멀리서 서로 생각함.

감상

파산형을 그리워하는 마음을 시로 읊은 것이다. 파산과의 관계는 잘 모
르지만 아마도 가까운 사이인 것 같다. 평소에 그리워하고 있다가 갑자기
안부를 물으니 마음이 너무 환상적이라고 했다. 구름도 높은 고개를 넘어
가고 조각달도 하늘을 비추는데 보고픈
마음으로 오직 이 한 수의 시를 쓰려고
한다. 그대와 나의 거리는 천리도 못되
는데 처마 끝에 비 내리는 밤이면 형을
생각하다가 책상머리에서 그대로 잠이
든다.

참고

소세양(蘇世讓) 조선의 문신. 호는 양곡,
본관은 진주. 진사를 거쳐 식년 문과에 급
제, 여러 요직을 거쳐 양관 대제학, 좌찬
성에 이르렀다. 문명이 높고 율시에 뛰어
났으며, 글씨도 잘 썼다.

소세양신도비(蘇世讓神道碑)
전북 익산시 왕궁면에 위치.

145 醉後, 梨花亭 ● 申潛
취 후 이 화 정

此地來遊三十春하니　偶尋陳跡摠傷神이라.
차 지 래 유 삼 십 춘 　　　　우 심 진 적 총 상 신

庭前只有梨花樹하되　不見當時歌舞人이라.
정 전 지 유 이 화 수 　　　　불 견 당 시 가 무 인

풀이 취하여 이 시를 짓다 ● 신잠

－이화정梨花亭에서

이 땅에 와 논지 어언 삼십 년이니

옛 자취 더듬으니 모두 마음 아플 뿐이로다.

뜰 앞의 배꽃은 다만 그대로 있는데

노래하고 춤추던 그때 그 사람 보이지 않는구나.

어려운 낱말

• 陳跡(진적) : 옛 자취. • 梨花樹(이화수) : 배꽃 나무. • 歌舞人(가무인) : 노래하고
춤추는 사람.

감상

　본 시제詩題대로라면 '이화정에서 취하여 이 시를 쓴다.' 로 되어있다.
이화정의 추억을 담은 시다. 시적 주인공이 여기에 산지 30년, 옛 추억을
더듬으니 마음이 아프다고 했다. 그만큼 여기 추억이 서려있는 곳이다. 뜰
앞의 '이화수梨花樹' 는 그대로 있고 '이화정梨花亭' 도 그대로 있는데 그때
춤추며 노래하던 사람들은 보이지 않으니 가슴 아픈 일이다. 이렇게 세월

은 가고 사람도 가고 남는 것은 추억뿐이었다.

참고

신잠(申潛) 조선의 문신. 문인. 호는 영천자靈川子, 본관은 고령. 신종호의 아들. 진사를 거쳐 현량과에 급제, 벼슬은 상주목사에 이르렀음. 선정을 베풀어 백성들이 부모처럼 받들었으며, 시詩 · 서書 · 화畵에 모두 능하여 3절이라 불렀다.

146 自挽 ● 奇遵
자 만

日落天如墨하고 山深谷似雲이라.
일 락 천 여 묵   산 심 곡 사 운

君臣千載意니 惆悵一孤墳이여.
군 신 천 재 의   추 창 일 고 분

풀이 자신을 위한 만장 ● 기준

해가 지니 천지는 암흑과 같고
산이 깊어 골짜기는 구름과 같네.
임금과 신하는 천 년 동안의 뜻이니
아! 슬프구나, 외로운 하나의 무덤이여.

어려운 낱말

• 自挽(자만) : 자기가 자기 자신의 挽書(만서)를 씀. • 如墨(여묵) : 매우 어둡다.
• 惆悵(추창) : 아, 슬프다.

시제가 '자만自挽' 이다. 자기의 죽음에 대한 만서를 자기가 쓴다는 뜻으로 비참한 그의 심정을 짐작할 수 있다. 기준奇遵은 1519년 기묘사화로 함경도 온성에 유배, 이듬해 모친상으로 귀향했다가 다시 유배지에 가서 교살되었는데, 죽기 전에 자기의 죽음을 예견하고 이 시를 지었다고 한다.

참고

기준(奇遵) 조선의 문신. 호는 덕양, 본관은 행주. 조광조의 문인. 별시 문과에 급제, 벼슬은 장령. 응교에 이르렀음. 기묘명현己卯名賢의 한 사람이다.

147 示, 友人 ● 林億齡
시   우 인

古寺門前又送春하고 殘花隨雨點衣頻이라.
고 사 문 전 우 송 춘   잔 화 수 우 점 의 빈

歸來滿袖淸香在하여 無數山蜂遠趁人이라.
귀 래 만 수 청 향 재   무 수 산 봉 원 진 인

【풀이】 벗에게 주다 ● 임억령

옛 절 앞에서 또 봄을 보내고 나니
남은 꽃, 비에 젖어 내 옷에 떨어지네.
돌아올 때까지 소매 가득 향기 남아있어
무수한 벌들이 멀리까지 따라오는구려.

식영정(息影亭). 서하당(棲霞堂) 김성원(金成遠)이 스승이자 장인인 석천 임억령(林億齡)을
위해 지은 정자. 전라남도 담양군 남면 지곡리에 위치.

어려운 낱말

• 點衣頻(점의빈) : 내 옷에 자주 떨어져 물들다. • 滿袖(만수) : 옷소매에 가득함.

감상

벗에게 주는 시인데 어떻게 보면 '송춘시送春詩' 같다. 봄이 가고 있는
계절에 친구가 생각나서 이 시를 지어 보낸 것 같다. 봄이 가니 떨어지는
꽃잎이 내 옷깃에 진다는 표현은 참 실감이 간다. 거기에다가 꽃향기가 아
직 내 옷에 베여있다는 사실이 실감이 가는 표현이다. 거기에다가 옷에 꽃
잎의 향기 묻어 벌들이 따라온다는 표현은 유머러스하기까지 하다.

참고

임억령(林億齡) 조선의 문신. 호는 석천, 본관은 선산. 박상朴祥의 문인. 임백령의 형. 진사를 거쳐 식년 문과에 급제. 동부승지, 강원도 관찰사 등의 벼슬을 지냈다.

148 秋懷 ● 鄭鎔
추 회

菊垂雨中在하고 秋驚庭上梧라.
국 수 우 중 재   추 경 정 상 오

今朝倍惆悵하니 昨夜夢江湖라.
금 조 배 추 창   작 야 몽 강 호

[풀이] 가을의 회포 ● 정용

국화는 빗속에 고개 드리워 피어있고

뜰 위 가을 오동잎 소리에 깜짝 놀라와라.

오늘 아침 더더욱 이 마음 슬픈 것은

그건, 어젯밤 고향을 꿈꾼 탓이라네.

어려운 낱말

• 菊垂(국수) : 국화꽃이 머리를 드리우고 있다. • 秋驚(추경) : 가을이 옴을 놀라다. • 惆悵(추창) : 더욱 슬프다. • 江湖(강호) : 자연, 여기서는 시인의 고향.

가을의 정한을 표현한 시다. 국화꽃 피고 오동잎 지는 계절에 비마저 내리니 더욱더 슬퍼지고 있다. 누군가가 가을은 서글프고 애달픈 계절이라고 했다. 이 시 역시 서글프고 애달픈 정서로 쓰이어진 작품이다. 그러니 가을의 회포라고 말했다. 오늘 아침 더욱더 슬퍼지는 것은 어젯밤 고향을 꿈꾼 탓이라고 시인은 자기 마음을 고백하고 있다.

참고

정용(鄭鎔) 조선 중종 때의 선비라고만 기록되어 있다.

149 黔丹寺, 雪景 ● 鄭礛
검 단 사   설 경

山徑無人鳥不回하고 孤村暗淡冷雲堆라.
산 경 무 인 조 불 회   고 촌 암 담 냉 운 퇴

院僧踏破琉璃界하여 江上敲氷汲水來라.
원 승 답 파 유 리 계   강 상 고 빙 급 수 래

풀이 검단사黔丹寺의 설경 ● 정염

인적 끊긴 산길에 새도 날아들지 않고
구름 낀 외로운 마을은 어둡기만 하여라.
절간의 스님은 눈 덮인 얼음을 밟고 가서
강물 위에 얼음 깨고, 물을 길어 오누나.

• 山徑(산경) : 산길. • 院僧(원승) : 절간의 스님. • 琉璃界(유리계) : 눈 덮인 세계.
빙판. • 敲冰(고빙) : 얼음을 깨고.

감상

'검단사'의 설경을 소박하게 그리고 있다. 눈이 너무 많이 왔기에 새도
날지 않고 촌마을에는 구름마저 음산하여 눈이 더 내릴 것 같다. 절에 스
님은 눈 덮인 얼음 위로 조심조심 걸어서 강 위의 얼음을 깨고서 물을 길어
나른다. 검단사의 설경을 그리면서 강설江雪과 산설山雪을 동시에 묘사하
고 있다. 여기서 당나라 시인 유종원의 '강설'이 생각난다.〈千山鳥飛絶,
萬徑人蹤滅. 孤舟簑笠翁, 獨釣寒江雪.〉

참고

정염(鄭磏) 조선 명종 때의 학자. 호는 북창北窓, 본관은 온양. 사마시에 합격,
음률에 밝아 가곡의 장단을 지도하는 한편, 천문, 의술에도 조예가 깊어 관상
감. 혜민서 교수를 역임했음. 뒤에 포천 현감이 되었으나 병으로 사임. 서울 근
교의 산들을 전전, 스스로 약초를 구하면서 요양했음. 문장과 산수화에도 능했
다.

150 懷, 桂娘 ● 劉希慶
회 계 낭

娘家在浪州하고 我家住京□라.
낭 가 재 낭 주   아 가 주 경 구

相思不相見하니 腸斷梧桐雨라.
상 사 불 상 견   장 단 오 동 우

(풀이) 계낭桂娘을 생각함 ● 유희경

그대 집은 멀리 부안[浪州]에 있고

우리 집은 여기 서울에 있네.

서로 생각하면서도 만나 보지 못하니

오동잎에 비 내리는 밤, 정말 보고 싶구나.

어려운 낱말

- 娘家(낭가) : 그대의 집은. • 浪州(낭주) : 부안의 옛 지명. • 京口(경구) : 서울.
- 腸斷(장단) : 매우 슬픔. • 梧桐雨(오동우) : 오동잎에 내리는 비.

(감상)

계랑桂娘은 부안의 명기로 본명은 향금香今, 호는 매창梅窓이다. 유희경
은 매창을 그리워하며 이 시를 썼다. 그대의 집은 멀리 부안에 있고 우리
집은 서울에 있으니 서로 생각하면서도 보지 못하니 '오동잎 지는 비 내리
는 밤은 더욱 보고 싶구나.' 하고 애절하게 노래하고 있다. 계량은 기명이
매창梅窓, 부안 기생으로 이름이 높고 시와 시조를 잘 지어 재주가 뛰어난
명기였었다.

참고

유희경(劉希慶) 1545~1636, 조선 중기의 학자. 호는 촌은村隱, 본관은 강화. 어
려서부터 효자로 유명했고, 특히 예론과 상례에 밝았다. 임진왜란 때 의병을

모아 관군을 도운 공으로 통정대부가 되었고, 광해군 때 은거하여 후진양성에
전심했다. 인조반정 후 절의로써 포상되어 가의대부에 올랐다.

151 醉吟 ● 白大鵬
취 음

醉挿茱萸獨自娛라가 萬山明月枕空壺라.
취 삽 수 유 독 자 오   만 산 명 월 침 공 호

傍人莫問何爲者요 白首風塵典艦奴라.
방 인 막 문 하 위 자   백 수 풍 진 전 함 노

◀ 풀이 ▶ 취하여 읊다 ● 백대붕

술에 취해 산수유 꽃고 혼자 놀다가
온 산천 달이 밝자 빈 술병 베고 누웠네.
사람들이여, 무얼 하는 놈인가 묻지를 마시요
풍진 세상에 머리 센 전함사의 종이라오.

▌어려운 낱말

• 挿(삽) : 꽂을 삽. • 茱萸(수유) : 산수유. • 空壺(공호) : 빈 술병.

◀ 감상 ▶

  '술에 취해 이 시를 읊다' 하는 것이 이 시의 제목이다. 머리에는 산수
유 꽃을 꽂고 놀다가 달이 떠서 밝아오니 빈 술병을 베고 잠이 들었다. 사
람들이여, 나를 무엇 하는 사람인가를 묻지를 말아라. 이 풍진 세상에서 배

를 모는 종놈과 같은 사람이라고 대답할 것이다.

152 開花, 落花 ● 權擘
개 화　 낙 화

花開因雨落因風하니　春去秋來在此中이라.
화 개 인 우 낙 인 풍　　춘 거 추 래 재 차 중

昨夜有風兼有雨하니　梨花滿發杏花空이라.
작 야 유 풍 겸 유 우　　이 화 만 발 행 화 공

｜풀이 꽃 피고, 꽃 지고 ● 권벽

비 내려서 꽃이 피고, 바람 불어서 꽃 지니

봄이 가고 가을이 옴도 이런 가운데였네.

지난밤에 바람 불고 비까지 내렸으니

배꽃은 만발해 있고 살구꽃은 벌써 져버렸네.

｜어려운 낱말

• 昨夜(작야) : 어젯밤. • 杏花空(행화공) : 살구꽃 지다.

꽃과 비는 상관관계를 가지고 있다. 비가 내리고 나니 꽃이 피고, 바람
불고 나니 꽃이 진다. 지난밤에는 바람 불고 비도 내렸으니 배꽃은 만발하
고 살구꽃은 져버렸다. 그래서 비와 꽃과 바람은 상관관계를 가지고 있다
하겠다. 시인은 자연의 변화와 상관관계의 정서적 관계가 있음을 알 수 있
다. 이런 계절의 변화에서 우리는 조선시대의 당쟁과 사화로 인재들의 홍
망을 생각해볼 수 있다.

참고

권벽(權擘) 조선의 문신. 호는 습재習齋, 본관은 안동. 진사를 거쳐 식년 문과에
급제, 벼슬이 오위장(종2품)에 이르렀다. 시문에 뛰어났다.

153 官罷, 向芝川, 坐樓院 ● 黃廷稶
관 파 향 지 천 좌 루 원

午憩東樓卸馬鞍하니　窮陰忽作暮天寒이라.
오 게 동 루 사 마 안　　궁 음 홀 작 모 천 한

青春謾說歸田好하나　白首猶歌行路難이라.
청 춘 만 설 귀 전 호　　백 수 유 가 행 로 난

天或試人聊自遣하니　雨還留客暫求安이라.
천 혹 시 인 료 자 견　　우 환 류 객 잠 구 안

明朝刮目鄕山碧하리니　且費今宵一夢闌이라.
명 조 괄 목 향 산 벽　　차 비 금 소 일 몽 란

－고향 지천으로 가면서

동루東樓에서 쉬느라 말안장을 풀었더니
겨울이라 어느새 날 저물어 추워지네.
젊을 땐 농사나 지을까 부질없이 말했지만
늙어지니 이제는 길 가기도 어렵다네.
하늘이 나를 시험 하느라 스스로 보낼 제
비마저 나를 머물게 하니 잠시 더 쉬겠구나.
내일이면 눈 비비며 고향 산천 대할 테니
오늘은 또 한 번 늦도록 꿈이나 꾸어볼까.

어려운 낱말

• 官罷(관파) : 관직에서 파면. • 午憩(오게) : 잠시 쉬다. • 卸(사) : 말을 풀다 사.
• 窮陰(궁음) : 음동. 겨울의 마지막. • 暮天寒(모천한) : 날이 저물어 추워지다.
• 謾說(만설) : 부질없이 말을 하다. • 行路難(행로난) : 길 가는 일도 어렵다. • 刮
目(괄목) : 눈을 비비며 크게 눈 뜨다. • 今宵(금소) : 오늘 밤.

감상

이 시는 작자인 황정욱이 관직에 파면되어 고향인 지천으로 가는 도중
에 말을 풀고 쉬면서 쓴 시이다. 임진왜란 때 병조판서로서 임해군, 순화군
두 왕자와 함께 잡혀 안변의 토굴에 감금되었다가 풀려났으나, 일을 잘못
처리했다 하여 반대파의 탄핵을 받고 파면되었다. 3행에 人과 客은 모두
자신을 말하고 있다.

황정욱(黃廷彧) 조선 선조 때의 문신. 호는 지천, 본관은 장수. 사마시에 합격, 식년 문과에 급제, 여러 내외 요직을 거쳐 병조판서에 이르렀다. 문장·시·서 에에 능했다.

황정욱(黃廷彧)

154 山行 ● 宋翼弼
산 행

山行忘坐坐忘行하여 歇馬松飲聽水聲이라.
산 행 망 좌 좌 망 행   헐 마 송 음 청 수 성

後我幾人先我去요 各歸其地又何爭고?
후 아 기 인 선 아 거   각 귀 기 지 우 하 쟁

풀이 산길을 가며 ● 송익필

산에 오르면 쉬는 걸 잊고, 쉬면 또 가는 걸 잊어

말을 매놓고 소나무 아래서 물소리를 듣노라.

뒤에 오던 사람 몇이나 나를 앞서 갔는가
누구나 그곳에 가면 되는 것을 앞 다투어 무엇 하나?

┃ 어려운 낱말

• 忘坐(망좌) : 앉아 쉬는 것을 잊음. • 歇馬(헐마) : 말을 쉬게 함. • 幾人(기인) : 몇
사람이나. • 各歸其地(각귀기지) : 모두 그곳에 돌아가다.

┃ 감상

여러 사람들이 함께 산을 가
고 있다. 산을 오르면 쉬는 것을
잊어버리고 쉬게 되면 가는 것을
잊어버리게 되니, 소나무에 말을
매고 쉬어서 가며 물소리를 듣는
다. 내 뒤에 오던 사람이 열심히
나를 앞서 가는지 모를 정도다.
결국은 누구나 그곳에 가게 될
걸 '무엇 그리 가려고 애를 쓰는
가.' 하는 느긋한 마음으로 산길
을 가고 있다. 이것을 우리 인생
의 삶을 비유했다면 어떨까?

김장생(金長生)

┃ 참고

송익필(宋翼弼) 조선의 학자. 호는 구봉龜峰, 본관은 여산. 서출庶出로 벼슬은 하
지 못했으나 이이, 성혼 등과 교제하여 성리학에 통달했고, 예학禮學에도 뛰어

낳음. 문장에 능하여 이산해, 최경창 등과 함께 8문장가의 한 사람으로 꼽혔으며, 시와 글씨에도 일가를 이루었음. 문하에서 김장생, 김집, 서성 등 많은 학자가 배출되었다.

155 大同江 ● 尹根壽
대 동 강

浮碧樓前碧水長하고 大同門外繫蘭舟라.
부 벽 루 전 벽 수 장 　　　대 동 문 외 계 란 주

長堤綠草年年色이요 獨依春風憶舊遊라.
장 제 녹 초 년 년 색 　　　독 의 춘 풍 억 구 유

풀이 대동강 ● 윤근수

부벽루 앞에는 푸른 물 길게 흐르고

대동문 밖에 배들이 매어져 있네.

긴 둑의 푸른 풀은 해마다 더 푸른데

홀로 봄바람에 서니 예 놀던 친구 생각나네.

어려운 낱말

• 繫蘭舟(계란주) : 예쁜 배들이 매어 있음. • 蘭舟(란주) : 배의 미화. • 憶舊遊(억구유) : 예 놀던 친구 생각.

감상

대동강을 바라보며 감회를 술회하고 있다. 부벽루 앞에는 푸른 물이 길

대동강(大同江). 북한의 서북 지대를 흐르며 평양의 중심부를 지나는 큰 강.

게 흐르고 대동문 밖에는 예쁜 배들이 줄을 지어 매어져 있었다. 긴 언덕
의 풀은 해마다 푸른데 나 홀로 봄바람에 못 이겨 옛 추억을 생각한다는 시
적인 이미지를 서경적으로 표현하고 있다.

┃참고

윤근수(尹根壽) 조선 광해군 때의 문신. 학자. 호는 월정月汀, 본관은 해평. 윤두
수의 아우, 이황의 문인. 별시 문과에 급제, 여러 내 외직을 거쳐 좌찬성, 판의
금부사에 이르렀다. 성리학에 밝아 이황, 조식과 학문을 토론했고, 성혼, 율곡
과도 막역한 사이였다. 문장과 글씨에 뛰어나 당대의 거장으로 일컬어졌다.

156 弘慶寺 ● 白光勳
    홍 경 사

秋草前朝事요 殘碑學士文이라.
추 초 전 조 사   잔 비 학 사 문

千年有流水요 落日見歸雲이라.
천 년 유 유 수   낙 일 견 귀 운

풀이 홍경사 ● 백광훈

가을 풀은 전조前朝의 사적事蹟이요
남아 있는 비석은 학사學士의 글귀로다.
천년 세월은 흐르는 물과 같고
석양에 흘러가는 구름만을 바라보네.

어려운 낱말

• 殘碑(잔비) : 흩어진 비석들. • 歸雲(귀운) : 흘러가는 구름.

감상

홍경사를 찾아가서 고회를 읊은
시다. 천년 세월도 흐르는 물과 같다
는 구절에 무엇인가 와 닿는 듯하다.
홍경사는 고려 현종 17년(1026), 현
재의 충남 청원군 성환읍 대흥리에
세웠던 봉선홍경사奉先弘慶寺이다.
이 절에 세운 사적비는 화강암으로
되었으며, 비문은 당시 석유碩儒였던
최충이 찬한 것으로 국보 제 7호이
다.

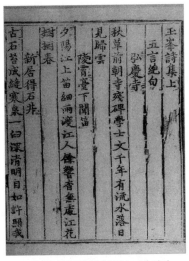

《옥봉시집(玉峰詩集) 권1》에 실린
백광훈(白光勳)의 〈홍경사(弘慶寺)〉

참고

백광훈(白光勳) 1537~1582, 조선의 시인. 호는 옥봉玉峯, 본관은 해미. 박순의
문인. 진사가 되었으나 벼슬에 뜻이 없어 산수를 즐기며 시서詩書에 열중했다.
최경창, 이달과 함께 조선에서는 처음으로 성당盛唐의 시풍에 들어갔다 하여
삼당시인三唐詩人으로 불렸으며, 명필로 알려졌다. 나중에 참봉벼슬을 지냈다.

157 暮出 ● 李山海
모 출

海天風定日沈霞하니   蒲葦洲邊夕露多라.
해 천 풍 정 일 침 하   포 위 주 변 석 로 다

瘦馬到鞭沙路廻하여   夜深明月宿漁家라.
수 마 도 편 사 로 회   야 심 명 월 숙 어 가

풀이 저문 길을 나서며 ● 이산해

바다 위에 바람은 멎고 노을이 잠기니

물가 부들과 갈대 잎에 저녁 이슬 가득하네.

여윈 말 채찍질해도 모랫길을 되돌아가서

밤 깊어 달 밝은 어촌에서 하룻밤 묵게 되었네.

어려운 낱말

• 蒲葦(포위) : 부들과 갈대. • 夕露多(석로다) : 저녁 이슬 가득 내림. • 瘦馬(수마)
: 여윈 말.

날 저물어 길을 떠난다는 시적 내
용이다. 바람 불던 바다에 노을이 지
고 갈대와 부들 위에 이슬이 맺히는
저녁이 되었다. 말을 타고 가는데 바
닷가 모래 위를 걷는 말이 피곤하여
채찍을 때려도 소용이 없었다. 하는
수 없이 어촌에서 하룻밤을 자게 되
었다. 비록 말을 타고 가도 나그네 길
이라 무언가 처량한 기분마저 든다.

참고

이산해(李山海) 조선의 문신. 호는 아
계鵝溪, 본관은 한산. 진사시를 거쳐
식년 문과에 급제, 벼슬이 영의정에
이르렀음. 서화에 능하였고 특히 문장
에 뛰어나 선조 때 문장 8家 중의 한
사람으로 일컬었다.

이산해(李山海)

158 偶吟 ● 宋翰弼
우 음

花開昨夜雨터니 花落今朝風이라.
화 개 작 야 우 　 화 락 금 조 풍

可憐一春事가 往來風雨中이라.
가 련 일 춘 사　　왕 래 풍 우 중

풀이 우연히 이 시를 ● 송한필

어젯밤 내린 비에 꽃이 피더니
오늘 아침 바람 불어 지고 말았네.
가련하다, 이러한 봄날의 일들이
비바람 속에 오고 가는구나.

어려운 낱말

• 昨夜雨(작야우) : 어젯밤 비에. • 今朝風(금조풍) : 오늘 아침 바람.

감상

　깨끗한 오언절구 1수다. 모두 20자의 글자로서 이처럼 자기 생각을 피
력할 수 있을까? 이것도 이 시인의 시적 역량이라 할 수 있다. 지난밤 내린
비에 꽃이 피더니 오늘 아침 바람에 꽃이 졌다는 사실을 그냥 넘겨서는 안
될 것 같다. 이 속에는 사화에 죽은 젊은 선비나 피지 못한 젊은 인재의 희
생을 상징하는 것이라고도 할 수 있다.

참고

　송한필(宋翰弼) 조선 선조 때의 학자. 호는 운곡, 본관은 여산. 송익필의 아우.
서출庶出이라 벼슬은 하지 못했으나, 문학으로 형 익필과 함께 이름이 높았다.
당시의 대학자 율곡 이이가 성리학을 논할 만한 사람은 익필, 한필 형제뿐이라
고 말한 바 있다.

159 送人 ● 李純仁
송 인

一樽今夕會하고 何處最相思요?
일 준 금 석 회   하 처 최 상 사

古驛逢明月하니 江南有子規라.
고 역 봉 명 월   강 남 유 자 규

풀이 벗을 보내며 ● 이순인

오늘 저녁 만나서 술 한 잔 마시고

어느 곳에서 무엇을 서로 생각하려나?

낡은 역에서 밝은 달을 만났으니

강남에 두견새 있어 슬피 울어 예는구나.

어려운 낱말

• 一樽(일준) : 한 단지 술. • 何處(하처) : 어느 곳. • 古驛(고역) : 옛날 역. • 子規(자규) : 두견새.

감상

이별을 하려면 예나 지금이나 한 잔 술이 있어야 한다. 오늘 저녁 한 단지 술을 놓고 마시면서 모든 이야기 나누자. 우리 언제 만나고, 언제 헤어지려는가? 달 밝은 옛 역에서 우리 만나 지금까지 잘 있지 않았던가? 강남 땅 두견이 울고 또 울고 있으니, 언젠가 두견새 울 때 우리 다시 만나세.

이순인(李純仁) 조선의 문신. 호는 고담孤潭, 본관은 전의. 생원으로 별시 문과에 급제, 벼슬이 이조 참의에 이르렀다. 이산해, 최경창, 백광훈 등과 함께 8문장가로 유명했다.

160 楓嶽寄, 舍弟 ● 許篈
풍 악 기 사 제

八月十五夜에 獨立毘盧頂이라.
팔 월 십 오 야　　독 립 비 로 정

桂樹天霜寒하고 西風一雁聲이라.
계 수 천 상 한　　서 풍 일 안 성

兄在順天府하고 弟居明禮坊이라.
형 재 순 천 부　　제 거 명 례 방

年年離別恨이 苦淚濕秋霜이라.
연 년 이 별 한　　고 루 습 추 상

풀이 풍악에서 아우에게 ● 허봉

팔월 대보름날 밤에

홀로 비로봉 정상에 올랐네.

계수나무엔 찬 서리 내리고

서풍에 한 기러기 울음소리로다.

형은 남쪽 순천 땅에 있고

아우는 서울 명례방에 있어라.

해마다 이별하는 한이

괴로운 눈물이 가을 서리에 젖네.

어려운 낱말

• 舍弟(사제) : 친 아우. • 毘盧頂(비로정) : 비로봉 꼭대기. • 苦淚(고루) : 괴로운 눈물.

감상

제목으로 보아 금강산에서 아우에게 보내는 시다. 팔월 대보름, 비로봉, 찬 서리, 기러기 울음소리, 이런 소재를 보아 가을의 금강산이라는 것을 알겠고, 형은 순천부에 있고 아우는 서울 명례방에 있다고 했다. 형과 아우가 서로 떨어져 그리워하고 있다는 사실을 알 수 있다. 형제간의 정을 이 시로 나타내는 옛 시인들의 정서를 짐작할 수 있다. 허봉의 형은 허성許筬이요, 아우는 허균許筠이다.

참고

허봉(許篈) 조선의 문인. 호는 하곡, 본관은 양천. 유희춘의 문인. 생원을 거쳐 문과에 급제, 벼슬은 창원부사를 지냈다. 병조판서 이이의 직무상 과실을 들어 탄핵했다가 함경도 종성에 유배, 풀려 나와 백운산, 인천, 춘천 등지로 방랑하다가 1588년 금강산에 들어가 병사했다. 시와 문장에 뛰어나 많은 저서를 남겼다.

國事蒼黃日에　誰能郭李忠고?
국 사 창 황 일　　수 능 곽 이 충

去邪存大計하여　恢復杖諸公이라.
거 빈 존 대 계　　회 복 장 제 공

痛哭關山月하니　傷心鴨水風이라.
통 곡 관 산 월　　상 심 압 수 풍

朝臣今日後에　寧復更西東이랴?
조 신 금 일 후　　녕 부 갱 서 동

◀ 풀이 ▶ 의주 용만관龍灣館에서 ● 선조

나랏일이 이렇게도 어지러울 때에

뉘라서 곽, 이처럼 충성을 다하랴.

궁궐을 떠나서도 큰 계획 세워

나라를 회복할 자 오직 그대들뿐.

관산 달을 향해 통곡을 하니

압록강 바람에 마음이 참 아프구나.

이 나라 신하들이여, 오늘 이후에도

동인 서인 갈라놓고 또다시 싸우겠는가?

어려운 낱말

• 龍灣館(용만관) : 조선 왕조 때 평안도 의주에 있던, 중국 사신을 접대하던 관소
(館所). • 蒼黃(창황) : 어지럽다. • 郭李(곽이) : 중국 당나라 때 안녹산의 난을 평정

곽자의(郭子儀)   이광필(李光弼)

한 곽자의(郭子儀)와 이광필(李光弼). • 去邠(거빈) : 나라, 궁궐을 떠나. • 邠(빈) : 나
라. • 恢復(회복) : 회복하다. • 杖(장) : 건지다. • 更東西(갱동서) : 다시 또 동인, 서
인 하겠는가?

감상

    임진왜란 때 선조가 몽진을 하여 최북단 용만관에 이르렀다. 더 이상 중
국 땅으로 가지 않으면 막다른 골목까지 왔다. 여기서 선조의 아픈 마음이
시로 나타났다 할 것이다. 이런 막다른 골목에서 압록강 바람에 마음이 아
프다고 했다. 신하들이여 이런 긴박한 상황에서 그래도 앞으로 동인이니,
서인이니 하는 당파 싸움만 하겠는가 하고 통탄을 한다.

선조(宣祖) 1552~1608, 조선 제 14대 왕. 1567년에 즉위하여 이황, 이이 등 많은 인재를 등용, 선정에 힘쓰고 유학을 장려했다. 그러나 동서 분당으로 국력이 쇠퇴해졌으며, 국방 대책을 세우지 못하던 중 임진왜란이 일어나 의주義州까지 피난하기에 이르렀다.

선조(宣祖)의 목릉(穆陵). 경기 구리시 인창동에 위치.

2. 조선 중기의 한시

162 書畵板 ● 車天輅
서 화 판

積雪層峰色이요 寒雲萬木陰이라.
적 설 층 봉 색   한 운 만 목 음

斜陽石棧路에 驢背獨歸心이라.
사 양 석 잔 로   여 배 독 귀 심

풀이 그림에다 쓴 시 ● 차천로

산봉우리엔 층층이 흰 눈이 쌓였고

구름은 싸늘하게 숲 속 그늘을 지우네.

석양은 뉘엿뉘엿 돌사다리 같은 길에

나귀 타고 혼자 돌아가는 마음이여!

어려운 낱말

• 積雪(적설) : 눈이 쌓이다. • 寒雲(한운) : 차가운 하늘. • 斜陽(사양) : 석양. • 石棧(석잔) : 돌사다리. • 驢背(여배) : 나귀의 등, 곧 나귀를 타다.

감상

시 제목으로 보아 그림에 화제畵題로 쓴 시 같다. 높은 산은 돌계단으로 그 위에는 흰 눈이 쌓여있고, 만산에는 음침한 그늘로 덮여있다. 저녁 무렵에 돌다리 길을 나귀를 타고 혼자 돌아가는 그런 그림에다 쓴 시가 아닌가 하는 생각이 든다.

차천로(車天輅) 조선의 문신. 문인. 호는 오산, 본관은 연안. 서경덕의 문인. 알성문과 중시에 급제, 교리, 봉상시첨정(종4품) 등을 지냈음. 문명이 명나라까지 떨쳐 동방문사東方文士라는 칭호를 받았으며, 특히 한시에 뛰어나 한호의 글씨, 최입의 문장과 함께 삼절三絶이라 일컬어졌다.

163 貧女 ● 柳夢仁
빈 녀

貧女鳴梭淚滿腮하여　寒衣初擬爲郎裁라.
빈 녀 명 사 누 만 시　　　한 의 초 의 위 랑 재

明朝裂與催租吏하니　一吏纔歸一吏來라.
명 조 열 여 최 조 리　　　일 이 재 귀 일 이 래

가난한 여자 ● 유몽인

가난한 아내가 눈물로 베를 짜서
낭군님 겨울옷 지을까 생각을 했네.
이튿날 세리의 독촉에 베를 찢어주고 나니
그 세리 돌아가자마자 또 한 세리 찾아오네.

- 鳴梭(명사) : 베를 짜다. • 梭(사) : 베 짜는 북. • 淚滿腮(누만시) : 눈물이 뺨에 가
득함. • 腮(시) : 뺨. • 爲郎裁(위랑재) : 신랑의 옷을 만들다. • 租吏(조리) : 세금 받
으러 온 아전. • 纔歸(재귀) : 겨우 돌아가자 말자.

감상

당시의 시대상황을 잘 그려내고
있다. 가난한 아내가 가난한 생활을
하는데 당시 세리들의 횡포가 대단한
모양이었다. 베를 짜서 낭군님의 겨
울옷을 마련하려 했는데 세리가 찾아
와서 세금 내라는 바람에 그 베를 끊
어주고, 조금 있으니 다른 세리가 또
와서 독촉하기에 짜놓은 베를 모두
빼앗긴 결과가 되었다. 당시의 백성
들을 괴롭히는 탐관오리들을 이에 비
유하여 읊은 시다.

어우야담(於于野談). 음성기록역사관 소장.

참고

유몽인(柳夢寅) 1559-1623, 조선의 문신. 호는 어우당於于堂, 본관은 홍양興陽.
성혼의 문인. 진사로 증광 문과에 장원. 벼슬이 이조참판에 이르렀음. 문장이
뛰어났으나 성품이 경박하여 세인의 비난을 받았으며, 인조반정 후에 처형당
했다. 조선 중기의 설화문학의 대가로 글씨에 뛰어났음. 정조 때 신원 되고 이
조 판서에 추증되었다. 저서에 '어우야담' 이 전한다.

164 楊花夕照 車雲輅
양 화 석 조

楊花雪欲漫하고　桃花紅欲燒라.
양 화 설 욕 만　　　도 화 홍 욕 소

繡作暮江圖하여　天西餘落照라.
수 작 모 강 도　　　천 서 여 낙 조

〔풀이〕 버들꽃 저녁놀 ● 차운로

버들꽃은 하얀 눈 같이 휘날리고

불타듯 복사꽃은 붉게 피어오르네.

저무는 강마을이 수놓은 그림 같아서

서쪽 하늘 저녁놀, 참 아름다워라.

어려운 낱말

• 楊花(양화) : 버들꽃.　• 欲燒(욕소) : 불붙은 것 같다. 붉다.　• 暮江(모강) : 저무는
강가.

〔감상〕

'버들' 꽃 피는 날의 저녁놀.' 이것이 이 시의 제목이다. 버들꽃이 눈처
럼 하얗게 피어서 날리고 복사꽃은 붉게 피어 불붙은 것과 같은 봄날, 이
저무는 강마을의 풍경이 마치 수놓은 그림과 같아서 서쪽하늘 저녁놀이
서 있다고 시로 표현하고 있다. 이 마을 봄 저녁놀의 아름다움을 마음껏
즐기고 있다. 복사꽃, 강마을, 서쪽하늘, 저녁놀 이런 것들이 이 시의 소재
로 등장하고 있다. 〈꽃 피는 강마을의 저녁노을이여!〉 하고 노래하는 현대

시인의 시 구절이 떠오른다.

165 途中 ● 李睟光
　　　도 중

岸柳迎人舞하고　林鶯和客吟이라.
안 류 영 인 무　　　임 앵 화 객 음

雨晴山活態하고　風暖草生心이라.
우 청 산 활 태　　　풍 난 초 생 심

景入詩中畵요　泉鳴譜外琴이라.
경 입 시 중 화　　　천 명 보 외 금

路長行不盡하니　西日破遼岑이라.
노 장 행 부 진　　　서 일 파 요 잠

｜풀이｜ 길을 가며 ● 이수광

강가의 버들은 사람 맞아 춤을 추고
숲 속 꾀꼬리는 나의 노래 화답하네.
비가 개니 산이 살아 움직이는 것 같고
바람이 따뜻하니 풀 돋아나려 하는구나.
저 경치는 시 속에 들어와서 그림이 되고

여울물 소리는 악보 없는 거문고 소리로고.

길이 멀어서 가도 가도 끝이 없는데

서산 위의 햇빛은 멀리 고개를 넘고 있다.

▌어려운 낱말

• 山活態(산활태) : 산이 살아 움직이는 모양과 같음. • 泉鳴(천명) : 개울물 소리.

• 行不盡(행부진) : 가도 가도 길이 끝이 없음. • 遼岑(요잠) : 멀리 보이는 산이나
고개.

감상

제목으로 보아 '길을 가는 도중'에 이 시를 썼다고 되어있다. 제목이
'途中(도중)'이니 '길을 가며'로 풀이했다. 이 시는 길을 걸어가면서 느끼

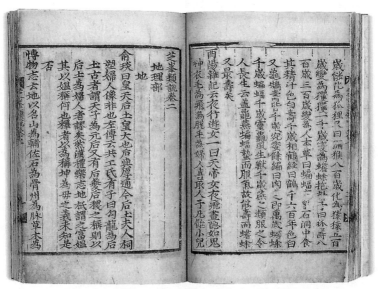

지봉유설(芝峰類說). 이수광이 지은 우리 역사 최초의 백과사전.

는 광경을 보는 듯이 그리고 있다. 물론 이 길은 시골길이다. 그러니 더 아름답고 화려한 계절이 봄이다. 봄, 강가의 버드나무는 춤을 추듯 흔들리고 꾀꼬리는 사람의 노랫소리를 흉내 낸다. 아름다운 경치는 시 속의 그림과 같고 개울물 소리는 거문고 가락처럼 들려온다. 이런 화려한 계절의 시골길이 잘 표현되고 있다. 한편의 서경시敍景詩라고나 할까?

┃참고

이수광(李睟光) 1563~1628, 조선의 문신. 학자. 호는 지봉芝峰, 본관은 전주. 진사로 별시 문과에 급제, 벼슬이 이조판서에 이르렀음. 우리나라에 최초로 천주교와 서양문물을 소개함으로써 실학발전의 선구자가 되었으며, 시문에도 능통하였다. 저서에 '지봉유설'이 있으며 영의정에 추증되었다.

166 過, 鄭松江墓, 有感 ● 權韠
과 정 송 강 묘 유 감

空山落木雨蕭蕭한데　相國風流此寂寥라.
공 산 낙 목 우 소 소　　상 국 풍 류 차 적 요

惆悵一杯難更進하니　昔年歌曲卽今朝라.
추 창 일 배 난 갱 진　　석 년 가 곡 즉 금 조

┃풀이┃ 정송강의 묘소를 지나며 ● 권필

빈 산에 낙엽 지고 비 내리는 소리 쓸쓸한데

정승의[松江] 풍류가 여기에 묻혀 적적하구나.

아, 슬프도다! 한 잔 술 올릴 수도 없으니

지난날의 '그 노래' 오늘 이것이 아니런가.

권필(權韠)의 유허비(遺墟碑). 강화도 송해면 하도리에 위치.

어려운 낱말

- 雨蕭蕭(우소소) : 비가 쓸쓸히 내리다. • 寂寥(적요) : 적적함. • 惆悵(추창) : 슬픔.
- 歌曲(가곡) : 송강의 장진주사(將進酒辭)를 말함.

감상

　　송강 정철의 산소를 지나며 느낌이 있어 이 시를 쓴다고 했다. 나뭇잎이
소소히 비 내리듯 하는 여기, 그대 정송강의 산소가 여기에 적적하구나. 그
풍류는 어디에 두고 여기에 적적하게 누웠으니 아, 슬프구려. 술 한 잔 올
릴 수도 없으니 그게 안타깝구려. 옛날 '그 노래' 가 바로 오늘을 말하는 것
같구려. 그 노래는 송강 정철의 사설시조 '장진주사' 를 말함이다.

　　* 송강의 장진주사를 소개한다. 〈 / 한 잔 먹세 그려, 또 한 잔 먹세 그려,

/ 꽃 꺾어 산 놓고 무궁무진 먹세 그려, 이 몸 죽은 후면 지게 위에 거적 덮어 주리어 매여 가나, 유소보장流蘇寶帳에 만인이 울어 예나, 어욱새 속새 덥가나무 백양 숲에 가기곳 가면 누른 해 흰 달 가는 비 굵은 눈 소소리 바람 불제 뉘 한 잔 먹자 할꼬, / 하물며 무덤 위에 잔나비 파람 불제 뉘우친들 어쩌리 / 〉 '장진주사' 전문

참고

권필(權韠) 조선의 문인. 호는 석주石洲, 본관은 안동. 권벽의 아들. 정철의 문인. 과거에 뜻이 없어 시주詩酒로 낙을 삼고 가난하게 살았다. 동년배의 시인 이안눌과 쌍벽을 이루었다.

167 聞歌 ● 李安訥
문 가

江頭誰唱美人詞요? 正是孤舟月落時를—
강 두 수 창 미 인 사　　정 시 고 주 월 락 시

惆悵戀君無限意하여　世間惟有女郞知라.
추 창 연 군 무 한 의　　세 간 유 유 여 랑 지

풀이 노랫소리 들으며 ● 이안눌

　강 머리에서 누가 미인곡을 부르는가?
　정말 이 외로운 배에 달 지는 때로다.
　슬프구나, 임 그리는 무한한 이 뜻은
　세상에서 오로지 그 사람만 알리로다.

• 美人詞(미인사) : 사미인곡. 송강의 사미인곡(思美人曲)이 있음. • 月落時(월락시)
: 달이 질 때. • 女郎(여랑) : 소녀. 풍류 여인.

감상

제목이 '聞歌문가'이니 '노랫소리
를 듣는다.'이다. 여기에서 '미인곡'
은 임금을 사모하는 노래이다. 강가에
서 부르는 '사민인곡'의 노랫소리를
들으니 너무나 쓸쓸하다. 연군의 정이
무한히 솟아나는 이 노래는 세상에서
오직 그대만이 알리라 하고 끝을 맺는
다. 여기서 여랑女郎은 남자와 같은 재
주나 기질을 가진 풍류 여인을 말한
다.

사미인곡(思美人曲). 규장각도서 소장.

참고

이안눌(李安訥) 조선의 문신. 시인. 호는
동악東岳, 본관은 덕수. 정시 문과에 급
제, 여러 요직을 거친 후 예조판서에 이
르렀다. 권필과 쌍벽을 이룬 시인으로,
이태백에 비유되었고 글씨도 잘 썼다.
좌찬성에 추증되었다.

이안눌(李安訥)

168 付書, 瀋陽 ● 金鎏
부 서   심 양

高梧落葉雨凄凄하니 塞路三千夢亦迷라.
고 오 낙 엽 우 처 처   새 로 삼 천 몽 역 미

欲向征人奇消息하니 一行書又萬行啼라.
욕 향 정 인 기 소 식   일 행 서 우 만 항 제

풀이 심양으로 보내는 글 ● 김류

오동잎 떨어지고 비는 처량히 내리니

변방 삼천리에 꿈 역시 아득하구나.

인편 있어 소식 적어 부치려 하니

한 줄 쓸 때마다 만 줄기의 눈물이 흐르네.

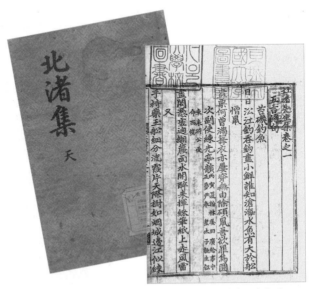

북저집(北渚集). 김류(金鎏)의 시문집. 규장각도서 소장.

• 雨凄凄(우처처) : 비가 쓸쓸히 내리다. • 塞路(새로) : 변방의 길. • 征人(정인) : 여행하는 사람. 길 떠나는 사람. 여기서는 인편. • 萬行啼(만항제) : 만 줄기의 눈물.

감상

심양으로 보내는 시다. 오동나무 높은 가지에 잎이 지기 시작하고 처량히 비는 내리는데 변방 길 삼천리는 꿈같이 아득하구나. 인편이 있어 소식 적어 붙이려 하니 글 한 줄 쓰는데 눈물이 만 줄기나 떨어진다는 애절한 사연의 시다. 아마 병자호란 때 심양으로 끌려간 누구에게 보낸 글이 아닌가 생각된다.

참고

김류(金瑬) 조선의 문신. 호는 북저北渚, 본관은 순천. 정시 문과에 급제, 광해군을 몰아내고 인조를 추대(인조반정), 벼슬이 영의정에 이르렀음. 시문과 글씨에 뛰어났다.

김류(金瑬)

169 山映樓 ● 任叔英
산 영 루

月光穿樹鶴棲空에 霜葉蕭蕭乍有風이라.
월 광 천 수 학 서 공　　상 엽 소 소 사 유 풍

虛閣夜深涼露濕하고 玉笛聲撤彩雲中이라.
허 각 야 심 양 로 습　　옥 적 성 철 채 운 중

풀이 산영루 ● 임숙영

달빛 비친 숲 속, 학이 깃든 저 공중에

서릿발 단풍잎에 쓸쓸한 바람 잠시 불어라.

빈 누각 밤 깊어 서늘한 이슬 내리고

옥피리 소리 들리더니 채운彩雲 속에 사라지네.

어려운 낱말

• 山映樓(산영루) : 금강산에 있는 누각. •穿樹(천수) : 나무에 비치다. •虛閣(허
각) : 빈 누각. •聲撤(성철) : 소리가 끊어지다.

감상

　산영루에 대한 시다. 이 산영루에서 바라보는 경관을 노래하고 있다. 달
빛 비친 숲 속에 학이 깃든 공중에 서리 맞은 단풍이 쓸쓸하기도 하다. 바
람이 불 때마다 단풍잎은 지고 빈 누각에 밤이 깊으면 슬슬하게 이슬이 내
리고 어디선가 들려오는 구름 속의 옥피리 소리도 끊어져 쓸쓸함을 노래
하고 있다. 산영루의 환상적인 이미지를 아름답게 시화詩化하고 있다. 산
영루는 금강산 유점사 앞의 시내를 건너질러 지은 누각이다.

임숙영(任叔英) 조선의 문신. 호는 소암疎庵, 본관은 풍천. 별시 문과에 급제, 벼슬은 지평을 지냈다. 문장이 뛰어나고 경사經史에 밝았음. 부제학에 추증되었다.

170 詠, 新燕 ● 李植
영　신　연

萬事悠悠一笑揮하고　草堂春雨掩松扉라.
만 사 유 유 일 소 휘　　초 당 춘 우 엄 송 비

生憎簾外新歸燕은　似向閒人說是非라.
생 증 염 외 신 귀 연　　사 향 한 인 설 시 비

풀이 새로 나온 제비 ● 이식

흘러가는 세상만사 한 번 웃어넘기고

봄비 오는 초가집엔 사립문을 가루었네.

공교롭게도 주렴 밖에 새로 온 제비는

한가한 사람에게 시비 거는 것 같구나.

어려운 낱말

• 悠悠(유유) : 흘러가는 모양.　• 松扉(송비) : 소나무로 만든 사립문.　• 生憎(생증) : 공교롭게도. 짓궂게.

제목이 '새로 날아온 제비'이다. 그런데 내용은 세상사를 이야기하고
있다. 세상만사를 넓은 마음으로 웃어버리고 초당의 봄비 내리는 날 사립
문을 닫았다. 뜻밖에 새로 찾아온 제비 한 마리는 한가한 사람에게 시비를
거는 것 같다고 했다. 즉, 봄이 되어 바쁜 이 세상에 왜 한가하게 놀고만 있
냐고 시비하는 듯하다. 그렇게 느끼는 것이 이 시인의 시적인 이미지인 것
같다. 끝 구절에 제비가 한가한 사람에게 시비를 거는 것 같다는 표현은
참 재미있다.

이식(李植) 조선의 문신. 학자. 호는 택당澤堂, 본관은 덕수. 별시 문과에 급제,
여러 벼슬을 거쳐 대제학, 예조 판서에 이르렀다. 당대의 이름난 학자로 문하
에 많은 제자를 배출했고, 특히 한문학에 정통하여 신흠, 이정구, 장유 등과 함
께 한문학 4대가의 한 사람으로 꼽는다.

택풍당(澤風堂). 이식(李植)의 유품과 묘소가 있다. 경기 양평군 양동면에 위치.

171 謫路過, 愼伯擧 ● 李敬輿
적 로 과 신 백 거

千里江南處處花하니　獨憐梅影照孤槎라.
천 리 강 남 처 처 화　　독 련 매 영 조 고 사

今來月出山前路하니　羞過西湖處士家라.
금 래 월 출 산 전 로　　수 과 서 호 처 사 가

풀이 귀양길에 신백거의 집을 지나며 ● 이경여

천리 강남 곳곳에 꽃이 피는 계절이니

가련하다, 외로운 배에서 멀리 비친 저 매화.

지금은 달이 돋아 산 앞 기슭으로 지나가니

부끄럽게도 서호의 그대 집을 지나쳐 가고 있네.

어려운 낱말

· 謫路(적로) : 귀양 가는 길에. · 孤槎(고사) : 외로이 떠가는 배. · 槎(사) : 뗏목.
· 處士家(처사가) : 신백거의 집을 말한다.

감상

제목은 '귀양 가는 길에 신백거의 집을 지나가다' 로 되어있다.

이 시는 1646년(인조 24) 소현세자빈 강씨의 사사死賜를 반대하다가 진
도로 유배될 때 신천익의 집 근처를 지나면서 쓴 시다. 신백거는 광해군
때 이조참의를 지내다가 사직하고 영암靈巖에 은거하던 신천익愼天翊이다.
백거伯擧는 그의 자다.

참고

이경여(李敬輿) 조선의 문신. 호는 백강白江, 본관은 전주. 사마시를 거쳐 증광 문과에 급제, 벼슬이 영의정에 이르렀음. 시문에 능하고 글씨에도 뛰어났다.

172 在, 瀋獄, 和, 金淸陰韻 ● 崔鳴吉
재 심 옥 화 김 청 음 운

靜處觀群動하면　眞成爛漫歸라.
정 처 관 군 동　　　진 성 난 만 귀

湯氷俱是水요　裘褐莫非衣랴.
탕 빙 구 시 수　　구 갈 막 비 의

事或隨時別이라도　心寧與道違이랴.
사 혹 수 시 별　　　심 녕 여 도 위

君能悟斯理리니　語默各天機하라.
군 능 오 사 리　　어 묵 각 천 기

풀이 심양 옥중에서 ● 최명길

－ 김상헌의 운에 화답함

조용히 여러 움직임을 보고 있으면

진리는 뚜렷하여 돌아오는 법이니라.

끓는 물과 얼음은 이 모두 물에서 나오고

갖옷과 베옷 또한 이 모두 옷이 아니랴!

일이야 혹시 때에 따라 다르다 하여도

마음이야 어찌 도와 더불어 어긋나랴.

그대 능히 이 이치를 깨쳤으리니

말없이 묵묵히 천기를 지켜 나가세.

감상

  위 시의 제목을 풀이하면, '심양 옥중에 있는 김청음(김상헌)의 시운에 화답' 하여 지은 시이다.

  병자호란 후인 1642(인조 20) 주화론자인 작자가 전에 명나라와 내통했다 하여 잡혀가 억류되었을 때, 척화론자로 역시 심양의 옥에 갇혀있는 김상헌의 시를 차운次韻하여 쓴 시이다. 다시 말해서, 김상헌의 시운에 화답해서 지은 시이다. 시의 내용이 너무 차분하고 지적인 내용이라 사람에게 감동을 준다.

최명길(崔鳴吉)

참고

  최명길(崔鳴吉) 조선의 문신. 호는 지천遲川, 본관은 전주. 이항복의 문인. 성균관 유생으로 사마시를 거쳐 증광 문과에 급제, 벼슬이 영의정에 이르렀다. 인조반정에 가담했고, 병자호란 때는 주화론을 주장, 수차에 걸쳐 청나라 진영에 왕래하며 강화의 조건을 타진했다.

173 瀋陽, 寄內南氏 ● 吳達濟
심 양 기 내 남 씨

琴瑟恩情重하니 相逢未二期라.
금 슬 은 정 중   상 봉 미 이 기

今成萬里別하니 虛負百年朞라.
금 성 만 리 별   허 부 백 년 기

地闊書難寄하니 山長夢亦遲라.
지 활 서 난 기   산 장 몽 역 지

吾生未可卜하니 須護腹中兒하라.
오 생 미 가 복   수 호 복 중 아

[풀이] 심양에서 ● 오달제

－아내 남씨에게

금슬의 은정恩情은 무겁기 이 같은데

서로 만난 지 두 해도 못 되었구려.

지금은 만 리 밖에 이별해 있으니

백년의 약속도 참 허무하구려.

멀고 먼 곳이라 편지 보내기 어려우니

산이 첩첩하여 꿈도 더디 가나 보오.

나의 생사는 가히 점칠 수도 없으니

뱃속의 아이나 잘 길러주시오.

어려운 낱말

• 琴瑟(금슬) : 부부간의 애정. • 虛負(허부) : 허무하게 되었다. 負는 ~되다. • 未
可卜(미가복) : 알 수가 없음.

감상

심양에서 아내 남씨에게 보내는 시다. 내용이 자상하고 아내에 대한 사
랑이 각별하다. 머나먼 곳에서 쓰고 있는 이 시가 아내에게 큰 감동을 줄
것 같아서 가슴이 뭉클하다. 산이 첩첩하여 꿈도 더디 간다는 내용과 내
생사를 헤아릴 수 없으니 뱃속에 든 아이나 잘 키워달라는 유언 같은 내용
은 눈물겹다.

참고

오달제(吳達濟) 1609-1637, 3학사의 한 사람. 호는 추담秋潭, 본관은 해주. 19
세 때 사마시에 합격, 26세 때 별시 문과에 장원. 부교리를 지냈음. 병자호란
때 척화파로서 윤집, 홍익한과 함께 심양으로 끌려가 살해되었다. 영의정에 추
증되었다.

---

174 除夜 ● 尹集
제 야

半壁殘燈照不眠하고 夜深虛館思悽然이라.
반 벽 잔 등 조 불 면   야 심 허 관 사 처 연

萱堂定省今安否하니　鶴髮明朝又一年이라.
훤 당 정 성 금 안 부　　학 발 명 조 우 일 년

풀이 제야除夜 ● 윤집

벽에 걸린 등잔불, 깜박거려 잠 못 이루고

밤 깊도록 빈 타관에 이 마음 처량하구나.

어머님은 어떠신지 지금 안부 묻고 싶으니

늙으신 부모님, 내일 아침엔 또 한해 더하시겠네.

어려운 낱말

• 除夜(제야) : 섣달그믐날 밤. • 萱堂(훤당) : 어머니. • 鶴髮(학발) : 늙으신 부모
님.

감상

　윤집은 삼학사의 한 사람으로 심양
에 끌려가서 섣달그믐을 맞았다. 고향
에 계시는 어머니 생각뿐이다. 깜박이
는 등불이 왜 이렇게 처량한지, 어머님
은 지금쯤 어떠하신지 안부라도 묻고
싶은데 내일 아침이면 우리 어머니 나
이도 한 살 더하는 것이 안타깝기만 하
다. 〈鶴髮明朝又一年〉, 이 구절이 가슴
에 안겨온다.

윤집(尹集)

참고

윤집(尹集) 1606(선조 39) ~ 1637(인조 15), 조선의 문신. 3학사의 한 사람. 호는 임계, 본관은 남원. 별시 문과에 급제, 교리로 있을 때 병자호란이 일어나자 화의를 적극 반대, 척화론자로 청나라에 잡혀가 처형당했다. 영의정에 추증됨.

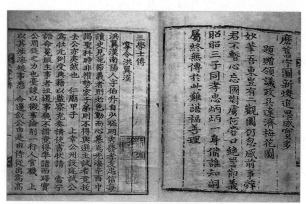

삼학사전(三學士傳). 병자호란 때 순절한 세 학사의 전기.

175 蜘蛛網 ● 尹拯
지 주 망

蜘蛛結網罟하니 橫截下與上이라.
지 주 결 망 고   횡 절 하 여 상

戒爾蜻蜓子하니 信勿簷前向하라.
계 이 청 정 자   신 물 첨 전 향

풀이 거미줄 ● 윤증

거미가 그물을 쳐두었으니

옆으로 아래위로 쳐 놓았네.

너 잠자리에게 경계하노니,

처마 앞에는 절대로 가지 말라고.

어려운 낱말

• 蜘蛛(지주) : 거미. • 網罟(망고) : 그물. • 橫截(횡절) : 가로와 세로. • 蜻蜓子(청
정자) : 잠자리. • 勿簷前向(물첨전향) : 처마 끝에는 가지 말라.

감상

우화적인 시다. 거미와 거미줄, 그
리고 잠자리와의 관계를 묘하게 연관
시켜 그려내고 있다. 잡아먹고 잡아
먹히고 하는 관계를 우리 인간에 대
입시켜 표현하고 있다. 사색당파 싸
움에서도 어차피 잡아먹고 잡아먹히
는 싸움이 아니던가? 이러한 관계를
곤충에 비유하여 표현하고 있음을 알
수 있다. 우리는 여기에서 인간의 관
계를 알 수 있으니, 〈 1) 지주蜘蛛 ; 거
미, 2) 청정蜻蜓 ; 잠자리〉의 관계다.

윤증(尹拯)

참고

윤증(尹拯) 조선의 학자. 호는 명재明齋, 본관은 파평. 송시열의 문인이 되었다
가 절교했다. 학행으로 천거되어 대사헌, 좌찬성, 우의정에까지 임명되었으나
모두 사퇴했으며, 소론의 영수로서 송시열 측 노론과 치열한 당쟁을 벌였다.
예론에 정통한 학자로 학문 연구와 후진 교육에 힘썼다.

176 悼亡
도 망 　● 李瑞雨

玉貌依稀看忽無하고　覺來燈影十分孤라.
옥 모 의 희 간 홀 무　　　각 래 등 영 십 분 고

早知秋雨驚人夢이면　不向窗前種碧梧라.
조 지 추 우 경 인 몽　　　불 향 창 전 종 벽 오

풀이 죽음을 애도함 　● 이서우

－죽은 아내에게

그대 얼굴 어렴풋 나타났다 사라지고

다시 살펴보니 등잔불 외로운 그림자뿐.

가을비가 내 단꿈을 깨울 줄 알았더라면

창 앞에 잎 넓은 벽오동을 심지나 말았으리.

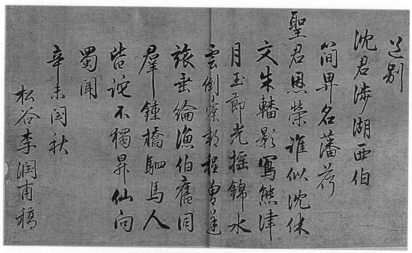

이서우(李瑞雨)의 시. 성균관대 소장.

어려운 낱말

- 玉貌(옥모) : 고귀한 얼굴 모습, 즉 아내의 얼굴. · 燈影(등영) : 등잔의 그림자.
- 驚人夢(경인몽) : 사람의 꿈을 놀라게 하다. · 種碧梧(종벽오) : 벽오동을 심다.

감상

죽은 아내를 잊지 못하고 이 시를 썼다. 그대 모습 항상 어렴풋이 떠올랐다가 사라지고 등잔불의 외로운 그림자를 바라볼 때마다 아내의 얼굴이 떠올랐다. 낮잠이라도 자면서 아내의 꿈을 꾸고 싶은데 오동잎에 떨어지는 빗소리 때문에 내 꿈을 깨우는구나. 그렇다면 차라리 내 창 앞에 잎 넓은 오동나무를 심지나 말았을 것을 하고 후회도 한다.

참고

이서우(李瑞雨) 조선의 문신. 호는 송곡松谷, 본관은 우계羽溪. 생원으로 증광 문과에 급제, 벼슬이 공조 참판에 이르렀다. 시문에 뛰어나고 글씨로도 이름이 높았다.

이서우(李瑞雨)

177 采蓮曲 ● 洪萬宗
채련곡

彼美采蓮女가　繫舟橫塘渚라.
피 미 채 련 녀　　계 주 횡 당 저

差見馬上郎하니　笑入荷花去라.
차 견 마 상 낭　　소 입 하 화 거

풀이 채련곡 ● 홍만종

저 아름다운 연밥 따는 아가씨

배를 연못 물가에 매어두었네.

잠시 말 탄 총각 보이자 부끄러워서

웃음을 머금고 연꽃 속으로 숨으러 가네.

순오지(旬五志).
홍만종(洪萬宗)이 지은 잡록. 국립중앙도서관 소장.

• 采蓮女(채련녀) : 연밥 따는 아가씨. • 繫舟(계주) : 배를 매다. • 塘渚(당저) : 연못 가. • 差見(차견) : 잠시 보다. • 馬上郞(마상낭) : 말을 탄 총각. • 荷花(하화) : 연꽃.

감상

매우 깜찍한 작품이다. 연밥 따는 아가씨가 일을 마치고 배를 매어놓고 연밭 가로 가는데 마침 말을 탄 총각이 앞에 오고 있었다. 깜짝 놀란 아가 씨가 너무 부끄러워 웃음을 머금고 연꽃 속에 숨는다는 내용이다. 처녀와 총각은 만나기만 해도 가슴 뛰는 좋은 시절이다. 그것도 연밭 언저리에서 만났으니 즐거울 수 밖에…

참고

홍만종(洪萬宗) 조선 인조 때의 학자. 시 평론가. 호는 현묵자玄默子, 본관은 풍 산. 학문에 밝고 저술이 많으며, 평론집 '순오지旬五志'에서 정철의 시가 등을 평했다.

178 杜鵑啼 ● 崔昌大
두 견 제

春去山花落하고 子規勸人歸라.
춘 거 산 화 락   자 규 권 인 귀

天涯幾多客고? 空望白雲飛라.
천 애 기 다 객   공 망 백 운 비

《 풀이 》 **두견새 울다** ● 최창대

봄이 가니 산꽃이 떨어지고
두견새가 돌아가라고 권하고 있네.
이 땅의 나그네들 그 얼마인가?
허망하게 흰 구름만 날아 내리네.

어려운 낱말

• 山花落(산화락) : 산꽃이 지다. • 子規(자규) : 두견새. • 天涯(천애) : 이 하늘 아
래. • 空望(공망) : 허망하게.

《 감상 》

‘두견새의 울음’ 이것이 이 시의 제목이다. 두견새는 봄에 우는 새다.
봄이 가고 꽃도 떨어지니 두견새도 우리에게 돌아가자고 하네. 이 땅에 나

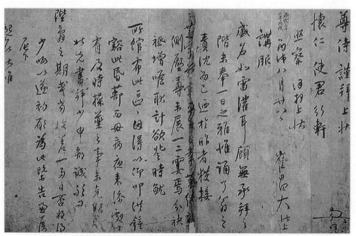

최창대(崔昌大) 서간(書簡). 충현박물관 소장.

그네가 그 얼마인가? 허망하게 흰 구름만 날아 내리고 있다고 노래하고 있다. 두견새의 울음은 어쩐지 허망하고 무언가 이별이라는 이미지가 강하게 풍긴다. 봄이 떠난다는 아쉬움이리라.

▌참고

최창대(崔昌大) 조선 숙종조의 문신. 호는 곤륜昆侖, 본관은 전주. 영의정 최석정의 아들. 별시 문과에 급제, 벼슬이 이조 참의, 부제학에 이르렀다. 제자백가와 경서에 밝았으며, 문장에 능하고 글씨도 잘 썼다.

179 山民 ● 金昌協
산 민

下馬問人居하니 婦女出門看이라.
하 마 문 인 거　　부 녀 출 문 간

坐客茅屋下하고 爲客具飯餐이라.
좌 객 모 옥 하　　위 객 구 반 찬

丈夫亦何在하니 扶犁朝上山이라.
장 부 역 하 재　　부 려 조 상 산

山田苦難耕하여 日晚猶未還이라.
산 전 고 난 경　　일 만 유 미 환

四顧絶無隣하고 鷄犬依層巒이라.
사 고 절 무 린　　계 견 의 층 만

中林多猛虎하여 采藿不盈盤이라.
중 림 다 맹 호　　채 곽 불 영 반

哀此獨何好하여 崎嶇山曲間고?
애 차 독 하 호　　기 구 산 곡 간

樂哉彼平土하나 欲往畏縣官이라.
낙 재 피 평 토　　　욕 왕 외 현 관

〔풀이〕 산골에 사는 사람 ● 김창협

말에서 내려 주인을 찾으니

아낙네가 문을 나와 바라다보네.

띠집에 나그네를 앉히고 나서

나그네 위해 먹을 것을 차려 내오네.

부군은 어디 갔냐고 물어보니까

아침에 쟁기 매고 산에 갔다 하네.

산전을 갈기가 무척이나 어려워

날이 저물어도 돌아오지 않는다네.

사방을 돌아봐도 이웃은 없고

닭과 개만 산 밑으로 돌아다닐 뿐이라.

숲 속엔 사나운 호랑이가 많아서

나물도 제대로 못 뜯는다네.

이러한 삶이 무엇이 좋아서

험한 산중에 묻혀 사는가요? 하니

저 넓은 들이 좋은 줄은 알지만

관리들이 무서워 나가지 못한다오, 한다.

┃ 어려운 낱말

• 丈夫(장부) : 여기서는 남편을 가리킴. • 扶犁(부려) : 쟁기를 매고 • 犁(려) : 쟁기. • 朝上山(조상산) : 아침 일찍 산에 갔다고 함. • 日晩(일만) : 해가 저물어도.

- 四顧(사고) : 사방을 둘러봐도. 四顧無親(사고무친)이란 말이 있음. • 層巒(층만) : 산꼭대기. • 采藿(채곽) : 나물을 뜯다. • 哀此(애차) : 이러한 곳에. • 崎嶇(기구) : 험준한 산속. • 畏縣官(외현관) : 고을 관리가 무서워.

｜감상｜

산속에 사는 백성을 소재로 시를 쓰고 있다. 곧 산중 사람의 생활상이다. 산 밑에 집을 짓고 남자는 산꼭대기로 가서 화전을 일구고 농사일을 하는 모양이다. 시적 주인공이 그 집 여주인에게 묻기를 '왜 이런 산속에서 어렵게 살고 있느냐?' 하고 묻는다. 저 들판에 가서 농사를 짓고 살면 좋지 않으냐고 하니, 들판에 살면 누가 좋은 줄을 모를까만 관리들이 무서워 나가지 못한다고 했다. 이 시에서 당시의 관리들의 행패가 어떤지를 여실히 알 수 있었다.

｜참고｜

김창협(金昌協) 1651－1708, 조선의 학자. 문신. 호는 농암農巖, 본관은 안동. 영의정 김수항의 아들. 진사로 증광 문과에 장원. 대사성, 청풍부사 등을 역임했으나 기사환국 때 아버지가 사사賜死된 후 은거하며 나오지 않았다. 유학과 문학의 대가로 문장에 능했고 글씨도 잘 썼다.

180 練光亭, 次, 鄭知常韻 ● 金昌翕
　　　연 광 정　차　정 지 상 운

城外人喧汲水多하고 烟江一帶有漁歌라.
성 외 인 훤 급 수 다　　연 강 일 대 유 어 가

夜來未厭金樽月이나　已見朝霞盪綠波라.
야 래 미 염 금 준 월　　이 견 조 하 탕 록 파

【 풀이 】 연광정에서 ● 김창흡

－정지상 시에 차운次韻함

성 밖에는 떠들면서 물 긷는 이 많고

뿌연 강 일대에 고기잡이 노래 들린다.

밤 깊도록 술과 달이 싫지 않으나

어느새 아침노을 출렁이는 푸른 물결이네.

｜ 어려운 낱말

• 喧(훤) : 시끄러울 훤. • 汲水(급수) : 물을 긷다. • 烟江(연강) : 뿌연 강가. • 漁歌
(어가) : 고기잡이 노래. • 金樽月(금준월) : 술과 달. • 盪綠波(탕록파) : 푸른 물결.

【 감상 】

　제목을 보면 '연광정에서 정지상의
시에 차운하다' 로 되어 있다. 정지상
의 '송인' 이란 시가 연광정에 편액으
로 걸려 있는 모양이다. 그 시의 운자
를 차운次韻한 시다. 성 밖에는 사람들
이 떠들면서 물을 긷고, 연하로 덮인
대동강에서는 고기잡이 노랫소리가
들린다. 달빛 아래 밤새도록 술을 마
시니 어느새 아침노을이 뿌옇게 비친

김창흡(金昌翕)

다고 했다. 연광정 주변의 풍정을 노래하고 있다. 〈練光亭, 原詩:雨歇長堤
草色多, 送君南浦動悲歌, 大同江水何時盡, 別淚年年添綠波.〉

▌참고

김창흡(金昌翕) 1653~1722, 조선의 학자. 호는 삼연三淵, 본관은 안동. 영의정
수항의 아들, 창집, 창협의 아우. 진사로 벼슬길에는 나가지 않았으며, 기사환
국 때 아버지가 사사되자 영평永平에 은거했다. 성리학을 공부하여 형 창협과
함께 율곡 이후의 대학자로 명성을 떨쳤다. 이조판서에 추증되었다.

연광정(練光亭). 평양시 중구역 대동문동에 위치.

181 踰, 水落山腰 ● 朴泰輔
유　수　락　산　요

溪路幾回轉하니　中峰處處看이라.
계 로 기 회 전　　中峰處處看이라.
　　　　　　　　중 봉 처 처 간

苔巖秋色淨하고　松籟暮聲寒이라.
태 암 추 색 정　　松籟暮聲寒이라.
　　　　　　　　송 뢰 모 성 한

隱日行林好하고　迷烟出谷難이라.
은 일 행 림 호　　迷烟出谷難이라.
　　　　　　　　미 연 출 곡 난

逢人問前路하니　遙指赤雲端이라.
봉 인 문 전 로　　遙指赤雲端이라.
　　　　　　　　요 지 적 운 단

풀이 수락산 고개 넘으며 ● 박태보

계곡 길을 몇 구비 돌아 오르니

중봉中峰이 곳곳에 바라보이네.

이끼 긴 바위에는 가을빛 정갈하고

솔바람 소리는 날 저물어 차갑구나.

해 그늘진 숲길은 걷기 좋은데

안개가 끼어 나가는 계곡 찾기 어려워라.

사람 만나 가는 앞길을 물었더니

붉은 구름 한쪽 끝자락을 가리켜 준다.

어려운 낱말

• 踰(유) : 넘을 유. • 水落山腰(수락산요) : 수락산은 산 이름. 腰는 고개임. • 幾回轉(기회전) : 몇 구비 돌아가니. • 處處看(처처간) : 곳곳이 보인다. • 苔巖(태암) : 이

끼 낀 바위. •松籟(송뢰) : 솔바람 소리. •隱日(은일) : 해가 구름 속에 들어감.
•迷烟(미연) : 연기. 안개가 낀 산. •問前路(문전로) : 앞 가는 길을 물으니. •赤
雲端(적운단) : 붉은 구름이 낀 끝.

감상

   수락산 고개를 넘어가면서 지은 시다. 고개를 넘어가는 과정을 그린 것
이다. 시내를 건너고 돌아 올라가니 봉우리가 곳곳에 나타나고 이끼 낀 바
위에는 가을빛이 깨끗했다. 안개와 연기가 끼어 나가는 길을 잘 몰라 길을
물으니 붉은 구름 한쪽 끝을 가리켜 준다는 것이 참 재미있다. 수락산은
도봉구, 의정부, 남양주에 접해 있는 산이다. 높이 755미터의 산.

참고

박태보(朴泰輔) 1654-1689, 조선의 문신. 호는 정재定齋, 본관은 반남. 박세당
의 아들. 알성 문과에 장원, 이조 좌랑, 암행어사 등을 역임했다. 숙종의 비 인
현왕후의 폐위를 적극적으로 반대하다가 심한 고문을 당하고 죽었다. 학문과
문장에 능했고, 글씨에도 뛰어났다. 영의정에 추증되었다.

수락산(水落山)

3. 조선 후기의 한시

182 春興● 李縡
　　춘　흥

園花寂寂一鶯啼하고　野水飜飜雙鷺明을－.
원 화 적 적 일 앵 제　　야 수 번 번 쌍 로 명

扶杖溪西春日夕하니　數村桑麻看烟生이라.
부 장 계 서 춘 일 석　　수 촌 상 마 간 연 생

│ 풀이 │ 춘흥春興 ● 이재

뒤란의 꽃 적적하여 꾀꼬리 울고

출렁이는 물결 위엔 백로 한 쌍이 －.

해 질 녘 서녘 냇가 지팡이 짚고 나서니

시골마을 여기 저기 저녁연기 피어나네.

어려운 낱말

• 寂寂(적적) : 고요하다. • 飜飜(번번) : 물이 출렁이는 모양. • 扶杖(부장) : 지팡이 를 짚고. • 桑麻(상마) : 전원. 시골마을을 이르는 말.

감상

봄의 흥겨움을 노래한 시다. 동산에는 적적하여 꾀꼬리 울고 들판 물이 출렁이는 곳에는 백로가 쌍쌍이 놀고 있다. 지팡이 짚고 봄 석양 길에 나

서니 마을에서는 저녁연기가 모
락모락 피어오른다는 내용의 시
다. 하나같이 평화로운 봄의 흥
취를 노래하고 있다.

참고

이재(李縡) 1680-1746, 조선의
학자요 문신. 호는 도암陶庵, 본
관은 우봉牛峰. 알성 문과와 문
과중시에 급제, 우참찬에 이르렀
음. 김창협의 문인으로 조광조
와 이이를 사숙했으며, 조선 후
기 성리학의 대가로서 중추적 인
물로 등장했다.

이재(李縡)

183 還家感賦 ● 申光洙
환 가 감 부

牛歲秦京客이 還家懷抱新이라.
반 세 진 경 객   환 가 회 포 신

依然候門子하나 不復何機人고?
의 연 후 문 자   불 부 하 기 인

有恨同貧賤한데 無情隔鬼神이라.
유 한 동 빈 천   무 정 격 귀 신

虛惟一哭罷하니 廓落暮年新이라.
허 유 일 곡 파   곽 락 모 년 신

〔 풀이 〕 집에 돌아와서　● 신광수

— 죽은 아내에게

반년 동안 서울 살던 나그네가

집에 돌아오니 회포가 새롭구나.

자식들은 의연하게 안부를 묻는데

베 짜던 아내는 어찌 보이지 않는고?

함께 한 가난도 한이 남아있거든

무정하게 저승으로 떠나고 없구려.

빈소에서 허무하게 일곡을 끝내고 나니

나이든 이 몸이 더욱더 쓸쓸하구나.

어려운 낱말

• 半歲(반세) : 반년 만에. • 秦京(진경) : 서울. • 依然(의연) : 옛 그대로임. • 候(후) : 문후. 안부. • 機人(기인) : 베 짜던 사람. 아내를 말함. • 同貧賤(동빈천) : 가난을 함께 했던 사람. • 虛惟(허유) : 허무하게. • 廓落(곽락) : 공허하고 쓸쓸한 모양.

감상

　'집에 돌아와서 느끼는 노래' 가 본 제목이다. 멀리 집을 떠나 서울에 있다가 집에 돌아와 보니 회포가 새롭게 느껴진다는 내용이다. 집에 있는 아이들은 그대로인데, 베를 짜던 아내는 보이지 않으니 아내가 죽은 모양이다. 함께 가난을 같이했던 그 시절도 한스러운데, 무정하게도 아내는 저승으로 떠났으니 한스러울 것 밖에 없다. 빈소에 들어가서 한바탕 곡을 하고 나니 더욱더 쓸쓸하게 느껴진다는 내용이다.

신광수(申光洙) 1712~1775, 조선의 문인. 호는 석북石北, 본관은 고령. 서화書畫에 뛰어나 문명文名을 떨쳤음. 기로정시耆老廷試에 장원. 돈령부 도정이 되었으나 노모를 모실 집 한 칸도 없음이 알려져 왕으로부터 집과 노비를 하사받고 승지에 이르렀다.

184 蟬娟洞 ● 李德懋
선 연 동

嬋娟洞草賽羅裙이요 剩粉遺香暗古墳이라.
선 연 동 초 새 라 군   잉 분 유 향 암 고 분

現在紅娘休詫艶하라 此中無數舊如君이랴?
현 재 홍 낭 휴 타 염   차 중 무 수 구 여 군

◀ 풀이 ▶ 선연 골짜기 ● 이덕무

선연 골짜기 풀빛은 무당 치마 빛깔이요

남아도는 분 향내음도 무덤 속에 잠들었네.

화장한 아가씨들 아름다움 뽐내지 마라.

이 무덤 속 많은 이들 그대들만 못했을까.

■ 어려운 낱말

• 嬋娟洞(선연동) : 嬋娟은 얼굴이 아름답다는 뜻. 여기서는 지명으로 선연 골짜기. 그러나 嬋娟洞은 어딘지 모르나, 무덤이 많은 북망산과 같은 이미지다. • 賽羅裙(새라군) : 굿할 때 입는 비단 치마. • 剩粉遺香(잉분유향) : 분 향기 넘쳐나는. • 休詫艶(휴타염) : 뽐내는 것을 그만두라. • 詫(타) : 속일 타, 뽐낼 타. • 舊如君

(구여군) : 그 옛날 그대만 못하랴. 如는 비교격이다.

감상

　선연동의 무덤을 두고 노래했다. 선연동 무덤의 풀들이 마치 무당들 치마처럼 아름답구나. 그 아름다운 여인네의 분꽃 향기가 모두 이 무덤 속에 묻혔겠구나. 살아 있는 아가씨들아! 아름다운 자태를 너무 뽐내지 말라. 이 무덤 속에 묻힌 여인네들도 당신만 못한 사람 있었겠느냐? 하는 내용의 시다. 이 시는 정서적인 면보다는 인생의 무상하고 허무한 내용을 표현하여 감동을 준다.

참고

　이덕무(李德懋)　1741－1793, 조선 정조 때의 실학자. 호는 청장관靑莊館, 본관은 전주. 박학다재博學多才하여 경사經史에서 기문이서奇文異書에 이르기까지 통달했고, 문장에 개성이 뚜렷하여 문명을 일세에 떨쳤으나 서출이기 때문에 크게 등용되지 못했다. 규장각 검서관이 되어 박제가, 유득공, 서이수 등과 검서관으로 이름을 떨쳤고, 저서에 '청장관전서'가 있다.

청장관전서(靑莊館全書). 규장각 도서 소장.

始到加平, 君公餘, 雜詠 ● 柳得恭
시 도 가 평 군 공 여 잡 영

人學牛音却敎牛하니　煙嵐深處喝牟牟라.
인 학 우 음 각 교 우　　연 람 심 처 갈 모 모

碧峰滿種朱黃黍하니　夏早秋霜也不愁라.
벽 봉 만 종 주 황 서　　하 조 추 상 야 불 수

풀이 가평에 처음 도임하여 ● 유득공

－군공君公들과 함께 시를 읊다

사람이 소의 소리 배워 소를 부리니

이내 낀 깊은 곳에 '이랴, 이랴' 외치네.

푸른 산봉우리 가득 누런 기장을 심었으니

여름 가뭄 가을 서리 걱정할 것 없어라.

어려운 낱말

• 君公(군공) : 제후. 여기서는 여러 사람들. • 却敎牛(각교우) : 문득 소를 가르치
다. • 煙嵐(연람) : 연기와 이내[嵐]. • 牟牟(모모) : 소를 부리는 소리. 이랴, 이랴.
• 朱黃黍(주황서) : 누런 빛 기장. • 也不愁(야불수) : 걱정 없다. 也는 허사임.

감상

　제목이 '처음으로 가평에 도임하여 군공들과 남은 잡기를 읊는다.' 로
되어 있으니, 여러 사람들과 각자가 가진 이야기를 시로 지어 발표하는 것
으로 되어있다. 사람이 소의 소리를 배워서 소의 소리를 내어 소를 부린다
든가, 누른 서속을 심었으니 가뭄에 걱정은 없다는 등의 여러 잡담을 가지

고 시화詩化한 내용들이다. 서속은 원래 벼 대신으로 심는 대파代播 작물이
니 가뭄 걱정이 없다는 것이다.

참고

유득공(柳得恭) 1749~?(영조 25), 조선의 실학자. 호는 냉재冷齋, 본관은 문화. 이
덕무, 박제가, 서이구 등과 규장각 검서檢書로 발탁, '4검서' 라고 일컬어졌다.
그 후 첨지중추부사에 이르렀다. 북학파의 학자로서 산업진흥을 주장했고, 박
제가, 이덕무, 이서구와 함께 한문 신파4가漢文新派四家로 불리었다.

186 自白雲, 復至西岡 ● 李書九
자 백 운 부 지 서 강

家近碧溪頭하니 日夕溪風急이라.
가 근 벽 계 두   일 석 계 풍 급

脩竹不逢人이나 水田鷺影立이라.
수 죽 불 봉 인   수 전 노 영 립

풀이 ▶ 백운에서 서강까지 ● 이서구

집이 벽계의 머리 근처에 있으니
해가 지니 계곡 바람이 불어오누나.
대숲에는 사람 하나 만날 수 없어도
논 가운데 백로 한 마리 서 있었네.

어려운 낱말

• 碧溪頭(벽계두) : 벽계의 언덕 머리. • 溪風急(계풍급) : 시냇가 바람이 급하게 불

다. •脩竹(수죽) : 대숲. •鷺影立(노영립) : 백로의 그림자가 서 있다.

'백운으로부터 다시 서강까지' 가 본
제목이다. 푸른 냇가에 집이 있어 그 물
때문에 집이 서늘하다는 내용과 대숲이
있고 바람이 서늘하게 불고 사람은 보
이지 않는데, 논에는 백로 한 마리가 서
서 이리저리 살피고 다니는 것이 이 시
의 서경적敍景的 시상이다. 적막마저 감
도는 분위기.

이서구(李書九)

이서구(李書九) 1754-1825, 조선의 문신. 학자. 호는 척재惕齋, 본관은 전주. 정
시 문과에 급제, 여러 내 외직을 거쳐 우의정에 이르렀으며, 명문장가로서 특히
시에 이름이 높아 박제가, 이덕무, 유득공과 함께 한시의 4대가로 알려졌다.

---

187 **南松亭, 途中** ● 朴齊家
　　남 송 정　도 중

人生何處不宜居요 認取無營卽有餘라.
인 생 하 처 불 의 거　　인 취 무 영 즉 유 여

渡盡無名山萬疊하면 松風海色掃襟裾라.
도 진 무 명 산 만 첩　　　송 풍 해 색 소 금 거

남송정南松亭 가는 길 ● 박제가

사람이 그 어느 곳인들 살지 않으랴
가진 것을 버린다면 곧 넉넉하게 되리라.
이름 모를 첩첩산중을 다 건너간다면
솔바람 바다 빛이 가슴 한껏 씻어 주리라.

어려운 낱말

• **不宜居**(불의거) : 마땅한 곳이면 살지 않으랴. • **認取**(인취) : 취할 줄 알다. 정의
롭게 취함을 알다. • **無營**(무영) : 이익만 없앤다면. • **渡盡**(도진) : 다 지나다. • **山
萬疊**(산만첩) : 만첩 산중. • **襟裾**(금거) : 옷가슴.

감상

제목이 '남송정 가는 길' 이다. 여
기서 남송정과는 별다른 관계가 없
는 시다. 가는 길에 대해서 자기의
생각을 적었을 뿐이다. 사람이 산다
는 것은 어딘들 못 사랴. 이익만은
버려야 한다는 뜻이다. 곧 가진 것을
버려야 비로소 원하는 것을 가질 수
있다는 교훈이다. 어려운 일이 다 지
나가면 가슴 훤히 트이는 좋은 일이
있을 것이라고 일러주고 있다.

박제가(朴齊家)

참고

박제가(朴齊家) 조선의 실학자. 호는 초정楚亭, 본관은 밀양. 서자로 박지원의 문하에서 실학을 연구, 이덕무, 유득공, 이서구 등과 교유하며 합작한 시집 '건영집' 이 청나라에 소개되어 우리나라 시문사대가詩文四大家의 한 사람으로 알려졌다. 정조의 특명으로 규장각 검서관이 되었고, 춘당대 무과에 장원하여 오위장五衛將을 거쳐 영평 현감을 지냈다. 네 차례나 청나라를 다녀왔으며, 실사구시實事求是를 토대로 한 '북학의北學議' 를 저술했다.

북학의(北學議). 규장각 도서 소장.

188 遣興 ● 丁若鏞
견 흥

蠻觸紛紛各一偏하니 客窓深念淚汪然이라.
만 촉 분 분 각 일 편　　객 창 심 념 루 왕 연

山河壅塞三千里요 風雨交爭二百年이라.
산 하 옹 색 삼 천 리　　풍 우 교 쟁 이 백 년

無限英雄悲失路하고　幾時兄弟恥爭田이라.
무 한 영 웅 비 실 로　　　기 시 형 제 치 쟁 전

若將萬斛銀潢洗하여　瑞日舒光照八埏을−.
약 장 만 곡 은 황 세　　　서 일 서 광 조 팔 연

◀ 풀이 ▶ 흥을 달래다 ● 정약용

세상 사람 오랑캐처럼 분분하게 다투니

객창의 나그네 생각, 눈물이 솟아나네.

산하는 옹색해도 삼천리나 되고

비바람 어울려 싸우기는 이백 년일세.

무한한 영웅들도 길을 잃어 슬퍼하고

언제나 형제들은 논밭 싸움 부끄러워라.

만약에 많은 사람들이 은하수로 말끔히 씻어서

밝은 날빛 온 세상 비치게 하였으면−.

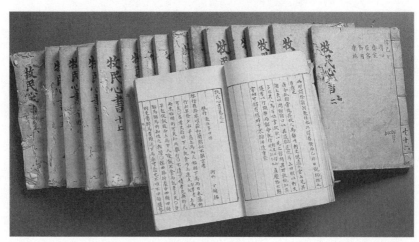

목민심서(牧民心書)

다산초당(茶山草堂). 정약용이 유배생활을 하면서 기거했던 곳. 전남 강진군 도암면에 위치.

어려운 낱말

•遣(견) : 달래다. 풀다. •蠻觸(만촉) : 오랑캐와 같이. •紛紛(분분) : 어지럽게.
•各一偏(각일편) : 한 쪽으로 치우침. •淚汪然(누왕연) : 눈물이 나다. •壅塞(옹색)
: 막히다. 생활이 몹시 궁색하다. •悲失路(비실로) : 길을 잃어 슬프다. •幾時(기
시) : 어느 때나. •若將(약장) : 만약 장차에. •萬斛(만곡) : 아주 많은 분량. •銀潢
(은황) : 은하수. •八埏(팔연) : 팔방. 온 누리. 八荒(팔황). •埏(연) : 땅 끝 연.

감상

현실참여를 노래한 시다. 당시의 어두운 현실을 아무도 알아주는 사람
이 없어 그것을 통탄하면서 지은 시다. 산하는 옹색해도 삼천리요, 이 땅의
풍진도 이백 년이라고 했다. 이런 국토와 역사를 한마디로 말하고자 한 내
용인 것이다.

정약용(丁若鏞) 1762~1836, 조선의 실학자. 호는 다산茶山, 여유당與猶堂. 본관은 나주. 이승훈의 처남으로 이벽에게 서학西學을 배웠다. 벼슬이 형조참의에 이르렀으나 서학 문제로 탄핵을 받자 자명소를 올리고 사직, 신유박해 때 장기로 유배된 뒤, 강진에 이배移配되어 19년 간 경서학經書學에 전념, 학문적인 체계를 완성하고 많은 저술을 남겼다.

정약용(丁若鏞)

189 賞春 ● 高宗
상 춘

花間看蝶舞하고　柳上聽鶯聲이라.
화 간 간 접 무　　류 상 청 앵 성

群生皆自樂하니　最是愛民情고?
군 생 개 자 락　　최 시 애 민 정

풀이 봄을 감상함 ● 고종

꽃 사이 나비춤을 보고

버드나무 위에 꾀꼬리 울음도 듣네.

여러 생물들이 다 스스로 즐기니

이것이 백성을 사랑하는 마음 아닐까?

- **看蝶舞**(간접무) : 나비춤을 보다. • **聽鶯聲**(청앵성) : 꾀꼬리 노랫소리를 듣다.
- **愛民情**(애민정) : 백성을 사랑하는 마음.

《 감상 》

　봄이 되어 만물은 다 즐겁게 노니는데 우리 백성들은 어떻게 지내는지 궁금하다. 군왕의 도리에 맞는 시다. 꽃, 나비, 버드나무, 꾀꼬리, 이런 봄날의 시상들을 나열해 놓고 마지막에 백성들의 생활을 걱정하는 것이 이 시의 내용이다.

흥선대원군(興宣大院君)

명성태황후(明成太皇后) 민씨(閔氏)

190 菊花 ● 申緯
국 화

有客同觴固可意나　無人獨酌未爲非라.
유 객 동 상 고 가 의　　무 인 독 작 미 위 비

壺乾恐被黃花笑하여　典却圖書又典衣라.
호 건 공 피 황 화 소　　전 각 도 서 우 전 의

풀이 국화 ● 신위

그대 있어 함께 술 마시면 정말 좋겠지만

사람 없어 독작獨酌함도 나쁘지 않으리라.

술병이 비었다고 옆에 국화가 비웃을까 봐

책과 옷을 잡히고라도 술을 사 와야겠네.

어려운 낱말

• 同觴(동상) : 술잔을 들고 함께 마시다. • 壺乾(호건) : 술병이 비다. • 典却(전각)
: 전당하여. 잡히어. • 又典衣(우전의) : 책과 옷까지 잡히다.

강상

국화라는 제목의 시다. 국화와 술은 불가분의 관계에 있는 것 같다. 국
화꽃 앞에서 친구와 앉아 술을 마시면 얼마나 좋겠나. 그러나 친구가 없을
때는 나 혼자라도 좋지! 그러나 술병이 비었을 때는 국화가 비웃을지도 몰
라. 그러니 옷을 잡히고라도 술을 사 와야겠다. 참 멋있고 재미있는 생각
이다. 꽃이 웃는다는 말, 꽃이 말한다는 것은 시인만이 느끼는 생각의 하나
이다. 당나라 시인 유우석의 〈但愁花有語, 不爲老人開.〉라는 말과 통하는
점이 있다.

참고

신위(申緯) 1769-1847, 조선의 문신. 시인, 서화가. 호는 자하紫霞, 본관은 평
산. 벼슬은 호조참판에 이르렀다. 애국 애족적인 그의 시 작품 속에는 국산품
애용, 양반 배척, 서얼의 차별대우 철폐, 당쟁의 배격 등이 제시되어 있었다. 시
로써 시를 논평한 평론가이기도 한 그는 '동인논시절구삼십오수東人論詩絶句三
十五首'라는 평서가 있다.

191 好古齋 ● 朴允默
호 고 재

五車勤學己成家하여 久仰詞壇亦幟斜라.
오 거 근 학 기 성 가　　　구 앙 사 단 역 치 사

試問詩魂何處是요 黃泉無路寄悲歌라.
시 문 시 혼 하 처 시　　　황 천 무 로 기 비 가

풀이 호고재 ● 박윤묵

－죽은 김낙서에게

다섯 수레 책을 읽고 그대 성가成家를 하여

사단詞壇의 추앙 오래더니 그 깃발 기울었네.

묻노니, 그대 시혼詩魂은 어느 곳에 있느뇨?

황천에 길이 없으니 슬픈 노래라도 보냅니다.

어려운 낱말

• 好古齋(호고재) : 김낙서의 재호(齋號). • 五車勤學(오거근학) : 다섯 수레의 책을 읽음. • 詞壇(사단) : 오늘날의 詩壇(시단). • 幟斜(치사) : 깃발이 기울다. 즉 죽음을 말함. • 寄悲歌(기비가) : 슬픈 노래 붙여 보내노라.

감상

'죽은 호고재好古齋 김낙서에게 이 시를 보낸다.' 하는 것이 이 시의 제목이다. 열심히 공부하여 오거서五車書를 읽고 문학에 성공한 그대였는데 그대의 깃발이 기울어진 지금 그대 생각이 간절하구나. 그대의 시혼詩魂이 지금 어디에 있는가? 이렇게 물어도 황천에는 길이 없으니 이 슬픈 시를 지어 보내노라. 하는 안타까움을 노래하고 있다.

참고

박윤묵(朴允默) 1771~1849, 조선의 문신. 호는 존재存齋, 본관은 밀양. 정조와 영의정인 김조순의 신임을 받고 동지중추부사를 거쳐 첨절제사로 선치善治하여 송덕비가 세워졌다.

192 有感 ● 李用休
유 감

松林穿盡路三丫에 立馬坡邊訪李家라.
송 림 천 진 로 삼 아   입 마 파 변 방 이 가

田夫擧鋤東北指하니 鵲巢村裏露榴花라.
전 부 거 서 동 북 지   작 소 촌 리 노 류 화

풀이 친구 집을 찾아서 ● 이용휴

소나무 숲 끝난 곳 세 갈래 길에서
언덕 옆에 말 세우고 친구 집을 묻노라.
농부는 호미 들고 동북쪽을 가리키며
까치집 있는 마을 석류꽃 핀 곳이라 하네.

어려운 낱말

• 路三丫(로삼아) : 세 갈래 길. • 丫(아) : 가장귀 아. 세 갈래 아. • 擧鋤(거서) : 호미를 들고. • 鵲巢(작소) : 까치집. • 露榴花(노류화) : 석류꽃 이슬 젖어 핀 곳.

제목이 '유감有感'이나 친구 집을 찾아가는 내용의 시다. 어렴풋이 알고
는 있지만 친구 집을 찾는데, 소나무 숲 세 갈레 길에서 말을 세우고 그 집
을 농부에게 물어보았는데, 호미질 하던 농부가 호미를 들고 동북쪽을 가
리키며 까치집이 있고 석류꽃이 핀 곳을 가리킨다는 표현이 아주 재미있
다. 소박하고 정감이 가는 표현이다.

참고

이용휴(李用休) 조선 숙종 때의 문인. 호는 혜환재惠寰齋, 본관은 광주廣州. 이가
환의 아버지. 진사시에 합격, 음보로 첨지중추부사에 이르렀으며, 문명이 높았
다.

193 牙山過, 李忠武公墓 ● 李建昌
아 산 과 이 충 무 공 묘

元首精忠四海知라도　我來重讀墓前碑라.
원 수 정 충 사 해 지　　　아 래 중 독 묘 전 비

西風一夕松濤冷하니　猶似閑山破賊時라.
서 풍 일 석 송 도 냉　　　유 사 한 산 파 적 시

풀이 충무공 묘소를 지나며 ● 이건창

으뜸가는 충무공 충절 온 세상 다 알아도
내 여기 와서 다시 한 번 묘비를 읽는구려.
서풍 부는 저녁에 솔바람 소리 싸늘하니

마치 한산도의 왜적을 쳐부술 때 같구나.

어려운 낱말

• 元首(원수) : 가장 으뜸가다. • 精忠(정충) : 사심이 없는 순수한 충정. • 重讀(중독) : 다시 거듭 읽다. • 松濤(송도) : 소나무가 흔들리는 바람 소리. • 破賊時(파적시) : 왜적을 무찌를 때.

감상

제목이 '아산을 지나다가 충무공 묘소에서' 란 내용의 시다. 4해에 으뜸 가는 우리 충무공을 다 알기에 내 여기 지나다가 묘소의 비문을 읽어본다 하고, 이 시를 시작한다. 서풍에 불어오는 저녁 파도소리가 차가운걸 보니 마치 충무공이 왜적을 쳐부술 때와 같구나. 하고, 그 소감을 피력하고 있다.

참고

이건창(李建昌) 조선의 문신, 학자. 호는 영재寧齋, 본관은 전주. 별시 문과에 급제, 서장관書狀官으로 청나라에 가서 문장으로 이름을 떨쳤다.

---

194 善竹橋 ● 李偰
선 죽 교

善竹橋邊血은 人悲我亦悲라.
선 죽 교 변 혈   인 비 아 역 비

孤臣亡國後에 不死竟何爲오?
고 신 망 국 후   불 사 경 하 위

〔 풀이 〕 선죽교에서 ● 이설

선죽교 다리에 흘린 피는
너도 슬프고 나 역시 슬프구나.
외로운 신하 나라 망한 뒤에야
죽지 않고 살아서 무얼 하려나?

어려운 낱말

• 我亦悲(아역비) : 나 역시 슬프다. • 孤臣(고신) : 여기서 고신은 정몽주를 말함.

감상

선죽교의 피의 흔적은 비바람 불 때 아직도 그 핏자국이 남아있다고 한다. 그 흔적을 볼 때마다 모든 사람들은 슬픔을 느끼고 충신의 영혼을 달래기도 한다. 이 시에서도 외로운 충신의 영혼을 위무慰撫하고 있다. 마지막 구절에 '나라 망한 후에 죽지 않고 살아서 무엇 하겠느냐?' 가 이 시의 주제요 요점이다.

참고

이설(李偰) 1850-1911, 조선의 의사義士. 호는 복암復庵, 본관은 연안. 고종 때의 생원으로 알성 문과에 급제, 벼슬이 우부승지에 이르렀으나 민비의 피살 사건을 비탄, 사직하고 낙향, 의병을 일으켜 일제에 항거했다.

195 幽居詩 ● 鄭宇澤
유 거 시

洞僻林深忘世機하니 雲山遙隔客來稀라.
동 벽 임 심 망 세 기　　운 산 요 격 객 래 희

前灘水靜觀魚躍하고 古郭松長待鶴歸라.
전 탄 수 정 관 어 약　　고 곽 송 장 대 학 귀

〖풀이〗 그윽한 삶의 시 ● 정우택

궁벽한 숲길 막혀 세상 모두 잊었노라

구름 산 멀고멀어 나그네도 아니 온다.

앞개울 물 맑으면 뛰는 고기 바라보고

낡은 성터에 소나무 자라 학이 오길 기다리네.

〖어려운 낱말〗

• 世機(세기) : 세상 사는 기회. • 遙隔(요격) : 가로막혀서. • 觀魚躍(관어약) : 물고
기 뛰놂을 바라봄. • 待鶴歸(대학귀) : 학이 돌아오길 기다림.

〖감상〗

　옛 선비의 생활을 잘 그려내고 있다. 궁벽한 마을에서 글을 읽다가 여유
있으면 앞개울에 나와 고기 뛰노는 광경을 바라보며 세상을 잊고 조용히
살아가고 있다. 일찍이 군자는 '연비어천鳶飛於天, 어약우연魚躍于淵'을 즐
긴다고 했다. 그의 아호가 학강鶴岡이라 언젠가는 학이 돌아오기를 기다리
며 살아가겠다는 옛 선비의 지조를 떠올리게 한다.

정우택(鄭宇澤) 1891, 고종 28년에 출생. 호는 학강鶴岡, 자는 중언仲彦, 본관은
영일迎日. 경주향慶州鄉인 신광神光, 토성土城에서 평생을 유거함. 토성의 거유
몽천장夢千丈 손택수孫宅秀 문하에서 수학함. '鶴岡堂'이란 서당을 열어 후학을
가르침. 문하생들이 세운 '학강 추모비'가 묘소에 세워져 있고, 문집 학강집鶴
岡集, 학강시집이 전하며, 구거舊居에 학강시비鶴岡詩碑가 건립돼있다.

학강시집 및 학강집

196 元朝 ● 朴墉鎭
원 조

一聲鍾落判冬春한데　誰識流光不待人을-.
일 성 종 락 판 동 춘　　수 식 류 광 부 대 인

吟苦梅腮香益暗하고　頌騰椒酒味偏新이라.
음 고 매 시 향 익 암　　송 등 초 주 미 편 신

兒爭拜跪猶知禮하고　族敍倫彝更覺親이라.
아 쟁 배 궤 유 지 례　족 서 윤 이 갱 각 친

第願東君滋雨露하여　均霑民草保天眞하라.
제 원 동 군 자 우 로　균 점 민 초 보 천 진

[풀이] 설날 아침에　● 박용진

한 자락 종소리에 겨울과 봄 나뉘는데

누가 알랴! 세월은 사람을 기다리지 않는 것을-.

마음 깊이 읊조리니 매화 향기 더욱 은은하고

노랫소리 울려 퍼지니 초주椒酒 맛이 새롭구나.

아이들 예법 알아 다투어 세배하고,

친족들 인륜을 펼치니 친한 도리 알겠구나.

바라노니 봄의 신령, 비와 이슬 내리시어,

백성들 순박하게 살도록 고루 적셔 주시기를-.

■ 어려운 낱말

• 元朝(원조) : 설날 아침. • 判冬春(판동춘) : 겨울과 봄을 나누다. • 不待人(부대인)
: 사람을 기다리지 않음. • 梅腮香(매시향) : 매화의 향기. • 椒酒(초주) : 조피나무
열매로 빚은 술. 설에 마시는 술을 '초주' 라고 한다. • 拜跪(배궤) : 무릎 꿇고 세
배함. • 均霑(균점) : 골고루 적시다.

[감상]

　설날 아침에 행해지는 우리 전통의 풍습을 잘 표현하고 있다. 한자락 종
소리에 겨울에서 봄으로 돌아오는 새해 설날 아침의 조용한 환희와 예법

들을 표현하여 우리의 옛 순수한 인정과 기쁨을 나타내고 있다. 정월달은
봄의 계절이기에 매화 향기가 나오고 설날에 마시는 전통의 술 '초주'가
있다는 사실도 이 시를 통하여 제시하고 있다. 끝 연에서 순박한 백성들에
게도 하늘의 은총을 골고루 내리기를 기원하는 것도 잊지 않고 있다.

▌참고

박용진(朴墉鎭) 1902년 울산 송정 출생. 호는 창릉蒼菱, 자는 숭부崇夫. 노주 김
영의金永毅와 창고 박규진의 문하에서 수학. 도산서원, 도동서원, 병산서원, 임
천서원, 서산서원 등에 원장 역임. 한국의 마지막 선비로서 전국 유림에 의하
여 선생 칭호 받음. 사후에 창릉집蒼菱集이 간행됨.

박용진(朴墉鎭)

● 역사 속에 살다간 인물들의 빛나는 유산

한국인의 한시漢詩

초판 인쇄 2016년 8월 1일
초판 발행 2016년 8월 5일

편   저 | 정민호
발행자 | 김동구
디자인 | 이명숙 · 양철민
발행처 | 명문당(1923. 10. 1 창립)
주   소 | 서울시 종로구 윤보선길 61(안국동)
　　　　　우체국 010579-01-000682
전   화 | 02)733-3039, 734-4798(영), 733-4748(편)
팩   스 | 02)734-9209
Homepage | www.myungmundang.net
E-mail | mmdbook1@hanmail.net
등   록 | 1977. 11. 19. 제1~148호

ISBN 979-11-85704-75-3 (03810)
20,000원